EL LAGO
DE LOS SUEÑOS

Amor y Aventura

EL LAGO
DE LOS SUEÑOS

Lisa Kleypas

Traducción de Paula Vicens

VERGARA

Barcelona • Madrid • Bogotá • Buenos Aires • Caracas • México D.F. • Miami • Montevideo • Santiago de Chile

Título original: *Dream Lake*
Traducción: Paula Vicens
1.ª edición: noviembre 2012

© 2012 by Lisa Kleypas
© Ediciones B, S. A., 2012
  para el sello Vergara
  Consell de Cent 425-427 - 08009 Barcelona (España)
  www.edicionesb.com

Printed in Spain
ISBN: 978-84-15420-29-3
Depósito legal: B. 8.252-2012

Impreso por LIMPERGRAF, S.L.
Mogoda, 29-31 Polígon Can Salvatella
08210 - Barberà del Vallès (Barcelona)

1

El fantasma había intentado en numerosas ocasiones abandonar la casa, pero le resultaba imposible. Cada vez que se acercaba a la puerta principal o se asomaba a una ventana, desaparecía; todo cuanto era se desvanecía como la neblina en el aire. Lo inquietaba no ser algún día capaz de adquirir forma nuevamente. Se preguntaba si estar allí atrapado era el castigo por un pasado que no recordaba... y, en tal caso, ¿cuánto iba a durar?

La casa, de estilo victoriano, se encontraba al final de Rainshadow Road, asomada a la bahía de False, como una mujer tímida esperando sola en un baile. La pintura de los listones había sufrido el efecto de las inclemencias del aire marino y su interior estaba en un estado lamentable tras una sucesión de inquilinos descuidados. Habían forrado los suelos originales de parqué con una moqueta de mala calidad y dividido las habitaciones con tabiques de aglomerado recubiertos por una docena de capas de pintura barata.

El fantasma había observado aves marinas por las ventanas: correlimos, pitiamarillos, chorlitos cenicientos y zarapitos trinadores que se lanzaban en picado sobre la abundante comida de las marismas en los amaneceres pajizos. Por la noche miraba fijamente las estrellas y los cometas y la luna entre las nubes, y algunas veces veía la aurora boreal danzando en el horizonte.

No estaba seguro de cuánto tiempo llevaba en la casa. Sin latidos del corazón para contar los segundos, el tiempo era intemporal. Se había encontrado allí un día, sin nombre, sin cuerpo, y sin saber quién era. No sabía cómo había muerto, ni dónde, ni por qué. Sin embargo, unos cuantos recuerdos pugnaban por materializarse al borde de su conciencia. Estaba seguro de que había vivido en el archipiélago de San Juan durante un tiempo. Suponía que había sido barquero o pescador. Cuando contemplaba la bahía recordaba cosas sobre el agua que había más allá de la orilla: los canales entre las islas de San Juan, los angostos estrechos de Vancouver. Conocía la silueta sinuosa del estrecho de Puget, el modo en que por sus ensenadas en forma de diente de dragón se llegaba a Olympia.

También sabía muchas canciones y rimas y poemas. Cuando el silencio le resultaba demasiado insoportable, cantaba para sí mientras recorría las habitaciones vacías: «*Every time it rains, it rains pennies from heaven...*» o «*I like bananas, because they have no bones...*» y «*We'll meet again, don't know where, don't know when, but I know we'll meet again, some sunny day...*»

Ansiaba comunicarse con cualquier criatura. Pasaba desapercibido incluso a los insectos que se escabullían por el suelo. Estaba sediento por conocer lo que fuera de quien fuese, desesperado por recordar a alguien a quien hubiera conocido. Pero no tendría acceso a aquellos recuerdos hasta el misterioso día en que le fuera revelado su destino por fin.

Una mañana, llegó gente a ver la casa.

Electrizado, el fantasma vio acercarse un coche. Las ruedas aplastaban los hierbajos del camino sin asfaltar. El vehículo se detuvo y se apearon de él dos personas, un joven moreno y una mujer de más edad, con vaqueros, zapatos planos y una chaqueta rosa.

—Todavía no me creo que me lo haya dejado a mí —decía—. Mi primo la compró en los años setenta. Su intención era arreglarla y venderla, pero nunca llegó a hacerlo. El valor de esto se limita al terreno. Tendrás que derribar la casa, de eso no cabe duda.

—¿Has calculado lo que cuesta?

—¿Lo que vale el terreno?

—No. Lo que costaría restaurar la casa.

—¡Dios mío, no! La estructura está dañada. Habría que reconstruirla por entero.

El joven miraba el edificio fascinado.

—Me gustaría echar un vistazo al interior.

La mujer frunció el ceño y la frente se le arrugó mucho.

—¡Por favor, Sam! No es seguro entrar, créeme.

—Tendré cuidado.

—No quiero asumir la responsabilidad si te lastimas. ¿Y si se hunde el suelo o se te cae una viga encima? Eso por no hablar de los bichos que...

—No me ocurrirá nada —le dijo zalamero—. Cinco minutos. Solo quiero echar un vistazo.

—Está claro que no debería permitírtelo.

Sam le dedicó una sonrisa encantadora.

—Pero lo harás. Porque eres incapaz de negarme nada.

La mujer intentaba parecer severa, pero se le escapó una sonrisa.

«Así era yo», pensó el fantasma, sorprendido. Lo asaltaron fugaces recuerdos de antiguos flirteos y veladas en porches delanteros. Sabía cómo engatusar a las mujeres, ya fueran jóvenes o mayores, cómo hacerlas reír. Había besado muchachas de aliento dulce, con maquillaje perfumado en el cuello y los hombros.

El hombretón subió al porche y abrió la puerta dándole un empujón con el hombro porque estaba atascada. En cuanto entró en el vestíbulo se volvió cauteloso, como si esperara que se le echara algo encima. A cada paso, la capa de polvo del suelo se levantaba en volutas cenicientas que lo hacían estornudar.

Un sonido humano. El fantasma había olvidado lo que era estornudar.

Sam recorrió con la mirada las paredes destartaladas. Incluso en aquella penumbra se veía que tenía los ojos azules, con patas de gallo en las comisuras. No era guapo, aunque sí fuerte y de facciones suaves que le daban un aspecto agradable. Tomaba mucho el sol, porque estaba profundamente bronceado. Mirándolo, el fantasma casi recordó la sensación del sol, el ligero calor sobre la piel.

La mujer, que se había acercado con cautela a la puerta principal, asomó la cabeza dentro. El pelo le rodeaba la cabeza como un nimbo plateado. Se agarró a una jamba como si fuera la barra de sostén de un vagón de metro traqueteante.

—Aquí dentro está muy oscuro. No creo que...

—Me harán falta más de cinco minutos —dijo Sam, escogiendo una diminuta linterna de su llavero y encendiéndola—. A lo mejor te apetece ir a tomar un café y volver dentro de, digamos... ¿media hora?

—¿Y dejarte aquí solo?

—No voy a hacer ningún desastre.

La mujer bufó.

—No es la casa lo que me preocupa, Sam.

—Llevo el móvil. —Se dio unos golpecitos en el bolsillo trasero—. Te llamaré si surge algún problema. —Las

10

patas de gallo se le marcaron más—. Podrás venir a rescatarme.

Ella suspiró con dramatismo.

—¿Qué esperas encontrar exactamente en esta ruina?

Él ya no la miraba, sino que contemplaba con atención todo cuanto lo rodeaba.

—Un hogar, tal vez.

—Esto lo fue en otra época. Pero no veo cómo podría volver a serlo.

El fantasma sintió alivio cuando la mujer se marchó.

Describiendo despacio arcos con el haz de la linterna, Sam se puso a explorar concienzudamente, mientras el fantasma iba siguiéndolo de habitación en habitación. El polvo cubría la repisa de la chimenea y los muebles rotos como un velo de gasa.

Sam vio un pedazo rasgado de la moqueta; se puso en cuclillas, tiró del borde y enfocó la luz hacia el parqué de debajo.

—¿Caoba? —murmuró, examinando la superficie oscura y pegajosa—. ¿Roble?

«Nogal», pensó el fantasma, mirando por encima del hombro de Sam. Otra revelación: sabía instalar parqué. Sabía lijar y pasar el cepillo y clavarlo con tachuelas; sabía aplicar tinte con una muñequilla de lana.

Entraron en la cocina, con su espacio para empotrar una cocina de hierro y unas cuantas hileras de azulejos rotos que todavía quedaban en las paredes. Sam dirigió el haz de luz hacia el techo alto y los armarios torcidos. Enfocó un nido de pájaro abandonado y bajó la vista hacia las salpicaduras de excremento que había debajo.

—Debo de estar loco —murmuró, sacudiendo la cabeza.

Salió de la cocina y se acercó al pie de la escalera, donde se detuvo a pasar el pulgar por la barandilla. Dejó una marca en la suciedad. Debajo había madera brillante. Apoyando con cautela los pies en los escalones para evitar posibles agujeros o zonas podridas, subió al piso de arriba. De vez en cuando hacía una mueca y resoplaba como si percibiera un olor repugnante.

—Tiene razón —dijo, cuando llegó arriba—. Esto habrá que demolerlo.

La angustia de la preocupación sacudió al fantasma. ¿Qué sería de él si alguien derribaba la casa? Podría ser su fin. No concebía haberse visto atrapado allí, solo, únicamente para terminar apagándose sin motivo aparente. Dio una vuelta alrededor de Sam, estudiándolo, deseoso de comunicarse con él pero temeroso de que si lo hacía saliera chillando de la casa.

Sam lo atravesó y se detuvo frente a la ventana que daba al camino delantero. La mugre cubría el cristal, convirtiendo la luz del sol en un resplandor apagado. Soltó un suspiro.

—Llevas mucho tiempo esperando, ¿verdad? —preguntó en voz baja.

La pregunta sobresaltó al fantasma. Pero cuando Sam siguió hablando se dio cuenta de que conversaba con la casa.

—Apuesto a que hace un siglo eras digna de ver. Sería una pena no darte una oportunidad. Pero, ¡caray!, me vas a costar un riñón, y poner en marcha el viñedo va a dejarme casi sin un céntimo. ¡Maldita sea! No sé...

Mientras el fantasma acompañaba a Sam en su recorrido por el resto de la casa, notaba cómo el apego de este por la casa ruinosa iba en aumento, cómo crecía su deseo de devolverla a la plenitud de su belleza. Solo un idealista o un loco, comentó en voz alta Sam, se embarcaría en un proyecto de aquella envergadura. Y el fantasma tuvo que darle la razón.

Al final Sam oyó el claxon del coche y salió. El fantasma intentó acompañarlo, pero percibió la misma sensación de vértigo y estremecimiento, de desintegración, que experimentaba cada vez que intentaba marcharse. Miró por una ventana rota cómo Sam abría la puerta del coche.

Sam se detuvo a echar un último vistazo a la casa hundida en la pradera, a su silueta destartalada suavizada por franjas de juncos marinos y apretada hierba salada, y las erizadas marañas de totora. Al azul sereno de la bahía False en lontananza, al resplandor de las marismas que empezaban al borde del fecundo légamo marrón.

El joven asintió brevemente, como si hubiera tomado una determinación.

Y el fantasma hizo un nuevo descubrimiento: era capaz de sentir esperanza.

Antes de hacer una oferta por la propiedad, Sam trajo a alguien para echarle un vistazo: un hombre aparentemente de su misma edad, unos treinta años. Quizás un poco más joven. Tenía una mirada fría, de un cinismo que no habría bastado una vida entera para forjar.

Eran seguramente hermanos, porque tenían el mismo pelo moreno, la misma boca grande y la misma complexión fornida. Pero mientras que los ojos de Sam eran de un azul tropical, los de su hermano eran del color del hielo y este carecía de expresión, a excepción del rictus amargo de la boca enmarcada por profundos surcos. El aspecto agradable de Sam contrastaba con la arrebatadora belleza de las facciones afiladas y perfectas del otro. Era un hombre aficionado a ir bien vestido y a la buena vida, dispuesto a pagar por un corte de pelo caro y un par de zapatos a medida. Lo único que no encajaba en la pinta impecable de aquel hombre eran sus manos, encallecidas y hábiles. El fantasma había visto antes manos como aquellas... ¿las suyas? Miró su invisible figura, deseando tener forma, una voz. ¿Por qué estaba allí con aquellos dos hombres, capaz de observar pero no de hablar ni de interactuar con ellos? ¿Qué se suponía que tenía que aprender?

El fantasma tardó menos de diez minutos en darse cuenta de que Alex, como lo llamaba Sam, lo sabía todo acerca de construir casas. Empezó por dar la vuelta a la casa, buscando grietas en el sustrato, agujeros, estudiando las vigas podridas del porche frontal. Una vez dentro, Alex fue precisamente a los puntos que el fantasma le habría enseñado para demostrarle el estado de la casa: allí donde el suelo estaba desnivelado, las puertas que cerraban mal, el moho de las filtraciones de los escapes de las cañerías.

—Según el inspector, los daños estructurales tienen solución —comentó Sam.

—¿Qué inspector era ese? —Alex se agachó para examinar la campana rota de la chimenea, y las fracturas en el tubo que había quedado al descubierto.

—Ben Rawley. —Sam se había puesto a la defensiva viendo la cara que ponía Alex—. Sí, ya sé que es un poco viejo...

—Es un fósil.

—Pero sabe de esto. Y me hizo el trabajo gratis, como un favor.

—Yo no le haría caso. Necesitas que venga un ingeniero para hacer una valoración realista. —Alex tenía una forma característica de hablar, pronunciando las sílabas de un modo mesurado y sin inflexiones, como una cinta grabada, con un deje de aspereza—. Lo único positivo de todo esto es que, con una casa en estado precario, la propiedad vale «menos» que si en el terreno no hubiera nada construido.

Así que puedes conseguir una rebaja en el precio, teniendo en cuenta los gastos de la demolición y el desescombro.

El fantasma estaba fuera de sí. La destrucción de la casa podía ser su fin. Se vería relegado al olvido.

—No la voy a derribar —dijo Sam—. Voy a salvarla.

—Buena suerte.

—Ya. —Sam se pasó los dedos por el pelo, desgreñándose los mechones cortos y oscuros. Suspiró profundamente—. El terreno es perfecto para el viñedo. Sé que debería conformarme con eso y darme por satisfecho. Pero esta casa... tiene algo que yo... —sacudió la cabeza. Parecía perplejo y preocupado y decidido al mismo tiempo.

Tanto el fantasma como Sam esperaban que Alex se burlara, pero en lugar de hacerlo deambuló por el saloncito y acabó por acercarse a una ventana cegada con tablones. Tiró de una vieja plancha de contrachapado que cedió con facilidad, con apenas un crujido de protesta. La luz entró en la habitación junto con una bocanada de aire puro; el polvo se levantó en remolinos hasta las rodillas y las motas brillaron al sol.

—A mí también me atraen las causas perdidas. —En la voz de Alex había un tinte irónico—. No digamos las casas Victorianas.

—¿En serio?

—Claro. Caras de mantener, la eficiencia energética es nula, los materiales son tóxicos... ¿no es fantástico?

Sam sonreía.

—Así que, en mi lugar, ¿tú qué harías?

—Correr como el viento en dirección contraria. Pero puesto que evidentemente vas a comprarla... no pierdas el tiempo pidiendo un préstamo bancario. Tendrás que recurrir a un prestamista y te comerán los intereses.

—¿Conoces a alguno?

—Puede que sí. Antes de que empecemos a hablar de esto, me parece a mí, tienes que afrontar la realidad. Te harán falta 250.000 dólares para la reforma, como mínimo. Y no cuentes conmigo para conseguir materiales ni mano de obra gratis. Sigo adelante con lo de Dream Lake, así que no tendré tiempo ni para ir al baño.

—Créeme, Al. Nunca cuento contigo para nada —le respondió con sequedad Sam—. Eso ya lo tengo más que aprendido.

La tensión era palpable, una mezcla de afecto y hostilidad que solo podía provenir de una historia familiar turbulenta. El fantasma estaba dominado por una sensación extraña, un frío cortante que le habría hecho tiritar de haber tenido un cuerpo. Alex Nolan irradiaba una desesperación tan profunda que, ni siquiera el fantasma, en su funesta soledad, había sentido jamás.

El fantasma se alejó instintivamente, sin lograr por ello huir de aquella sensación.

—¿Es así como te sientes? —le preguntó, compadeciéndose de aquel hombre. Se sobresaltó al ver que Alex echaba un breve vistazo hacia atrás por encima del hombro—. ¿Puedes oírme? —prosiguió, esperanzado, dando una vuelta a su alrededor—. ¿Oyes mi voz?

Alex no respondió, sino que se limitó a sacudir la cabeza como para despertar de una ensoñación.

—Te mandaré a un ingeniero —dijo por fin—. Sin coste alguno. Ya vas a gastar más que suficiente en este sitio. Me parece que no sabes en lo que te estás metiendo.

Cuando el fantasma volvió a ver a Alex Nolan habían pasado casi dos años. Entretanto, Sam se había convertido en los ojos a través de los cuales podía ver el mundo exterior. Aunque seguía sin poder abandonar la casa, había visitas: los amigos de Sam, su equipo del viñedo, los contratistas que se ocupaban de la electricidad y de la fontanería.

El hermano mayor de Sam, Mark, aparecía por allí una vez al mes para colaborar en proyectos de fin de semana de poca envergadura. Un día nivelaban un pedazo de suelo, el otro lijaban y esmaltaban una antigua bañera con patas. Mientras lo hacían hablaban e intercambiaban improperios sin ánimo de ofenderse. Al fantasma le encantaban aquellas visitas.

Cada vez recordaba más cosas de su antigua vida. Eran recuerdos fragmentados, piezas sueltas. Se acordaba de que le gustaban el jazz y los cómics de héroes y los aviones. Le agradaba escuchar programas de radio: a Jack Benny, George y Gracie, Edgar Bergen. Todavía no había recuperado lo suficiente de su pasado para hacerse una idea global, pero creía que acabaría por conseguirlo. Como en los cuadros puntillistas, de los que hay que alejarse para que la imagen se defina.

Mark Nolan era despreocupado y digno de confianza, la clase de hombre que al fantasma le hubiera gustado tener por amigo. Era dueño de un tostadero de café, así que traía siempre café en grano y lo primero que hacía al llegar era tomarse un buen café. Mientras Mark molía con meticulosidad los granos y calculaba la dosis para la cafetera, el fantasma recordaba el café, su aroma amargo y terroso, el modo en que una cucharadita de azúcar y un poquito de nata lo convertían en terciopelo líquido.

El fantasma dedujo de las conversaciones de los Nolan que sus padres habían sido los dos alcohólicos. Las cicatrices que habían dejado en sus hijos, tres niños y una niña llamada Victoria, eran invisibles pero profundísimas. Ahora, a pesar de que sus padres hacía mucho que habían fallecido, los Nolan tenían poca relación entre sí. Eran los supervivientes de una familia que ninguno quería recordar.

Era irónico que Alex, con su coraza, fuera el único que se había casado hasta el momento. Él y su esposa, Darcy, vivían cerca de Roche Harbor. La única hermana, Victoria, era madre soltera y vivía en Seattle con su hijita. En cuanto a Sam y Mark, estaban decididos a permanecer solteros. Sam opinaba sin ningún género de duda que ninguna mujer merecería jamás el riesgo del matrimonio. Siempre que tenía la sensación de que una relación se volvía demasiado íntima, acababa con ella y sanseacabó.

Después de que Sam le contara a Mark su última ruptura, con una mujer que había pretendido llevar su relación a otro nivel, este le preguntó:

—¿Qué nivel es ese?

—No lo sé. Rompí con ella antes de enterarme. —Ambos estaban sentados en el porche, aplicando quitapinturas a una tira de antiguos balaustres recuperados que posiblemente acabarían formando parte de la valla delantera—. Soy un tío de un solo nivel —prosiguió Sam—. Sexo, salir a cenar, algún regalito impersonal y nada de hablar acerca del futuro, nunca. Ahora que se ha terminado me siento aliviado. Es estupenda, pero no puedo con todo ese batiburrillo emocional.

—Un batiburrillo emocional... ¿qué demonios es eso?

—Ya sabes. Las mujeres son así. Lloran de felicidad o están locas de tristeza. No comprendo cómo alguien puede sentir dos cosas al mismo tiempo. Es como intentar ver a la vez dos canales de televisión.

—Yo te he visto experimentar más de un sentimiento simultáneamente.

—¿Cuándo?

—En la boda de Alex. Cuando él y Darcy se dieron los votos. Sonreías, pero tenías los ojos llorosos.

—Vale. En aquel momento me acordaba de la escena de *Alguien voló sobre el nido del cuco* en que practican una lobotomía a Jack Nicholson y sus amigos lo asfixian con una almohada.

—No me importaría asfixiar a Alex con una almohada —dijo Mark, y Sam sonrió, pero volvió a ponerse serio enseguida y añadió—: Alguien debería liberarlo de su miseria. Menuda pieza es esa Darcy. ¿Te acuerdas cuando en la cena de ensayo se refirió a Alex como su primer marido?

—Es su primer marido.

—Sí, pero decir que es «el primero» implica que habrá un segundo. Para Darcy un marido es como un coche: lo cambiará por otro tarde o temprano. Lo que no entiendo es que Alex lo supiera y siguiera adelante, que se casara con ella a pesar de todo. Si no puedes evitar casarte, al menos hazlo con alguien agradable.

—No es tan mala.

—Entonces ¿por qué tengo la sensación cuando hablo con ella de que estaría mejor tras un escudo de espejo que le devolviera su reflejo?

—No es que Darcy sea mi tipo —continuó argumentando Mark—, pero muchos tíos dirían que está como un queso.

—Eso no es motivo suficiente para casarse con alguien.

—En tu opinión, Sam, ¿hay algún motivo suficiente para casarse?

Sam cabeceó.

—Preferiría tener un doloroso accidente con una herramienta eléctrica.

—Viendo de qué forma usas la ingletadora —comentó Mark—, diría que es más que probable que tengas uno.

Al cabo de unos días, Alex se presentó inesperadamente en la casa de Rainshadow Road. Desde la última vez que lo había visto, había perdido unos kilos que no le hacía ninguna falta perder. Se le marcaban muchísimo los pómulos y tenía profundas ojeras bajo los ojos del color del hielo.

—Darcy quiere que nos separemos —dijo sin más preámbulos.

Sam lo dejó pasar, mirándolo con preocupación.

—¿Por qué?

—No lo sé.

—¿No te lo ha dicho?

—No se lo he preguntado.

Sam abrió unos ojos como platos.

—Dios mío, Al. ¿No te interesa saber por qué razón te deja tu mujer?

—No particularmente.

—¿No te parece que a lo mejor eso es parte del problema? ¿No es posible que quiera que a su marido le interesen sus sentimientos?

—Para empezar, una de las razones por las que me gustaba Darcy era que nunca manteníamos ese tipo de conversaciones. —Alex se paseaba por el saloncito, con las manos en los bolsillos. Estudiaba el marco de puerta que Sam había estado colocando.

—Vas a rajar la madera. Tienes que abrir los agujeros con un taladro primero.

Sam se lo quedó mirando.

—¿Quieres echarme una mano?

—Claro. —Fue hasta la mesa de trabajo situada en el

centro de la habitación y cogió un taladro. Comprobó que la broca fuera la adecuada y que el portabrocas estuviera bien apretado. Luego apretó el gatillo para probar la herramienta. Un chirrido metálico rasgó el aire.

—A los rodamientos les falta grasa —se disculpó Sam—. Tengo intención de engrasarlos pero no he tenido tiempo.

—Es mejor cambiarlos por entero. Luego me ocuparé de eso. Entretanto, tengo un buen taladro en el coche.

—Estupendo.

Como es típico de los hombres, se enfrentaron al asunto de la ruptura del matrimonio de Alex evitando hablar del tema y trabajando juntos en un silencio de compañerismo. Alex instaló el marco de la puerta con cuidado y precisión, midiendo, marcando y labrando con un escoplo un margen fino en el yeso de la pared para asegurarse de que las jambas estuvieran completamente rectas.

Al fantasma le encantaba un trabajo de carpintería bien hecho, el modo en que todo adquiría sentido. Los bordes estaban bien acabados, las imperfecciones lijadas y pintadas, todo estaba nivelado. Observó el trabajo de Alex con aprobación. Aunque Sam se las apañaba bien para ser un simple aficionado, cometía muchos errores. Alex sabía lo que hacía y se notaba.

—¡Caramba! —dijo Sam con admiración al ver cómo Alex había tallado unos bloques para que sirvieran de base decorativa al marco de la puerta—. Bueno, vas a tener que ocuparte de la otra puerta, porque no hay condenada manera de yo logre que me quede tan bien.

—Vale.

Sam salió para hablar con los del equipo del viñedo, que estaban ocupados podando y dando forma a las cepas jóvenes, preparándolas para la época de crecimiento de abril. Alex siguió trabajando en la salita. El fantasma se paseaba por la habitación, cantando en las pausas entre los martilla-zos y el ruido de la sierra: «*We'll meet again, don't know where, don't know when...*»

Mientras Alex llenaba los agujeros con pasta de madera y enmasillaba los bordes del marco, empezó a canturrear flojito, de un modo casi imperceptible. Gradualmente el murmullo se convirtió en melodía y el fantasma se quedó como si un rayo lo hubiera alcanzado: Alex estaba cantu-rreando la misma canción que él.

Hasta cierto punto, Alex percibía su presencia.

Sin dejar de observarlo con atención, el fantasma siguió cantando: «*Would you please say hello to folks that I know/ tell 'em I won't be long...*»

Alex dejó la pistola para aplicar masilla y siguió arrodi-llado, con las manos apoyadas en los muslos, canturreando ausente.

El fantasma dejó de cantar y se le acercó más.

—Alex —dijo con cautela. No obtuvo respuesta, así que exclamó con impaciencia, en un arranque de esperanza y entusiasmo—: ¡Alex, estoy aquí!

El otro parpadeó como un hombre que acaba de salir a plena luz del día después de haber estado en una habita-ción a oscuras. Miró directamente al fantasma, con las pu-pilas tan dilatadas que sus ojos eran dos círculos negros con un ribete gris.

—¿Me ves? —le preguntó asombrado el espectro.

Retrocediendo a trompicones, Alex se cayó de culo y agarró la herramienta que tenía más a mano: un martillo. Enarbolándolo como si se dispusiera a lanzárselo al fantas-ma, articuló con la voz ronca:

—¿Quién demonios eres?

2

El desconocido lo miraba, no menos sorprendido.

—¿Quién eres? —volvió a preguntarle Alex.

—No lo sé —dijo el hombre despacio, mirándolo sin parpadear.

Iba a decir algo más pero... perdió nitidez, como la imagen de un canal de televisión por cable con mala recepción, y desapareció.

La habitación se quedó en silencio. Una abeja se posó en una ventana y caminó en círculos.

Alex dejó el martillo y, con la garganta agarrotada, exhaló el aire. Se frotó los ojos. Los tenía irritados e hinchados de lo mucho que había bebido la noche anterior. «Es una alucinación —se dijo—. Tonterías de un cerebro agotado.»

Su ansia de alcohol era tan intensa que por un instante pensó en ir a la cocina y rebuscar en la despensa. Pero Sam no solía tener licores; seguramente no habría más que vino.

Y aún no era mediodía. Nunca bebía antes de las doce.

—¡Eh! —oyó que le decía Sam desde la entrada. Miró a Alex de un modo raro—. ¿Necesitas algo? Me ha parecido oírte.

A Alex le latían dolorosamente las sienes al ritmo de su corazón. Sentía unas leves náuseas.

—Los muchachos de tu viñedo... ¿Hay alguno que sea moreno con el pelo corto y lleve una cazadora de piloto como las antiguas?

—Brian es moreno, pero lleva el pelo más bien largo. Además, nunca le he visto llevar una chaqueta así. ¿Por qué?

Alex se levantó y se acercó a la ventana. De un manotazo, espantó la abeja, que se fue volando con un zumbido hosco.

—¿Te encuentras bien? —le preguntó Sam.

—Bien, sí.

—Porque si quieres contarme algo...

—No.

—Vale —repuso Sam con una cuidadosa insipidez que lo fastidió. Darcy solía hablarle en el mismo tono, como si anduviera pisando huevos a su alrededor.

—Acabo enseguida y me voy. —Alex se acercó a la mesa de trabajo y se puso a medir la longitud de una moldura.

—Está bien. —Sam se quedó en la puerta—. Al... ¿Has estado bebiendo últimamente?

—No lo bastante —le respondió con fiera sinceridad.

—¿Crees...?

—Ahora no me vengas con esas, Sam.

—Entendido.

Sam lo miraba sin disimular su preocupación. Alex sabía que no tendría que haberle irritado que su hermano demostrara que se preocupaba de verdad por él, pero cualquier gesto cálido o de afecto le hacía reaccionar siempre de un modo distinto que los demás: despertaba su instinto de apartarse, de cerrarse. La gente podía aguantarlo o desaparecer porque ese era su modo de ser.

Se mantuvo inexpresivo, sin abrir la boca. Por mucho

que él y Sam fueran hermanos, apenas sabían nada el uno acerca del otro. Y Alex prefería que así siguiera siendo.

Cuando Sam se marchó de la salita, el fantasma volvió a prestarle atención a Alex.

En el instante en el que los dos habían sido capaces de verse, había sobrecogido al fantasma la conciencia de que existía una conexión abierta entre ambos, de modo que él era capaz de percibir todo cuanto sentía el hombre... amargura, el deseo de olvido, de entumecimiento, una necesidad de aislamiento que nada podía satisfacer. El fantasma no sentía todo eso... era más bien que tenía la capacidad de echar un vistazo a todo aquello, igual que si ojeara los títulos en una librería. No obstante, la intensidad con que lo percibía lo había asombrado y se había dado media vuelta.

Por lo que parecía, había recuperado la invisibilidad al hacerlo.

Moreno, con una cazadora de piloto... «¿Ese es el aspecto que tengo?»

¿Qué más había visto Alex?

«¿Me parezco a alguien a quien conoces? ¿A alguien que sale en una vieja foto, tal vez? Ayúdame a descubrir quién soy.»

Frustrado, el fantasma observó cómo Alex instalaba el resto de los marcos. Cada martillazo reverberaba en el aire. Se cernió sobre él y la conexión entre ambos era frágil pero palpable. Percibía la lenta corrosión de un alma que nunca había tenido ninguna posibilidad, ni bastante cariño, ni suficiente esperanza, bondad, ni ninguna de las cosas que hacen falta para sentar unas bases dignas para un ser humano. Aunque no lo habría escogido para estar unido a él o, lisa y llanamente, para rondarlo, el fantasma no veía otra alternativa.

Alex ordenó las herramientas de Sam y recogió el taladro que había que reparar. Cuando se iba, el fantasma lo acompañó hasta la puerta de entrada.

Alex salió al porche. El fantasma dudó. Llevado por un impulso, avanzó. En esta ocasión no hubo desintegración, ni fragmentación de la conciencia. Fue capaz de seguirlo.

Estaba fuera.

Andando por el camino donde había dejado el coche, Alex notó un hormigueo punzante de impaciencia cuya fuente desconocía. Tenía los sentidos agudizados hasta un punto que le resultaba doloroso el sol, demasiado brillante; el olor de la hierba cortada y de las violetas le parecía de un dulzón nauseabundo. Miró al suelo y notó algo raro. Por algún efecto luminoso, no una sino dos sombras se alargaban frente a él. Se detuvo y observó las dos siluetas recortadas sobre el sendero. ¿Era posible que una se hubiera movido ligeramente mientras la otra permanecía quieta?

Con esfuerzo, siguió caminando. Veía visiones, hablaba con apariciones, iba a acabar internado en un centro de rehabilitación. Darcy se habría agarrado a cualquier excusa para encerrarlo. Y sus hermanos también, de hecho.

Hizo un esfuerzo deliberado para pensar en la perspectiva que le esperaba en casa. Darcy se había ido a buscar un apartamento en Seattle, así que no habría nadie. Nadie lo molestaría. Era una idea agradable, tanto que las llaves del coche tintinearon un poco en su mano.

Cuando se metió en el BMW, la sombra también lo hizo y se instaló en el asiento del acompañante como una funda de almohada vacía. Así, los dos juntos, se fueron a casa.

3

Lo irónico era que, después de años deseando escapar de la casa de Rainshadow, le habían bastado unas cuantas semanas en compañía de Alex Nolan para querer volver allí. Sin embargo, poco podía el fantasma alejarse antes de llegar a los límites de otra prisión invisible. Estaba unido a Alex. Aunque podía irse a otra habitación o deslizarse hasta varios metros de distancia, eso era todo. Cuando Alex se había marchado de su ultramoderna casa de Roche Harbor, el fantasma se había visto arrastrado como un globo tirado de un cordel... o, más concretamente, como un pez clavado en el anzuelo.

Las mujeres solían acercársele, atraídas por su taciturno encanto, pero Alex era un hombre frío y nada sentimental. Darcy, que vivía en Seattle pero de vez en cuando aparecía aunque habían acordado separarse legalmente antes del definitivo divorcio, satisfacía sus esporádicas necesidades sexuales. Mantenían conversaciones en las que las palabras eran cortantes como cuchillas de afeitar y luego se acostaban: su única forma de conectar desde siempre. Darcy le había dicho a Alex que las mismas cosas que hacían de él un marido terrible lo convertían en un amante de primera. En cuanto se metían en la cama el fantasma se marchaba prudentemente a la habitación más alejada de la casa e intentaba ignorar los gritos de placer de aquella mujer.

Darcy era guapa y flaca como un galgo, de melena lisa y morena. Irradiaba una confianza tan dura como el diamante y el fantasma no hubiera podido compadecerse de ella de ninguna manera de no ser porque le había notado algunos síntomas de vulnerabilidad: patas de gallo de no dormir en los ojos, leves arrugas en las comisuras de la boca y carcajadas crispadas, todo ello porque sabía que su matrimonio se había convertido en menos que la suma de sus partes.

El fantasma acompañaba a Alex a todas partes por su todavía en mantillas complejo residencial de Roche Harbor, al que le había oído referirse como a un vecindario de bolsillo. Consistía en una agrupación de casas bien cuidadas alrededor de una zona verde comunitaria y un cúmulo de buzones. Alex no gustaba necesariamente a la gente, pero respetaban su trabajo. Tenía fama de llevar adelante una operación y acabar los proyectos dentro del plazo estipulado, incluso en un lugar donde los subcontratistas tendían a trabajar con mucha parsimonia.

A nadie se le escapaba en la isla, sin embargo, que Alex bebía demasiado y dormía demasiado poco, algo que acabaría por pasarle factura. Su salud no tardaría en resentirse como lo había hecho su matrimonio. El fantasma esperaba fervientemente no verse obligado a ser testigo del deterioro de la vida de aquel hombre.

Atrapado en la esfera de Alex, estaba impaciente por ir a la Rainshadow Road, donde el resto de la familia Nolan vivía grandes cambios.

Unos días después de que el fantasma se hubiera ido de

allí, el teléfono había sonado a una hora anormalmente intempestiva. Como él nunca dormía, había ido a la habitación de Alex. La lamparita de la mesilla de noche estaba encendida.

—Sam, ¿qué pasa? —dijo Alex, con la voz espesa por el sueño, frotándose los ojos. Luego escuchó impertérrito, pero se puso muy pálido. Tuvo que tragar dos veces antes de preguntar—: ¿Están seguros?

La conversación prosiguió y el fantasma dedujo que la hermana de los Nolan, Victoria, había tenido un accidente de coche y había fallecido. Victoria no se había casado ni había revelado nunca quién era el padre de su hija, así que la pequeña Holly, de seis años, acababa de quedarse huérfana.

Alex había cortado la comunicación y se había quedado mirando la pared, con los ojos secos.

El fantasma sintió una mezcla de conmoción y pesar. Aunque no había llegado a conocerla, Victoria había muerto joven y eso era cruel. Lo injusto de aquella pérdida le tocó la fibra sensible. Habría querido darse el lujo de llorar, tener el alivio de las lágrimas. Sin embargo, era un alma sin cuerpo y no podía hacerlo.

Por lo visto, Alex Nolan tampoco.

Aparte de lo trágico, la muerte de Victoria Nolan había tenido otra consecuencia: la custodia de su hija Holly había recaído en Mark y ambos se habían mudado a casa de Sam. Los tres vivían juntos en Rainshadow.

Antes de la llegada de la niña, la casa parecía un vestuario de futbolistas. Se hacía la colada únicamente cuando toda la ropa estaba sucia y no quedaban opciones. Se comía a salto de mata, a toda prisa, y en la nevera no solía haber más que algunos botes de salsa medio vacíos, un paquete de seis cervezas y, de vez en cuando, unas sobras de pizza en una caja con manchas grasientas. Al médico no se iba a menos que hicieran falta puntos para cerrar una herida o un desfibrilador.

Mark y Sam habían conseguido dar cabida en sus vidas a una niña de seis años y aquel acto de generosidad lo había cambiado todo. Aquellos solterones amantes de la comida basura habían empezado a leer las etiquetas con la información nutricional de los productos como si fuera un asunto de vida o muerte. Si no eran capaces de pronunciar un ingrediente, los rechazaban. Aprendieron términos como «raquitismo» y «rotavirus», el nombre de al menos media docena de princesas Disney y a usar mantequilla de cacahuete para quitar un pegote de chicle de una melena.

No pasó mucho tiempo antes de que los dos hermanos se dieran cuenta de que, cuando le abres el corazón a una criatura, también se lo abres a otras personas. Al año de que la niña se fuera a vivir con ellos, Mark se enamoró de una joven viuda pelirroja llamada Maggie y todos sus largamente sostenidos prejuicios contra el matrimonio se fueron a pique. Tras la boda, en agosto, Mark, Maggie y Holly vivirían en su propia casa de la isla, y Sam volvería a tener para él solo la de Rainshadow Road.

Parecía cuestión de tiempo que Sam también decidiera darle una oportunidad al amor. Sus temores eran comprensibles: los Nolan padres, Jessica y Alan, habían demostrado a sus cuatro hijos que la semilla del fracaso y la destrucción estaba sembrada al principio de toda relación. Si amabas a alguien, tarde o temprano recogerías una amarga cosecha.

Al final de una batalla legal horrible, Alex y Darcy habían llegado a un acuerdo para convertir en divorcio su separación legal. Ella lo dejó sin un céntimo y se quedó con todo, incluida la casa. Al mismo tiempo, la economía dio un giro y el mercado inmobiliario se desplomó. El banco ejecutó la hipoteca del complejo residencial de Alex en Roche Harbor y dejó sus planes de urbanización de Dream Lake indefinidamente en suspenso.

Alex bebía tanto que tenía el aspecto de un joven quemado antes de tiempo. Quería ser insensible, buscaba olvidar. El fantasma suponía que, siendo el hijo menor de unos padres alcohólicos, la supervivencia de Alex dependía del distanciamiento. Si nunca sientes nada ni confías en nadie, si niegas cualquier necesidad y cualquier debilidad, no pueden hacerte daño.

Día tras día, Alex estaba cada vez más destrozado. ¿Cuánto tiempo pasaría antes de que no quedara nada de él?, se preguntaba el fantasma.

Con el proyecto de Roche Harbor sin futuro y su otra promoción parada, Alex se pasaba el tiempo trabajando en las casa del viñedo de Rainshadow Road. Algunas habitaciones estaban tan deterioradas por las goteras que tuvo que reconstruirlas desde el subsuelo. Hacía poco que había puesto papel pintando en la sala de estar, después de cortar a mano los paneles y la cenefa. Aunque Sam había querido pagarle, Alex no había querido. Sabía que sus hermanos no entendían por qué se tomaba tantas molestias con aquella casa. Lo hacía sobre todo para tranquilizar su conciencia por no haberse molestado en ayudar a la crianza de Holly. No había modo alguno de que Alex se implicara en ocuparse de una niña. Sin embargo, sí que podía contribuir a que la casa fuera segura y cómoda mientras ella vivía allí, porque eso se le daba bien.

A mediados de verano, el equipo del viñedo de Rainshadow estaba ocupado sujetando las cepas y podando hojas para que los racimos estuvieran más expuestos a la luz solar. Alex llegó por la mañana para hacer algo en el ático. Antes de subir la escalera entró en la cocina con Sam para tomar café.

El olor de la cena de la noche anterior, sopa de pollo con salvia, flotaba todavía en el aire, sutil pero agradable. En la encimera, había un trozo de queso cubierto por una campana antigua de cristal.

—Al, ¿por qué no te frío un par de huevos y te los comes antes de ponerte a trabajar? —le preguntó Sam.

Alex sacudió la cabeza.

—No tengo hambre. Solo quiero café.

—Vale. Por cierto, te lo agradecería si no hicieras mucho ruido hoy, porque se ha quedado a dormir una amiga y necesita descansar.

Alex puso mala cara.

—Dile que se lleve la resaca a otra parte. Tengo que tapizar.

—Hazlo luego —dijo Sam—. Y no tiene resaca. Ayer tuvo un accidente.

Antes de que pudiera responderle, llamaron a la puerta. El timbre era uno de esos tan anticuados que suenan cuando giras una palomilla.

—Seguramente es una de sus amigas —murmuró Sam—. Intenta no portarte como un gilipollas, Alex.

Al cabo de un momento, Sam entró con una mujer en la cocina.

Inmediatamente Alex supo que estaba en un lío, en uno en el que nunca había estado. Le bastó con un vistazo a aquellos ojos azules. Lo dejaron KO, desarmado. El deseo y la alarma lo dejaron paralizado.

—Zoë Hoffman, este es mi hermano Alex —oyó decir a Sam.

No podía dejar de mirarla y tuvo que responderle con un gesto de cabeza cuando ella lo saludó. Ni siquiera le estrechó la mano, porque habría sido un error tocarla. Era una atractiva rubia con tirabuzones que parecía salida de un anuncio de alguna revista antigua. La naturaleza había derrochado belleza en ella, pero mantenía una postura vagamente de disculpa, propia de una mujer a la que los hombres han prestado siempre una atención indeseada.

Se volvió hacia Sam.

—¿No tendrías una bandeja para poner estas magdalenas? —preguntó. Su voz era suave y estaba como sin aliento, como si se hubiera despertado tarde después de una larga noche de sexo.

—Está en una de esas alacenas, junto al congelador. Alex, ¿puedes ayudarla mientras yo subo a buscar a Lucy? —Sam echó un breve vistazo a Zoë—. Voy a ver si quiere sentarse en la sala de estar, aquí abajo, o que subas tú a verla.

—Claro —convino Zoë, y se acercó a los armarios de la cocina.

La perspectiva de quedarse a solas con Zoë Hoffman, por poco que fuera, empujó a Alex a marcharse. Llegó a la puerta al mismo tiempo que Sam.

—Tengo mucho que hacer —le dijo en un susurro—. No puedo perder tiempo charlando con Betty Boop.

Zoë envaró los hombros.

—Al —murmuró Sam—. Basta que la ayudes a encontrar la puñetera bandeja.

En cuanto se marchó, Alex se acercó a la joven, que intentaba alcanzar una bandeja con tapa de cristal del estante de una alacena. Se puso a su lado y captó la femenina fragancia del talco en su piel. Lo invadió una intensa oleada de nostalgia visceral. Sin decir nada, cogió la bandeja y la dejó en la encimera de granito, moviéndose como en un sueño pero controlándose. Si se descontrolaba aunque fuera un segundo, tenía miedo de lo que podría hacer o decir.

Zoë empezó a pasar las magdalenas de la bandeja del horno al plato. Alex se quedó a su lado, con la mano encima de la encimera.

—Ya puedes irte —murmuró Zoë, con la mandíbula tensa—. No tienes por qué quedarte a charlar.

Alex notó que se lo decía con reproche y le pareció que debía disculparse, pero abandonó la idea de inmediato cuando vio cómo cogía las magdalenas de una en una, levantándolas con delicadeza de la bandeja.

—¿De qué las has hecho? —logró articular.

—De arándanos —dijo Zoë—. Si quieres una, sírvete.

Alex negó con la cabeza y cogió su café. La mano le temblaba bastante.

Sin mirarlo, Zoë cogió una magdalena y se la puso en el platillo.

Alex se mantuvo quieto y callado mientras Zoë seguía llenando la bandeja. Sin poder evitarlo, cogió el dulce que ella le había ofrecido y los dedos se le hundieron levemente en la masa blanda contenida en el molde de papel blanco. Luego salió de la cocina.

En el porche, solo, Alex miró la magdalena. No era el tipo de cosa que le gustaba. La repostería le sabía normalmente a yeso. El primer bocado fue ligero y tierno: suave bizcocho con una capa crocante de glaseado. Notó en la lengua el aroma de la ralladura de naranja y la acidez oscura de los arándanos. Cada bocado le aportaba una renovada y sorprendente dulzura. Hizo un esfuerzo para comer con mesura, sin glotonería. ¿Cuánto hacía que no saboreaba realmente algo?

Cuando terminó, se sentó tranquilamente, permitiendo que se apoderara de él una sensación de calidez. Los ojos azules, los tirabuzones rubios, la cara, femenina y rosada, como de una novia de antes. Le molestaba la reacción que le había provocado, el contacto que persistía imborrable.

Era una clase de mujer que nunca le había atraído. Nadie se tomaba en serio a una mujer como aquella.

Zoë.

No había modo de pronunciar su nombre sin fruncir los labios como para dar un beso.

Se puso a fantasear: se reunía con Zoë, le pedía perdón por su rudeza, la engatusaba para que saliera con él. Podían ir de picnic a su finca cerca del lago Dream... Extendería una manta a la sombra de los manzanos silvestres y el sol se colaría entre las hojas y les motearía la piel.

Se imaginó desvistiéndola despacio y dejando al descubierto sus pálidas curvas. Le besaría el cuello y la haría estremecer, saborearía su sonrojo...

Sacudió la cabeza para alejar aquellos pensamientos e inspiró profundamente, dos veces.

No volvería a la cocina. Subió la escalera para trabajar en el ático, evitando encontrarse otra vez con Zoë Hoffman. Cada zancada era un acto de voluntad. No podía permitirse ninguna debilidad.

El fantasma no había podido leerle el pensamiento a Alex mientras este estaba sentado en el porche, pero había sentido lo mismo. Por fin había algo que Alex quería tener, con tanta fuerza que su deseo había espesado el aire. Era la reacción más humana que le había visto tener.

No obstante, cuando Alex decidió alejarse de Zoë precisamente porque la deseaba, el fantasma perdió la paciencia. Había tenido infinita paciencia y no les había hecho ningún bien, ni a él ni a Alex. De nada había servido. El fantasma no sabía nada acerca del aprieto en el que se encontraba, nada acerca de cómo y por qué se había convertido en el compañero inseparable de un alcohólico empeñado en suicidarse lentamente, pero era bastante obvio que estaba ligado a Alex por alguna razón.

Si quería librarse algún día de aquel bastardo, algo tendría que hacer.

La buhardilla era un espacio amplio con el techo inclinado y tragaluces. En algún momento habían intentado hacerlo habitable y habían levantado tabiques de baja altura, aunque eran burdos y dejaban pasar las corrientes de aire. Alex estaba aplicando espuma aislante entre los tablones del suelo.

Arrodillado, se disponía a cambiar el cartucho de masilla de la pistola cuando se quedó inmóvil. Había visto algo en la pared... una sombra saliendo de un montón de escombros y muebles rotos. Aquella sombra ya llevaba varias semanas con él. Alex había intentado ignorarla, olvidarla bebiendo, dormir para no verla, pero no había modo de escapar de su vigilante presencia. Últimamente había empezado a sentir cierta animosidad proveniente de ella. Eso quería decir que, o él estaba loco, o la sombra lo estaba acechando.

Cuando la sombra se le acercó más, Alex notó la descarga de adrenalina en todas sus venas. Por puro instinto, se dispuso a defenderse. En un arranque, le lanzó la pistola de masilla. El tubo se rajó y la masilla salpicó la pared.

La forma oscura desapareció.

Alex seguía notando cerca la hostil presencia, esperando, observándolo.

—Sé que estás ahí —le dijo con voz gutural—. Dime lo que quieres. —Una película de sudor le cubría la cara y le empapaba la camiseta. Tenía el corazón desbocado—. Y luego dime cómo demonios librarme de ti.

Nada más que silencio.

Motas de polvo en descenso flotaban en el aire.

La sombra volvió a aparecer. Poco a poco adquirió forma humana, transformándose en un ser tridimensional.

—Eso mismo me he estado yo preguntando, cómo librarme de ti —dijo.

Alex notó que palidecía. Se sentó en el suelo para no caer de bruces.

«Dios mío, me he vuelto loco.»

No se dio cuenta de que lo había dicho en voz alta hasta que el desconocido repuso:

—No, no te has vuelto loco. Soy real.

Era un hombre alto, vestido con una chaqueta de cuero de aviador y unos pantalones color caqui. Llevaba el pelo muy corto, al estilo militar, con la raya a un lado. Sus rasgos eran marcados, sus ojos oscuros y calculadores. Parecía un secundario de una película de John Wayne, el rebelde figura que tiene que aprender a obedecer órdenes.

—¡Hola! —dijo con desenfado el desconocido.

Despacio, Alex se puso de pie, tambaleándose. Nunca había sido una persona espiritual. Solo creía en cosas concretas, en la evidencia de los sentidos. Todo en este mundo estaba compuesto de elementos producidos en su origen por una explosión de estrellas, lo que significaba que los humanos eran básicamente polvo de estrellas consciente.

Cuando te morías, desaparecías para siempre.

Así que, ¿qué era aquello?

Algún tipo de espejismo. Alex hizo una tentativa de agarrarlo y su mano atravesó el pecho del hombre. Momentáneamente, todo lo que pudo ver fue su propio puño envuelto por el plexo solar del desconocido.

—¡Dios! —Alex apartó la mano de golpe y se miró la palma y el dorso.

—Es imposible que me hagas daño —dijo el hombre—. Ya me has atravesado un centenar de veces.

Tentativamente, Alex estiró el brazo y atravesó el del hombre y su hombro con la mano.

—¿Qué eres? —consiguió preguntarle—. ¿Eres un ángel? ¿Un fantasma?

—¿Acaso tengo alas? —le espetó el otro, sardónico.

—No.

—Entonces, diría que soy un fantasma.

—¿Por qué estás aquí? ¿Me has estado siguiendo?

Aquellos ojos oscuros se clavaron en los suyos.

—No lo sé.

—¿Tienes alguna clase de mensaje para mí? ¿Te falta hacer algo y necesitas que te ayude?

—No.

Alex quería creer que aquello era un sueño, pero parecía muy real: la rancia calidez del aire del altillo, la luz amarillo limón que entraba por las ventanas y en la que flotaba el polvo, los productos químicos de la masilla, que olían un poco a plátano.

—¿Y por qué no te vas y me dejas en paz? —le preguntó al fin—. ¿Cabe esa opción?

El fantasma lo miró exasperado.

—¡Ojalá pudiera! Verte caer sin sentido todas las noches junto a un vaso de Jack Daniel's no es precisamente mi idea de la diversión. Llevo meses mortalmente aburrido. Es increíble que digas esto, pero era más feliz cuando vivía aquí con Sam.

—Tú... —Alex fue hacia un montón cercano de planchas de parqué y se sentó pesadamente, sin dejar de mirar al fantasma—. ¿Sam puede...?

—No. De momento, tú eres el único que me ve y me oye.

—¿Por qué? —le preguntó Alex, indignado—. ¿Por qué yo?

—No lo he elegido yo. Estuve aquí atrapado mucho tiempo. Ni siquiera cuando Sam compró la casa pude marcharme, por mucho que me esforzara en hacerlo. Luego, el pasado mes de abril me enteré de que podía seguirte al exterior, así que lo hice. Al principio fue un alivio. Estaba encantado de salir de aquí, aunque implicara tener que andar pegado a ti. El problema es que estamos unidos. Yo voy donde tú vas.

—Tiene que haber un modo de que me libre de ti —murmuró Alex, frotándose la cara—. Con terapia, medicación, un exorcista... una lobotomía.

—Yo creo que... —El fantasma se calló de golpe porque oyeron pasos en la escalera.

—¿Al? —Era Sam. Cuando llegó a lo alto de la escalera, vieron su cara, con el ceño fruncido, por entre los barrotes lacados de beige de la barandilla. Se detuvo al final de los escalones, con una mano en el pomo.

—¿Qué pasa? —preguntó.

Alex miró a su hermano y al fantasma, que estaba a escasos pasos de este, alternativamente. Estaba tentado de preguntarle a Sam si podía verlo. El fantasma era humano y sólido y su presencia era tan indiscutible que parecía imposible que no lo viera.

—Yo no lo haría —dijo el fantasma, como si le leyera el pensamiento—. Porque Sam no me ve y te tomará por loco. No me atrae la idea de compartir una celda acolchada contigo.

Alex miró de nuevo a Sam.

—Nada —le respondió—. ¿Para qué has subido?

—Porque te he oído. —Calló, irritado—. Te había pedido que no hicieras demasiado ruido, ¿recuerdas? Mi amiga Lucy está descansando. ¿Por qué gritas?

—Estaba hablando por teléfono.

—Bueno. Deberías irte. Lucy necesita paz y tranquilidad.

—Estoy en plena reforma de tu altillo, una reforma que te sale gratis, Sam. ¿Por qué no le pides a tu novia que posponga la siesta hasta que haya terminado?

Sam le lanzó una mirada de advertencia.

—Ayer la sacó de la carretera un coche cuando iba en bicicleta. Hasta tú podrías compadecerte un poco. Así que, mientras una mujer herida se recupera en mi casa...

—Está bien. No te alteres tanto. —Alex entornó los párpados mirando a su hermano. Sam nunca perdía los nervios por una mujer. Pensándolo bien, nunca permitía que sus novias se quedaran a pasar la noche en su casa. Algo inusual pasaba con aquella.

—Sí, se está enamorando —dijo el fantasma, que estaba a su espalda.

Alex echó un vistazo por encima del hombro.

—¿Eres capaz de leerme el pensamiento? —le preguntó irreflexivamente.

—¿Qué? —Sam estaba desconcertado.

Alex notó que se ponía colorado.

—Nada.

—La respuesta es «no» —dijo Sam—. Y estoy encantado de que así sea, porque saber lo que piensas seguramente me daría miedo.

Alex se dio la vuelta para recoger sus herramientas.

—No lo sabes tú bien —repuso con brusquedad.

Sam, que ya bajaba la escalera, se detuvo.

—Otra cosa... ¿Por qué hay salpicaduras de masilla en la pared?

—Es un nuevo método de aplicación —le respondió Alex con brusquedad.

—Vale —bufó Sam, y se fue.

Alex se volvió hacia el fantasma, que lo observaba con una sonrisa pedante.

—No puedo leerte el pensamiento —le dijo—. Pero es fácil adivinar lo que piensas la mayoría de las veces. —Lo miró especulativo—. Otras no tiene ningún sentido. Como el modo en que te has comportado hoy con esa rubita tan mona...

—Eso no es asunto tuyo.

—Ya, pero soy testigo de tu comportamiento quiera o no... y es irritante. Te gusta. ¿Por qué no hablas con ella? ¿Qué demonios te pasa?

—Me gustabas más cuando eras invisible —dijo Alex, alejándose de él—. Se acabó la conversación.

—¿Qué pasa si quiero seguir hablando?

—Habla contigo mismo. Me voy a casa, a beber hasta que desaparezcas.

El fantasma se encogió de hombros y se apoyó en la pared, tan ancho.

—A lo mejor serás tú quien desaparezca —le dijo, y se quedó mirando cómo Alex rascaba las salpicaduras de masilla.

4

—Justine, no comas más —dijo Zoë con severidad—. Me harán falta por lo menos doscientos para la torre de pasteles.

—Te estoy ayudando —dijo Justine con la boca llena de pastel de chocolate con cobertura de mantequilla. Llevaba la melena castaña recogida en una cola de caballo alta. Con su silueta esbelta enfundada en una camiseta, vaqueros y zapatillas, no parecía una mujer de negocios próspera sino más bien una alumna de instituto.

Zoë miró inquisitivamente a su prima a los ojos. Los tenía marrón-violeta.

—¿En qué me ayudas exactamente?

—Me ocupo del control de calidad. Tengo que asegurarme de que son lo bastante buenos para los invitados de la boda.

Con una sonrisa socarrona, Zoë pasó el rodillo de aluminio por el dulce de caramelo rosa.

—Y bien, ¿lo son?

—Son malísimos. ¿Puedo comerme otro? ¡Por favor...!

—No.

—Vale, pues te diré la verdad. Entre comerme este pastel y ver pelearse a Ryan Gosling y a Jon Hamm por el privilegio de acostarse conmigo, me quedo con el pastel.

—Ni siquiera están terminados —dijo Zoë—. Voy a cubrirlos con *fondant* y a adornarlos con rosas de color rosa, hojas verdes y gotas de rocío de azúcar.

—Eres el genio de la pastelería de nuestros tiempos.

—Lo sé —dijo alegremente Zoë.

Cuando el *fondant* tuvo unos tres milímetros de grosor, se puso a cubrir con él los pasteles y a eliminar el sobrante con una espátula. Llevaba más de dos años trabajando en el *bed and breakfast* de Justine. Ella se ocupaba de la cocina, de hacer la compra y de los pedidos, mientras que Justine llevaba las cuentas. Inmediatamente después de la ruptura del breve pero desastroso matrimonio de Zoë, Justine le había hecho una oferta que incluía una participación en el negocio. Al principio, todavía trastornada por el final de su matrimonio, había dudado.

—Acepta y nunca te arrepentirás —le había dicho Justine—. Es lo que te gusta hacer, cocinar y planificar los menús sin tener que ocuparte de nada más.

Zoë la había mirado, indecisa.

—Con lo que acaba de pasarme, tengo miedo de comprometerme, sea con lo que sea. Incluso con una oferta tan tentadora como esta.

—Pero te estarías comprometiendo conmigo, con tu prima favorita —la había animado Justine.

Zoë se abstuvo de decirle que, técnicamente, solo eran primas segundas y que, además, de todos los primos Hoffman, Justine no era precisamente su favorita. De pequeñitas, Justine, que era un año menor pero infinitamente más segura y audaz que ella, la intimidaba.

Una cosa que Zoë y Justine tenían en común era que se

habían criado en familias monoparentales: a Justine la había criado su madre y a Zoë su padre.

—¿Tu papá se marchó de casa? —le había preguntado Zoë a Justine.

—No, tonta. Los papás no se van de casa.

—Mi madre se fue —había replicado Zoë, encantada de saber por fin un poco más de algo—. No la recuerdo. Mi papá dice que un día, después de dejarme, se fue y nunca volvió.

—A lo mejor se perdió —sugirió Justine.

—No. Dejó una carta de despedida. ¿Adónde se fue tu papá?

—Está en el cielo. Es un ángel con unas alas grandes de plata.

—Mi abuela no cree que los ángeles tengan alas.

—Claro que tienen —se impacientó Justine—. Si no tuvieran alas se caerían del cielo. Ahí arriba no hay suelo.

En tercero, el padre de Zoë se trasladó a Everett, donde vivía la abuela, y tardó años en volver a ver a Justine. Se habían mantenido apenas en contacto mandándose tarjetas de felicitación por los cumpleaños y en Navidad. Tras graduarse en la escuela de cocina, Zoë se casó con Chris Kelly, su mejor amigo del instituto. En aquella época estaba ocupada con su trabajo como segunda chef en un restaurante de Seattle y Justine intentaba sacar adelante Artist's Point, así que perdieron por completo el contacto. Sin embargo, al cabo de un año aproximadamente, cuando Zoë y Chris iniciaron el proceso de divorcio, Justin había sido para ella una fuente inesperada de consuelo y apoyo, y le había ofrecido la oportunidad de empezar de nuevo en Friday Harbor. Por tentadora que fuera la perspectiva, Zoë tenía bastantes reservas acerca de la idea de trabajar con su testaruda prima. Afortunadamente el trato había salido estupendamente, y cada una explotaba sus puntos fuertes. Rara vez discutían y, cuando lo hacían, la tozudez silenciosa de Zoë solía imponerse a la bravuconería de Justine.

Artist's Point estaba a dos minutos a pie del centro de Friday Harbor y de la estación del ferry. El anterior propietario había convertido una vieja casa situada en la cima de una colina en un *bed and breakfast*, pero el negocio nunca había despegado, así que al final Justine había podido comprárselo a precio de saldo. Había rebautizado y redecorado la posada. Cada una de las doce habitaciones de la casa principal estaba dedicada a un artista distinto. La habitación Van Gogh, pintada de colores vivos, tenía el mobiliario de estilo provenzal y la colcha de girasoles. La habitación Jackson Pollock estaba decorada con muebles modernos y láminas de sus cuadros; en la pared de la bañera, Justine había colgado una cortina de ducha de plástico transparente con salpicaduras de pintura.

Las primas compartían una casita de dos habitaciones situada detrás del edificio principal, de veinticinco metros cuadrados escasos, con un baño y una cocina americana diminuta. Les iba bien porque se pasaban casi todo el día en la pensión, que disponía de una cocina espaciosa y zonas comunes. Para disgusto de Justine, Zoë se había traído a vivir con ellas a su gato persa, *Byron*. Había que reconocer que *Byron* era un poco mimado pero cariñoso y bien educado. Su único defecto era que no le gustaban los hombres; por lo visto lo ponían nervioso. Zoë comprendía exactamente cómo se sentía.

Durante los dos años anteriores, el *bed and breakfast* se había hecho famoso entre los turistas y la gente de la zona. Justine y Zoë acogían eventos mensuales, incluidas clases de cocina y una reunión de «lectura silenciosa», así como bodas y recepciones. El evento que se celebraría al día siguiente, sábado, era uno que Justine llamaba en privado una boda infernal, porque la madre de la novia era más terrible que la propia novia.

—Y además tienes toda una colección de damas de honor terribles y un novio espantoso y un padre del novio infame —se quejó Justine—. Es la boda más estrambótica que he visto nunca. Me parece que deberían invitar a un psiquiatra a la cena de ensayo de esta noche y convertirla en una sesión de terapia de grupo a lo grande.

—Seguramente acabarán tirándose los pasteles a la cabeza en el banquete —dijo Zoë.

—¡Dios mío, ojalá! Yo me quedaré en el centro de la refriega con la boca abierta. —Justine se lamió los restos de crema de frambuesa del dedo—. Has visto a Lucy esta mañana, ¿verdad? ¿Qué tal le va?

—Bastante bien, teniendo en cuenta las circunstancias. Toma medicación para el dolor, pero Sam la está cuidando muy bien, al parecer.

—Sabía que lo haría —dijo Justine con satisfacción.

Su amiga Lucy, una artista local del vidrio, había pasado los dos últimos meses en Artist's Point, desde que su novio había roto con ella. Tras el accidente de bicicleta del día anterior, Justine se había dado cuenta de que, dadas las heridas de su pierna y con la perspectiva de la boda aquel fin de semana, ella y Zoë no podían ocuparse de ella. Así que le había pedido a Sam que permitiera a Lucy recuperarse en su casa.

—Le dije a Sam el gran aprecio que le tengo —comentó Zoë—. Ha sido muy amable, sobre todo teniendo en cuenta que él y Lucy solo habían salido un par de veces.

—Están enamorados, aunque todavía no lo saben.

Zoë dejó de untar de *fondant* un pastel.

—¿Ellos no lo saben y tú sí? ¿Cómo puede ser?

—Tendrías que haber visto a Sam ayer en la clínica. Estaba preocupadísimo por ella y Lucy contentísima de verlo. Por un momento fue como si no existiera nadie en el mundo aparte de ellos dos.

Mientras Zoë seguía con los pasteles, reflexionó acerca de lo que recordaba de Sam Nolan de la época de la escuela primaria. Era flacucho y torpe. Su tranquila fuerza estaba aderezada con cierta picardía. Tal vez fuese exactamente lo que necesitaba Lucy, a quien tan mal había tratado su novio.

—Así que, ahora que Lucy ya tiene a alguien —dijo Justine—, tenemos que encontrar a alguien para ti.

—No, no tenemos que encontrar a nadie —repuso Zoë sin alterarse—. Vuelvo a decírtelo: no estoy preparada para empezar una relación seria.

—Ya llevas dos años divorciada y pareces una monja. El sexo te conviene, ya lo sabes. Disminuye el grado de estrés, mejora el estado cardiovascular y reduce el riesgo de padecer cáncer de próstata. Además...

—Yo no tengo próstata. Los hombres tienen próstata.

—Ya, pero piensa en lo mucho que ayudarías a algún pobre tipo...

Zoë sonrió a su pesar.

No había mejor antídoto para la timidez y la falta de seguridad de Zoë que Justine. Era como una brisa fresca de septiembre que se lleva el bochornoso calor del verano y te hace pensar en manzanas y jerséis de lana y en sembrar bulbos de tulipán.

Antes de extender la siguiente capa de *fondant*, Zoë sirvió café y le contó a Justine que había recibido una llamada telefónica esa misma mañana. El día anterior, su abuela

Emma, que vivía en un apartamento independiente de una comunidad para la tercera edad de Everett, había sido trasladada al hospital. Se quejaba de insensibilidad en la pierna y el brazo derechos y parecía desorientada. Había resultado ser una leve apoplejía, pero el médico opinaba que con fisioterapia recuperaría el uso de los miembros afectados.

—Cuando le hicieron el escáner descubrieron que ya había tenido varios pequeños derrames cerebrales. Eso se llama... ahora mismo no me acuerdo, pero en pocas palabras se reduce a lo siguiente: el diagnóstico es demencia vascular.

—¡Oh, Zoë! —Justine le puso una mano en la espalda—. Lo siento. ¿Es un tipo de Alzheimer?

—No, pero es parecido. La demencia vascular es un proceso progresivo. Cada pequeño derrame te priva de alguna capacidad y va seguido de un período sin cambios hasta que se produce otro episodio. —Se le quebró la voz y luchó contra las lágrimas—. Al final tendrá un derrame importante y eso será todo.

Justine frunció el ceño.

—Cuando Emma vino a visitarnos por Navidad estaba estupenda. No parecía que tuviera la edad que tiene. ¿Qué tiene ahora, noventa?

—Ochenta y siete.

—¿Tienes que irte? —le preguntó en voz baja Justine.

—Sí. Creo que mañana, después del banquete...

—No. Ahora, quiero decir.

—Me quedan ciento setenta y dos pasteles que cubrir con fondant.

—Enséñame a hacerlo. Yo me ocuparé.

—Tienes muchas otras cosas que hacer. —Zoë sintió una oleada de gratitud por su prima, con la que siempre podía contar cuando las cosas se complicaban—. Además, no es tan fácil como parece. Acabarías con un montón de pelotas de color rosa.

—Y luego las pondría en la mesa de los novios.

Zoë rio entre dientes y suspiró.

—No, me quedaré hasta después de la boda y luego me iré a Everett. —Titubeó antes de proseguir—: Veré a la consultora geriátrica, que se ocupa de lo que paga el seguro médico y sabe qué opciones hay para cubrir las necesidades de la abuela. Así que estaré fuera un par de días.

—Los que hagan falta. —Justine la miró con preocupación—. ¿Crees que tu padre irá a verla desde Arizona?

—Espero que no. —Zoë llevaba años sin ver a su padre, pero se escribían e-mails de vez en cuando y se llamaban por teléfono esporádicamente. Por lo que sabía de la relación de este con Emma, había sido incluso más fría—. Sería una situación muy incómoda. Además no sería de ninguna ayuda.

—Pobre Zoë. No sé si ha habido alguna vez un hombre en tu vida con el que hayas podido contar.

—En este momento, un hombre es lo último que necesito, dejando aparte a *Byron*, claro. Por cierto... ¿podrás cuidarlo mientras esté fuera?

—¡Oh, Jeez! —Justine puso mala cara—. Le pondré comida y agua, pero nada más. No pienso cepillarlo, ni bañarlo, ni acariciarlo.

—Solo unos mimitos por la noche —le rogó Zoë—. Lo ayudan a relajarse.

—Zoë... Eso no lo hago ni por mi novio. Tu bola de pelo tendrá que vérselas solo con su hipertensión.

5

Se escuchó la voz crispada de Darcy en el contestador mientras dejaba un mensaje a las nueve de la mañana. Escuchándolo, Alex se arrastró fuera de la cama, se puso los pantalones y fue tambaleándose a la cocina.

—«... no sé si ya has encontrado otro sitio donde vivir —decía Darcy—, pero casi no queda tiempo. Empezaré a enseñar la casa la semana que viene, así que tienes que haberla dejado para entonces. Quiero que esté vendida el Día del Trabajo. Si quieres comprármela, habla con el agente inmobiliario...»

—No voy a pagar la misma condenada casa dos veces —murmuró Alex, sin escuchar el resto del mensaje. Apretó un botón de la cafetera para preparar café exprés y esperó a que se calentara. Con los párpados entrecerrados, vio al fantasma de pie junto a la isla de la cocina con los antebrazos apoyados en el granito.

El espectro lo miró a los ojos.

—Hola.

Alex no respondió.

La noche anterior había puesto la televisión y se había

sentado a verla en el sofá con una botella de Jack Daniel's. El fantasma había tomado asiento en una silla cercana y le había preguntado con sarcasmo:

—¿Ya no te molestas siquiera en usar un vaso?

Llevándose el gollete a los labios, Alex se había quedado mirando fijamente la pantalla, sin hacerle caso. El fantasma había guardado silencio, pero no se había ido hasta que Alex se había desmayado.

Esa mañana seguía allí.

Alex vio que la cafetera estaba a punto y pulsó el botón de marcha. Sonó el chillido metálico del molinillo automático. La máquina chasqueó y bombeó una doble dosis de café molido en un recipiente oculto de plástico. Alex se tomó el café de un trago y dejó la taza vacía en el fregadero.

Se volvió a mirar al fantasma con sombría resignación. No tenía sentido que siguiera ignorándolo, puesto que no parecía que fuera a irse a ninguna parte. Y de aquel modo tan extraño, como por transferencia, percibía el humor del espectro, la cansada paciencia de un hombre que ha estado solo mucho tiempo. Aunque nunca lo habían acusado de ser compasivo, no pudo evitar sentir una pizca de compasión.

—¿Te llamas de algún modo? —le preguntó al final.

—Antes tenía nombre pero no me acuerdo.

—¿Por qué llevas esa chaqueta de aviador?

—No lo sé —repuso el fantasma—. ¿Lleva el escudo de algún escuadrón o la etiqueta de un nombre?

Alex negó con la cabeza.

—Parece una vieja A-2 con solapas en los bolsillos. ¿Tú la ves?

—Solo tú puedes verme.

—Menuda suerte. —Lo miró con dureza—. Mira... No

sirvo para nada si me sigues a todas partes. Tienes que hacerte invisible de nuevo.

—No quiero ser invisible; quiero ser libre.

—Pues ya somos dos.

—A lo mejor si me ayudas a descubrir quién era... encontraré una salida. Quizá sea capaz de alejarme de ti.

—Con un «a lo mejor» y un «quizá» no me basta.

—Es todo cuanto puedo decirte. —El fantasma se puso a caminar de un lado para otro—. Algunas veces recuerdo cosas. Retazos, pedazos de mi vida. —Se detuvo a mirar por la ventana de la cocina el azul sereno de Roche Harbor—. La primera vez que tuve... conciencia, supongo que tú dirías... fue en la casa de Rainshadow. Creo que en mi vida pasada estaba de algún modo ligado a ese lugar. Sigue habiendo un montón de trastos viejos allí, sobre todo en la buhardilla. Valdría la pena buscar pistas.

—¿Por qué no lo hiciste?

—Porque me hace falta un cuerpo físico para hacerlo. —Sus palabras rezumaban sarcasmo—. No puedo abrir una puerta ni mover ningún mueble. No tengo «poderes». —Acompañó la palabra con un pase mágico—. Lo único que puedo hacer es mirar mientras los otros se joden la vida. —Hizo una pausa—. Tendrás que sacar todo eso de la buhardilla, en cualquier caso.

—Ya lo hará Sam. Es su casa.

—No puedo hablar con Sam, y a él podría pasársele algo importante. Necesito que lo hagas tú.

—Yo no soy tu asistenta. —Alex salió de la cocina y el fantasma lo siguió—. En esa buhardilla hay trastos suficientes para llenar un contenedor. Tardaría días en ordenarlo yo solo, puede que semanas.

—¿Pero lo harías? —le preguntó el fantasma ansiosamente.

—Me lo pensaré. Ahora voy a darme una ducha. —Alex se detuvo y lo miró de reojo—. Y mientras esté duchándome, ni se te ocurra acercarte.

—Tranquilo —repuso el fantasma con sorna—. No estoy interesado.

A principio de quinto curso, el padre de Zoë dijo que iba a coger un nuevo trabajo en Arizona y que viviría con la abuela hasta que la mandara llamar.

—Tengo que preparar la casa para tu llegada —le comentó—. ¿De qué color quieres que te pinte la habitación?

—De azul —dijo la niña con vehemencia—. Azul turquesa. Ah, y... papá... ¿podré tener un gatito cuando me mude a nuestra nueva casa?

—Pues claro que sí. Siempre y cuando te ocupes de él.

—¡Oh, sí! Gracias, papi.

Durante meses, Zoë había dibujado su habitación nueva y su gatito tal como los imaginaba, y les había dicho a todas sus amigas que se iba a vivir a Arizona.

Su padre nunca la había reclamado. Fue a verla unas cuantas veces y se ponía al teléfono cuando Zoë lo llamaba, pero siempre que se atrevía a preguntarle si la casa ya estaba lista, si había lugar en su vida para ella, le contestaba con evasivas y se mostraba irritable. Debía tener paciencia. Tenía que ocuparse de otras cosas primero.

Cuando empezó en el instituto, Zoë lo llamó para hablarle de las clases y de los profesores nuevos. La voz de una desconocida respondió al teléfono. Fue muy amable y le dijo lo mucho que le gustaría conocerla algún día. Habían hablado unos minutos. Fue así como Zoë se enteró de que su padre le había pedido a una mujer con una hija de doce años que se fuera a vivir con él. Eran su nueva familia. Zoë no era más que un recuerdo indeseado de un matrimonio fallido y de una mujer que lo había abandonado.

Había ido a buscar a Emma, claro, y había llorado amargas lágrimas en el regazo de su abuela.

—¿Por qué no me quiere? —había sollozado—. ¿Tan molesta soy?

—No tiene nada que ver contigo. —La voz de Emma era dulce y suave. Se le notaba en la cara lo apenada que estaba cuando se inclinó sobre el pelo revuelto de Zoë—. Eres la mejor niña, la más inteligente y la más maravillosa del mundo. Cualquier hombre estaría orgulloso de que fueras su hija.

—Entonces ¿por... por qué él no lo está?

—Está destrozado, corazón. Tan destrozado que me temo que nadie podrá curarlo. Tu madre... bueno, el modo en que lo dejó... eso lo cambió. Desde entonces no ha sido el mismo. Si lo hubieras conocido antes, te parecería otra persona. Siempre estaba de buen humor. Todo le parecía bien. Pero se enamoró de tu madre tan profundamente... que fue como si se cayera en un pozo sin tener modo alguno de salir de él. Cada vez que te mira, no puede evitar pensar en ella.

Zoë escuchó atentamente, intentando entender entre líneas los secretos que escondían aquellas breves revelaciones. Necesitaba enterarse de por qué la habían abandonado consecutivamente su madre y su padre. Solo encontró una respuesta: la culpa tenía que ser suya.—Nadie te reprocha, Zoë, tu enfado y tu amargura. Pero tienes que centrarte en lo bueno de la vida y pensar en todos los que te quieren. No permitas que esto te agrie el carácter. —La abuela le acariciaba con dulzura el pelo.

—No quiero, Upsie —susurró Zoë. Así llamaba a su abuela desde que tenía memoria—. Pero siento... siento que no pertenezco a ningún lugar.

—Me perteneces a mí. Soy tu abuela.

Levantando los ojos hacia el rostro de Emma, surcado por las arrugas que el humor, la tristeza y la reflexión habían cincelado a lo largo de sus siete décadas de vida plena, Zoë se dijo que su abuela había sido lo único permanente para ella.

Después habían ido a la cocina a preparar algo.

Tres veces a la semana, Emma preparaba platos para algunos de los vecinos ancianos de su calle. Zoë, a quien le encantaba cocinar, siempre la ayudaba.

Ralló barras de chocolate negro hasta formar sobre la tabla de cortar un fragante montón de virutas. Mientras el horno se calentaba, mezcló el chocolate con dos paquetes de mantequilla y puso la mezcla al baño María en un cuenco de cristal. Separó las claras de las yemas de ocho huevos e incorporó estas últimas, de un amarillo intenso, junto con una cucharada de extracto de vainilla al chocolate fundido antes de añadirle el azúcar moreno.

Con cariño, fue incorporando la emulsión a las claras batidas a punto de nieve. Vertió en tazas de café la espuma perfumada y las puso al horno al baño María. Cuando los pasteles estuvieron cocidos, los dejó enfriar antes de coronarlos con un copo de nata batida.

Emma se acercó a contemplar las hileras de pastelitos de chocolate y una sonrisa le iluminó el rostro.

—¡Qué bonitos! —exclamó admirada—. Y huelen de maravilla.

—Prueba uno. Zoë le ofreció una cucharita.

Emma tomó un bocado y su reacción no pudo ser mejor. Gimió de placer, cerrando los ojos para apreciar mejor el sabor profundo del chocolate. Cuando los abrió, Zoë se sorprendió porque tenía lágrimas en los ojos.

—¿Qué te pasa, Upsie?

Emma sonreía.

—Sabe como el amor al que te has visto obligada a renunciar pero cuya dulzura persiste.

Zoë caminaba despacio por los pasillos del hospital. Las suelas de goma de sus manoletillas cliqueteaban en el suelo verde pálido. Iba dándole vueltas a la información que el médico acababa de darle: sobre la dolencia cerebrovascular, la apoplejía, la posibilidad de que Emma tuviera «demencia mixta», una combinación de demencia vascular y Alzheimer; era demasiado pronto para decirlo.

Al margen de las incógnitas y los problemas, una cosa estaba clara: Emma había dejado de ser autónoma. Pronto no podría vivir en la comunidad geriátrica. Iba a necesitar todos los cuidados y toda la supervisión posibles. Fisioterapia para el brazo y la pierna izquierdos a diario. Medios de seguridad para su entorno, como asideros en la ducha y una taza de váter con barras laterales. Su estado iría deteriorándose progresivamente, así que sus necesidades irían también en aumento.

Zoë estaba abrumada. No había ningún familiar al que acudir: su padre había renunciado a tener nada que ver con su vida hacía mucho. La familia Hoffman era numerosa pero sus lazos prácticamente inexistentes. «Solitarios como mofetas», había bromeado en una ocasión Justine acerca de sus insociables parientes. Y era verdad, los Hoffman tenían una veta de implacable introversión que había impedido siempre que la familia estuviera unida.

Sin embargo, nada de aquello importaba. Emma se había ocupado de Zoë cuando nadie más, incluido su propio padre, quiso hacerlo. Ni se le pasaba por la cabeza no cuidar de ella ahora.

La habitación del hospital estaba silenciosa. Se oían apenas los apagados pitidos del monitor cardíaco y el murmullo distante de la voz de una enfermera al otro extremo del pasillo. Con cuidado, Zoë se acercó a la ventana y abrió un poquito la persiana para dejar entrar la suave luz grisácea.

De pie, junto a la cama, Zoë contempló el aspecto cerúleo de Emma, la fragilidad como de pétalos de sus párpados cerrados, el tono plateado de su pelo. Le habría gustado cepillárselo y recogérselo con horquillas.

Emma parpadeó y abrió los ojos. En cuanto vio a Zoë, sus labios resecos se abrieron en una sonrisa.

A Zoë se le hizo un nudo en la garganta mientras se inclinaba a besar a su abuela.

—Hola, Upsie. —Emma solía oler a L'Heure Bleue, el perfume floral que había usado durante décadas. En aquel momento olía a antiséptico y medicinas.

Sentada al borde de la cama, Zoë pasó la mano entre los hierros de la barandilla de seguridad para tomar la de Emma. Sus dedos estaban fríos e inertes. Cuando vio la mueca de dolor de su abuela, se la soltó de golpe, recordando demasiado tarde que eran el brazo y la pierna derecha los afectados por el ataque.

—Lo siento. ¿Te duele?

—Sí. —Emma cruzó el brazo derecho por encima del pecho y Zoë se inclinó para agarrarle la mano, con cuidado, evitando moverle la aguja del gotero. Los ojos azules de Emma la miraban con cansancio pero con calidez.

—¿Has hablado con los médicos?

Zoë asintió.

—Dicen que estoy perdiendo la chaveta —le dijo Emma, que nunca se andaba con rodeos. Zoë la miró con escepticismo.

—Estoy segura de que no te han dicho eso.

—Pero lo piensan. —Le apretó la mano—. He tenido una vida larga —dijo al cabo de un momento—. No me importa morirme. Pero no quería que fuera así.

—¿Cómo, entonces?

Su abuela sopesó la respuesta.

—Me hubiera gustado morirme estando dormida, soñando.

Zoë apretó la palma de su mano contra el frío dorso de la de su abuela, sobre las venas que se entrecruzaban como un encaje.

—¿Qué clase de sueño?

—Tal vez... Bailando en brazos de un hombre apuesto... al compás de mi canción favorita.

—¿De qué hombre? ¿El abuelo Gus? —El único marido de Emma había muerto de cáncer de pulmón años antes del nacimiento de Zoë.

Un destello del humor de Emma hizo su aparición.

—Ni el hombre ni la canción no son de tu incumbencia.

Zoë fue desde el hospital al despacho de Colette Lin, la asistenta social para la tercera edad de Emma. Colette fue amable pero práctica y le dio un montón de folletos, formularios y libros para ayudarla a entender la situación a la que se enfrentaba Emma.

—La demencia vascular no es tan predecible como el Alzheimer —le dijo—. Puede presentarse repentinamente o de forma gradual, y afecta aleatoriamente a distintas partes del cuerpo. Además, siempre cabe la posibilidad de que tenga un ataque masivo sin previo aviso. —Hizo una pausa antes de añadir—: Si Emma padece demencia mixta, como sospechan los médicos, serás testigo de ciclos de comportamiento repetidos. Olvidará cosas sucedidas recientemente pero se acordará de otras de hace años, porque están localizadas más profundamente en el cerebro y más protegidas.

—¿Cuáles son sus necesidades más inminentes? —le preguntó Zoë—. ¿Cómo estaría mejor?

—Va a necesitar un entorno estable y saludable. Una buena alimentación, ejercicio, descanso, unas pautas de medicación fijas. Por desgracia, no podrá volver a su apartamento, donde no carecería de los cuidados que requiere ahora mismo.

Zoë tenía un caos mental.

—Tendré que hacer algo con los muebles... con todas sus cosas...

Emma lo guardaba todo. Habría que embalar una vida entera de recuerdos y guardar las cajas en alguna parte. Antigüedades, platos, una montaña de libros, ropa de todas las décadas desde la presidencia de Truman.

—Puedo recomendarle una buena empresa de mudanzas —le dijo Colette—, y un guardamuebles de la zona.

—Gracias. —Zoë se recogió el pelo detrás de las orejas. Tenía la boca seca y tomó un sorbo de agua de un vaso de plástico. Tenía que tomar demasiadas decisiones en muy poco tiempo. Su vida iba a cambiar tan drásticamente como la de Emma.

—¿Cuánto tiempo queda antes de que mi abuela tenga que dejar el hospital?

—Es un suponer... pero unas tres semanas, cuatro a lo sumo. Su seguro complementario cubrirá una semana en rehabilitación intensiva, luego tendrá que pasar a un centro de cuidados expertos. Por lo común Medicare lo cubre durante una breve temporada. Si quiere que continúe allí más tiempo, tendrá usted que asumir los costes de alguien que la ayude a bañarse y vestirse y que le dé de comer. A partir de ese momento será caro.

—Si me llevo a la abuela a vivir conmigo, ¿me cubrirá el seguro lo que cuesta que alguien venga a casa todos los días para ayudarme a cuidarla?

—Si es solo para vigilarla, tendrá que pagarlo usted. Más temprano o más tarde... —Colette le tendió otro folleto—, su abuela tendrá qué ingresar en una residencia donde la supervisen constantemente y atiendan sus necesidades diarias. Le recomiendo esta. Es un lugar muy bonito, con una sala común, música de piano e incluso sirven el té por las tardes.

—Una residencia —repitió Zoë con un hilo de voz, mirando el folleto, cuyas fotos estaban teñidas de cálidos tonos rosa y ámbar—. No creo que pueda dejar a Emma en un sitio así. Estoy segura de que querrá tenerme cerca y, como vivo en Friday Harbor, solo podría visitarla de cuando en...

—Zoë... —la interrumpió Colette, con dulzura en sus ojos oscuros—, para entonces seguramente ya no te recordará.

6

Zoë volvió a la isla después de tres días de frenética actividad. Se había ocupado de la ropa y de los objetos personales de Emma y también contratado una empresa para que embalara adecuadamente todo lo frágil y metiera el resto en cajas. Los montones de fotografías antiguas y álbumes de recuerdos estaban en contenedores debidamente rotulados. Zoë no estaba segura de si su abuela quería que les echara un vistazo o no.

En cuanto llegó a la posada, Justin la evaluó con la mirada.

—Ve a dormir una siesta. Tienes pinta de estar muerta —le ordenó.

—Lo estoy. —Agradecida, se había ido a la casita y había estado durmiendo casi toda la tarde. Se despertó cuando el sol del atardecer atravesaba las cortinas beige de su dormitorio incidiendo en dedos de luz sobre la colcha. En un rincón, un maniquí de modista relucía con la colección de broches antiguos de Zoë.

Byron estaba tendido a su lado, mirándola con aquellos ojos suyos de un verde dorado. Cuando Zoë, sonriendo, se lo acercó para intentar hacerle mimos, se puso a ronronear.

—Justine te ha peinado —murmuró Zoë, pasándole los dedos por el sedoso pelo blanco—. Apuesto a que también te dio un masaje, ¿verdad?

Unos pasos se acercaron a la puerta.

—Solo para que se callara —oyó que decía Justine—. No dejaba de maullar llamándote. —Asomó la cabeza por la puerta—. ¿Qué tal estás? ¿Puedo entrar?

—Sí, me siento mucho mejor.

—Sigues teniendo ojeras. —Justine se sentó al borde de la cama y la miró con evidente preocupación.

—Aunque me ayudaban los embaladores, tardamos dos días enteros en vaciar el apartamento de Emma. Los armarios estaban hasta los topes de trastos. Perdí la cuenta de cuántos juegos de vajilla tenía. Y un montón de antiguallas: un tocadiscos, una radio con funda de cuero, una tostadora de porcelana de los años treinta... Me parecía estar en un episodio de *Hoarders*.*

—Veo en tu futuro una cuenta en eBay para vender.

Zoë gimió y se sentó, pasándose los dedos por los rizos rubios.

—Tengo que hablar contigo —dijo.

—¿Quieres que vayamos a la cocina grande y preparemos un café decente?

—¿No podríamos tomar un poco de vino?

—No tendrás que pedírmelo dos veces.

Fueron hacia el edificio principal, con *Byron* pisándoles los talones. Zoë le contó a su prima su conversación entera con la asistente social para la tercera edad. Entraron

---

* Programa estadounidense cuyos protagonistas son personas con tendencia a acumular ciertas cosas en su casa. *(N. de la T.)*

en la cocina, grande y alegre, con las paredes empapeladas con un diseño retro de racimos de cerezas. Mientras Justine abría una botella de vino, ella miró una bandeja cubierta por una campana de cristal llena de pasteles. En su ausencia, Justine había confiado en una panadería del pueblo para surtir el desayuno de los huéspedes.

—Están buenos —dijo, respondiendo a la pregunta que Zoë no había llegado a formular—, pero nada que ver con los tuyos. Los huéspedes primerizos no estaban al tanto, así que estuvieron contentos, pero tendrías que haber oído protestar a los habituales. «¿Dónde está Zoë?», preguntaban, y decían: «Llevo mucho tiempo esperando este desayuno y "esto" es lo que me sirven? No bromeo, Zoe, este lugar no es lo mismo sin ti.»

Zoë sonreía.

—¡Oh, venga!

—Es verdad. —Justine le ofreció una copa de vino y se sentaron a la mesa de la cocina. *Byron* se subió de un salto al regazo de Zoë y se acurrucó, convertido en un ovillo de pelo blanco.

—¿Qué va a pasar? —le preguntó Justine en voz baja—. Aunque me parece que ya lo sé.

—Emma me necesita —se limitó a decir Zoë—. Va a venirse a vivir conmigo.

Justine frunció el ceño, preocupada.

—No puedes cuidarla tú sola.

—No. Buscaré a alguien que esté en casa y se ocupe de lo fundamental y de vigilar a Emma mientras yo trabaje.

—¿Cuánto tiempo va a durar esto? Quiero decir... cuánto hasta que Emma... —Justine se calló, incómoda.

—¿Hasta que esté demasiado impedida para vivir conmigo? —terminó por ella Zoë—. No lo sé. Las cosas pueden ir rápidas o lentas. Pero cuando eso ocurra, la llevaré a un lugar que hay en Everett. Se trata de una comunidad especializada en enfermos de Alzheimer. Fui a visitarla ayer y hablé con el gerontólogo jefe, que es amabilísimo. Luego me sentí un poco menos culpable, porque me di cuenta de que cuando mi abuela no pueda andar ni lavarse sola, ellos podrán hacer que esté más cómoda y más segura de lo que yo podría.

—¿Quieres instalarla en la casita de atrás? Podéis estar ahí las dos y yo me mudaré a una de las habitaciones del edificio principal.

A Zoë la conmovió su generosidad.

—Eso es muy amable por tu parte, pero la casita es demasiado pequeña para lo que nos hará falta. Emma tiene una casa grande junto al lago, en la isla, con dos habitaciones y cocina. Me parece que probaremos cómo nos va allí.

—¿Emma tiene una finca en el lago? ¿Por qué no sé nada de ella?

—Bueno, procede de su rama familiar, los Stewart, y creo que solía pasar mucho tiempo allí cuando era bastante joven. Aunque lleva treinta años sin ir por allí. Está cerrada. Cada tanto los de la inmobiliaria van a echarle un vistazo y realizan los trabajos de mantenimiento. —Zoë dudó—: Creo que esa casa le trae un montón de recuerdos a Emma. Le pregunté por qué no la había vendido todavía, pero no quiso explicármelo... o a lo mejor simplemente estaba cansada.

—¿Te parece que quiere vivir allí?

—Sí, fue ella quien me lo sugirió.

—Exactamente, ¿dónde está?

—En Dream Lake Road.

—Apuesto a que es bastante rústica.

—Sí —admitió Zoë con pesar—. Me he acercado en coche un par de veces, pero nunca he entrado. Estoy segura que tendré que meterle dinero. Harán falta agarraderas en el baño, una ducha de mano y una rampa para salvar los escalones delanteros cuando Emma necesite ir en silla de ruedas. Cosas de ese tipo. La asistenta social me dio una lista de sugerencias para acondicionar la casa.

Justine sacudió despacio la cabeza.

—Te hará falta un montón de dinero. —Se le había escapado un mechón de la cola de caballo y se lo retorcía ausente, como solía hacer siempre que estaba inmersa en sus pensamientos—. ¿Y si compro la casa a un precio razonable y dejo que la ocupéis sin pagarme alquiler? Así podrás usar el dinero para cubrir las necesidades de Emma. Incluso puedo pagar la reforma.

Zoë abrió unos ojos como platos.

—No puedo permitir que lo hagas.

—¿Por qué no?

—No sería justo para ti.

—Recuperaré el dinero alquilándola cuando Emma... bueno, cuando las dos ya no la necesitéis.

—Ni siquiera la has visto.

—Quiero ayudar todo lo posible. Yo también soy responsable de Emma.

—De hecho, no. No soy parientes consanguíneos. Ella es tu tatarabuela política.

—Se apellida Hoffman. Con eso me basta.

Zoë sonreía. La alegre audacia de su prima se sostenía sobre los cimientos de su compasión. Justine era una buena persona. La gente no siempre se daba cuenta de hasta qué punto ni de lo vulnerable que era por ello.

—Te quiero mucho, Justine.

—Ya sé, ya sé... —Incómoda como siempre por las muestras de afecto, Justine hizo un gesto con la mano, restándole importancia—. Tenemos que encontrar a alguien que ponga a punto la casa inmediatamente. Todos los buenos contratistas estarán ocupados, e incluso los buenos son más lentos que tortugas. —Hizo una pausa—. Todos menos... puede que... bueno, no lo sé...

—¿Se te ha ocurrido alguien?

—El hermano de Sam Nolan, Alex. Ha construido varias casas en Roche e hizo un gran trabajo. Antes tenía fama de ser de confianza. Pero ha pasado por un divorcio y una de sus promociones inmobiliarias se fue al garete. Corre el rumor de que bebe por los codos. Así que no sé cómo está el asunto. Llevo tiempo sin verlo. Me enteraré de todo por Sam.

Zoë miró el gato que tenía en el regazo y le acarició el pelaje. *Byron* cambió de postura, haciéndose un ovillo.

—De hecho le conozco —dijo, intentando parecer despreocupada—. Cuando fui a Rainshadow Road a visitar a Lucy estaba haciendo unos arreglos en la casa.

—No me lo mencionaste. —Justine arqueó las cejas—. ¿Qué impresión te dio?

Zoë se encogió de hombros, incómoda.

—No cruzamos más de cuatro palabras. No tuve tiempo de formarme una opinión sobre él.

Justine sonrió.

—Eres la peor mentirosa del mundo. Cuéntamelo todo.

Zoë hizo un esfuerzo por responderle, pero no conseguía expresar lo que pensaba. ¿Cómo podía explicarle la impresión que le había causado Alex Nolan? Sorprendente, inquietante, de rasgos austeros pero perfectos, con unos ojos relucientes iluminados por su último vestigio de humanidad. Parecía absolutamente desilusionado, toda su ternura y su esperanza se habían solidificado y adquirido la dureza del diamante. Por suerte le había prestado escasa atención y apenas había notado su presencia. Zoë no lo lamentaba.

Desde la adolescencia, los hombres siempre habían hecho suposiciones acerca de ella. El resultado había sido que los hombres agradables mantenían las distancias y dejaban el campo libre a los que no lo eran tanto. Siempre se fijaban en ella los hombres que se dedicaban por deporte a seducir a las mujeres atractivas, los que se consideraban unos ganadores si se llevaban a su presa a la cama. Zoë no quería ser una marca en el cinturón de ningún tipo de esos, ni quería que la utilizaran.

Creía que en Chris por fin había encontrado a alguien que la valoraba por lo que era. Era un hombre atento y sensible que siempre la había escuchado y tratado con respeto y honestidad. Por eso había sido incluso más devastador cuando Chris le había dicho, un año después de casarse, que se había enamorado de otra mujer. La traición había sido una sorpresa cruel, una ironía procediendo de alguien que siempre había reforzado la autoestima de Zoë. Llevaba desde entonces dos años sin enamorarse. No confiaba en su instinto en cuanto a hombres se refería. Y uno como Alex Nolan, desde luego, no estaba a su alcance.

—Me pareció guapo —consiguió decir por fin—, pero no demasiado sociable.

—Tengo la impresión de que no le gustan las mujeres.

—Te refieres a que es...

—No, no me refiero a eso... es heterosexual. Se acuesta con mujeres, pero me parece que no son de su agrado. —Justine hizo una pausa, encogiéndose de hombros—. Claro que eso no tiene nada que ver con la reforma de la casa. Así que si llamo a Sam y me dice que Alex sigue dedicándose a lo mismo, ¿qué te parecería? ¿Te molestaría que hiciera él el trabajo?

—En absoluto —dijo Zoë, aunque el estómago se le encogió un poco ante la idea de volver a verle.

—No —negó rotundamente Alex cuando Sam le habló de la llamada de Justine—. Estoy demasiado liado.

—Te lo pido como un favor personal. Es amiga de Lucy. Además, necesitas el trabajo.

El fantasma rondaba cerca de los dos hermanos mientras estos aplicaban un medallón de resina al techo del rellano del segundo piso.

—Tiene razón —le dijo a Alex, que le puso mala cara.

—¡Me importa un bledo! —murmuró. Subido a una escalera de mano, sujetaba la parte del medallón con el adhesivo contra la escayola del techo mientras Sam, desde abajo, sostenía el palo de madera con el extremo forrado de tela que serviría de soporte hasta que secara.

—Tranquilo, no te acalores —le dijo Sam por no decir algo peor—. No te haría ningún mal ganar un poco de dinero.

Alex reprimió con esfuerzo su exasperación. Todavía no se había acostumbrado al hecho de que, aunque él veía y oía al fantasma, nadie más lo hacía.

—Dile que busque a otro para la reforma.

—No hay nadie más. Todos los contratistas de la isla tienen el verano cubierto menos tú, y Justine ha intentado preguntarme, con su habitual sutileza de elefante, si serías capaz de llevar a cabo la obra.

—¿Reformar la casa del lago? —Alex estaba indignado—. ¿Por qué no iba a ser capaz?

—No lo sé, Al. A lo mejor tiene algo que ver con la impresión que últimamente tiene la gente de que, representada en un gráfico circular, la mitad de tu vida estaría «como una cuba» y la otra mitad «con resaca». Sí, bueno, mírame mal si quieres, pero eso no va a cambiar el hecho de que pronto, un día de estos, vas a estar demasiado borracho para trabajar y demasiado pelado para beber.

—En eso también tiene razón —comentó el fantasma.

—Vete a la mierda —dijo Alex, refiriéndose a ambos—. No he faltado un solo día al trabajo por nada.

Sam colocó el palo debajo del medallón mientras Alex comprobaba las marcas de lápiz del techo para asegurarse de que la pieza de resina no se desplazaba.

—Yo te creo —dijo—, pero vas a tener que salir y demostrárselo a los demás, Al. Por lo que yo sé, tu cuenta de ahorros no está muy boyante.

—¿Qué quieres decir?

—Que todo lo que tienes te cabe en el bolsillo de esos Levis.

—Tengo la promoción de Dream Lake. Solo me hace falta encontrar otros patrocinadores.

—Fantástico. Entretanto, esa casita de Zoë... Está en la carretera de Dream Lake. Seguramente has pasado por delante un centenar de veces. Dedica un par de semanas a ponérsela a punto y...

—¿Zoë? —le espetó Alex, bajando de la escalera—. ¿No decías que la casa era de Justine? —Justine fue quien me llamó para hablarme de ella. La que va a vivir allí con su abuela, que tiene Alzheimer o algo parecido, es Zoë. Te acuerdas de ella, ¿no? Esa chica rubia de carita dulce con sus pastelitos. —Sam sonrió viendo la cara que ponía Alex—. Échame un cable. Es una de las mejores amigas de Lucy. Haz esto para que yo me beneficie de la gratitud de Lucy...

El fantasma no le quitaba ojo a Alex, divertido.

—¿Por qué no? —le preguntó—. A menos que estés asustado...

—¿Por qué iba a tener miedo? —se le escapó sin querer a Alex debido a la irritación.

—¿Miedo de qué? —le preguntó Sam, perplejo—. ¿De Zoë?

—No. —Alex estaba exasperado—. Olvídalo.

—Será sencillo —le dijo Sam—. Arreglas la casa para una mujer preciosa y su abuela. A lo mejor tienes la suerte de que te prepare la cena.

—Y si no lo haces —añadió el fantasma—, sabremos lo cobarde que eres en realidad.

—Lo haré —dijo entre dientes Alex. Estaba claro que el fantasma no pararía de chincharlo si no lo hacía, y tenía la necesidad de probarle a aquel espectro... y probablemente de probarse que Zoë Hoffman no representaba para él ningún problema—. Dame su número. Me enteraré de lo que quiere y le prepararé un presupuesto. Si no le gusta, que se busque a otro.

—Pero le harás un buen precio, ¿verdad?

—A todo el mundo se lo hago —repuso Alex glacial—. Yo no robo a mis clientes a mano armada, Sam.

—Ya lo sé —dijo rápidamente Sam—. No pretendía sugerir eso.

—Hago presupuestos ajustados, un buen trabajo y lo termino en el plazo previsto. Además, si no dejas de criticar mi modo de vivir, voy a coger este palo de sostén y te lo voy a estampar en...

—De acuerdo —se apresuró a decirle Sam.

7

—¿Por qué no te reúnes tú con él en la casa? —le preguntó Zoë a Justine mientras ambas retiraban del comedor los platos del desayuno.

—Va a ser tu casa —respondió Justin de modo bastante razonable mientras la seguía hacia la cocina—. Y, de las dos, tú eres la que sabe mejor lo que va a necesitar Emma.

—Sigo queriendo que me acompañes.

—No puedo. He quedado en el banco con el responsable de los créditos. Lo harás bien. Simplemente, ten en cuenta los costes.

—Lo que me preocupa no son los costes. —Zoë dejó el plato del desayuno en el fregadero con innecesario vigor—. Sabes que no me gusta hablar con desconocidos.

—Alex no es un desconocido. Ya os habéis visto.

—Treinta segundos, más o menos.

—Acabas de volver de Everett donde has hablado con un montón de gente a la que no conocías.

—Eso no es lo mismo.

—¡Ah! —Justine se quedó quieta con el montón de platos que iba a meter en el lavaplatos—. Capto la idea, pero te prometo que no va hacer nada para que estés incómoda. Es un profesional.

—¿Estás segura?

—Claro que estoy segura. Es hermano de Sam. Sabe que le daría una patada en el culo si te ofendiera.

—Supongo.

—Hablaste con él por teléfono para concertar la reunión, ¿no? ¿Fue amable?

Zoë sopesó su respuesta.

—No fue desagradable...

—Pero fue educado...

Zoë repasó mentalmente la breve conversación que habían mantenido, sin bromas, sin rastro del natural encanto de Sam, pero sí... había sido educado. Le respondió a Justine con un breve gesto de asentimiento.

—La única manera de vencer la timidez es practicando —le dijo Justine, tan práctica como siempre—. Ya sabes: sé amigable, mantén una conversación intrascendente. Los hombres no son tan diferentes de nosotras.

—Sí que lo son.

—Vale, son diferentes. Lo que quiero decir es que no son tan complicados.

—Sí que lo son.

—Bueno, a veces llegan a serlo, pero son completamente predecibles.

Zoë suspiró. Envidiaba el aplomo de Justine y sabía que tenía razón: le hacía falta práctica. La idea de estar a solas en la casa del lago con un hombre que la intimidaba tantísimo, sin embargo, la angustiaba.

—¿Sabes lo que hago yo cuando me enfrento a algo que me da miedo? —la aconsejó Justine—. Lo divido en etapas. Si tuviera que encontrarme con Alex en la casa, evitaría pensar en las tres horas que va a durar...

—¿Va a durar tres horas?

—Más bien dos. Bueno, pues empezaría por decirme: «Primer paso: lo único que tengo que hacer es meterme en el coche y conducir hasta la casa.» No te preocupes por lo demás, limítate a eso. Cuando hayas llegado, vas y te dices: «Segundo paso: lo único que tengo que hacer es abrir la puerta, entrar y esperarlo.» Luego, cuando Alex llegue: «Tercer paso: lo dejo entrar y charlamos un par de minutos.» —Justine le sonrió, satisfecha—. ¿Lo ves? Ninguna de estas cosas es en sí misma tan terrible. Solo cuando las afrontas en su conjunto empiezas a sentirte como si te estuviera persiguiendo un tigre rabioso.

—Las arañas —puntualizó Zoë—. La idea de un tigre salvaje no me inquieta. Lo que me asusta son las arañas.

—Vale, pero estropean la metáfora. Nadie tiene que correr para huir de una araña.

—Las arañas licosas cazan sus presas. Y las viudas negras son rapidísimas. Hay arañas saltadoras que...

—Primer paso —la interrumpió Justine—: Busca las llaves del coche.

En cuanto Alex aparcó delante de la casita del lago, el fantasma se quedó fascinado. Dejó de hablar, para variar, y se quedó mirándolo todo, maravillado, fijándose en todos los detalles.

Alex no entendía qué le parecía tan interesante. La casa era pequeña y rústica, con revestimiento exterior de cedro, un porche delantero, aleros anchos y chimenea de piedra. Algunos detalles artesanales, como las columnas estriadas del porche y los cimientos de piedra, la convertían en la clase de edificio que, convenientemente restaurado, tendría cierto encanto. Sin embargo, el cobertizo lateral para los coches, de materiales baratos, desmerecía y a primera vista se notaba que la inmobiliaria que se ocupaba del mantenimiento había hecho un trabajo bastante mediocre. El jardín estaba descuidado y necesitaba una poda, y el camino de gravilla estaba lleno de hierbajos. Si el interior estaba tan mal cuidado como el exterior habría más de un problema.

Como habían llegado pronto y Zoë todavía no estaba, Alex decidió dar una vuelta por fuera para localizar manchas de moho, grietas en los cimientos o desperfectos en el revestimiento.

—Conozco este lugar —dijo el fantasma, asombrado, bajándose de la furgoneta detrás de Alex—. Recuerdo haber estado aquí. Recuerdo... —dijo de repente.

Alex, que notó su melancolía, lo miró.

—¿Vivías aquí?

—No... Yo, visité a alguien... —dijo el fantasma, distraídamente. Parecía inquieto.

—¿A quién?

—A una mujer.

—¿Para qué? —insistió Alex.

A pesar de que el fantasma no podía ruborizarse, su incomodidad fue manifiesta.

—No es asunto tuyo —le espetó.

—Así que te la tirabas.

El fantasma lo fulminó con la mirada.

—¡Que te den!

Contento de haberlo molestado, Alex siguió deambulando alrededor de la casa. Su satisfacción se esfumó pronto, sin embargo, barrida por la conciencia de un anhelo tan poderoso, tan salvaje que estar cerca de él era casi hiriente. ¿Sabía el fantasma quién o qué le había inspirado aquel sentimiento? Estuvo tentado de preguntárselo, pero algo tan brutal... La única manera de respetar tal grado de mudo dolor era guardar silencio.

—Ya ha llegado —dijo el fantasma, y oyeron el crujido de los neumáticos sobre la grava del camino.

—Estupendo —dijo Alex con hosquedad. La perspectiva de hablar con Zoë, de relacionarse con ella aunque fuera de la manera más superficial, bastaba para que tuviera sudores fríos. Se masajeó los músculos tensos de la nuca.

El fantasma estaba en lo cierto al llamarlo cobarde. Pero Alex no temía por su propia seguridad.

El malogrado matrimonio con Darcy le había confirmado algunas de las peores cosas que sospechaba acerca de sí mismo. Le había enseñado que ese grado de intimidad no solo te da las armas sino la voluntad de herir a la persona a la que más apegado estás. Aquello lo había convencido de que estaba predestinado a acabar como sus padres. Destruiría inevitablemente todo y a todos cuantos le importaban.

Lo peor de todo se había hecho evidente después de su separación. Darcy y él habían continuado acostándose cada vez que ella iba a la isla. «Por los viejos tiempos», había dicho en una ocasión, pero en sus violentos encuentros no había habido espacio ni para recuerdos ni para lamentos, solo rabia. Represalias. Habían follado con mutuo resentimiento, y lo peor era que aquellos polvos habían sido con diferencia mejores que cualquier otra experiencia de afecto que hubieran compartido. Seguían acosándolo los recuerdos de lo que habían hecho, de cómo habían sacado el uno la peor versión del otro.

Después de aquello era imposible recuperar la inocencia, y en su vida no había lugar para alguien como Zoë Hoffman. El único gesto de amabilidad que podía tener con ella era mantenerse alejado.

Antes de ir hacia la puerta principal, Alex dijo *sotto voce*:

—Salte de en medio y no me distraigas mientras hablo con ella. La gente no suele contratar a los constructores esquizofrénicos.

—Mantendré la boca cerrada —prometió el fantasma.

Lo dudaba. Pero los dos sabían que si lo cabreaba, se negaría a ir a la buhardilla para rebuscar entre los montones de trastos olvidados que podían revelarle la clave de su vida anterior. Y el fantasma deseaba desesperadamente enterarse de quién era. Aunque Alex nunca lo habría admitido, también él sentía curiosidad. Era inevitable preguntarse por qué había sido condenado a aquel cruel aislamiento. Tal vez estuviera expiando sus pecados... tal vez había sido un criminal o pertenecido a los bajos fondos... pero eso no explicaba por qué él había acabado llevándolo permanentemente de carabina.

Alex lo miró, receloso, pero el otro no pareció darse cuenta. Observaba la casa y a Zoë, que se acercaba, fascinado por sombras distantes.

Para consternación de Zoë, había una furgoneta aparcada en el cobertizo. ¿Alex ya había llegado? Todavía faltaban cinco minutos para la hora de la cita.

El corazón se le disparó. Estacionó al lado de la furgoneta, se miró en el espejo retrovisor y comprobó que llevaba bien abrochada la camisa floreada. Los dos botones superiores, sin abrochar, dejaban al descubierto sus clavículas. Se lo pensó un momento y también se los abrochó. Salió del Volkswagen y se acercó al otro vehículo. No había nadie dentro. ¿Había encontrado Alex un modo de entrar en la casa?

Caminó por la grava con sus manoletillas de piel rosa

hacia la puerta principal. Seguía cerrada. Buscó en el bolso las llaves que le había dado la inmobiliaria. La primera no abría. Cuando metía la segunda en la cerradura notó que alguien se le acercaba desde un lado. Era Alex, que había estado dando la vuelta a la casa. De movimientos atléticos y sueltos, llevaba una camisa negra de manga corta y vaqueros. Estaba muy flaco. Se detuvo a su lado, alto y meditabundo.

—¡Hola! —lo saludó con forzado entusiasmo.

Alex le respondió con un escueto gesto de asentimiento. El sol le iluminaba los mechones de pelo negro. Su belleza era casi inhumana: las mejillas angulosas y las cejas marcadas; en los ojos, un fuego helado. Algo acechaba bajo su fachada de control. Era como si no hubiera comido bastante, o dormido bastante, o le faltara... algo. Su piel prácticamente irradiaba aquella necesidad misteriosa e inexpresada.

Indudablemente el divorcio le había pasado factura físicamente... le habría venido bien comer unas cuantas veces como era debido. Zoë no pudo evitar pensar qué le habría preparado de tener ocasión. A lo mejor crema de calabacín con virutas de pastel de manzana verde y beicon ahumado, acompañada de panecillos de leche untados de mantequilla con una pizca de sal.

Giró la llave con fuerza en la cerradura que se resistía, todavía pensando en la cena imaginaria. Tal vez le cocinaría algo más consistente, que saciara más: pastel de carne de cerdo, ternera y miga de pan de pueblo francés. Puré de patatas con chalota caramelizada y una guarnición de judías verdes salteadas en aceite de oliva con ajo hasta que estuvieran tiernas...

Zoë salió de su ensimismamiento cuando la llave se partió en dos. Para su consternación, se dio cuenta de que uno de los trozos se había quedado encajado en la cerradura.

—¡Oh! —exclamó, y miró mortificada a Alex, que seguía impertérrito.

—Esas cosas suelen pasar con las llaves viejas. Son quebradizas.

—Podríamos intentar entrar por una ventana.

Él miraba el llavero que Zoë tenía en la mano.

—¿No hay otra llave de la casa?

—Supongo. Pero antes habrá que sacar el pedazo que se ha quedado dentro de la cerradura.

Sin ningún comentario, Alex fue a la furgoneta, se asomó dentro y sacó la clásica caja de herramientas de metal roja. La llevó al porche y rebuscó entre el contenido.

Procurando no estorbar, Zoë se colocó a un lado de la puerta y observó cómo Alex insertaba un punzón en la cerradura atascada. En cuestión de un minuto había conseguido que sobresaliera el extremo de la llave rota, que sujetó con unas pinzas y extrajo limpiamente.

—Viéndote se diría que es fácil —lo alabó Zoë.

Él devolvió las herramientas a la caja y se levantó. A la joven le daba la impresión de que le costaba sostenerle la mirada.

—¿Puedo? —le preguntó, con la mano abierta para que le diera el llavero.

Se lo entregó, evitando tocarle los dedos, y Alex eligió una llave, la probó, y la puerta se abrió con un chirrido.

La casa estaba a oscuras, silenciosa, y olía a humedad. Zoë siguió a Alex cuando entraron en el salón. Él encontró un interruptor y encendió la luz.

Zoë dejó el bolso en la puerta y fue hasta el centro de la sala de estar. Se volvió sobre sí misma despacio para valorar cuanto la rodeaba y le gustó ver que la planta baja era diáfana. La cocina americana, muy desangelada, con el suelo de viejo linóleo, estaba embutida en un reducido espacio. Los únicos muebles eran una mesa vieja cromada y tres sillas deslucidas con la tapicería de escay. Ocupaba la esquina una cocina de leña. Las persianas de láminas de aluminio, dobladas y rotas, cubrían las ventanas como esqueletos.

Zoë intentó abrir una ventana para airear la habitación, pero no pudo. Estaba atascada.

Alex se acercó y pasó un dedo por la juntura de la ventana de guillotina.

—La han pintado cerrada. —Se acercó a otra—. Esta también. Antes habrá que cortar la capa de pintura.

—¿Por qué iba a pintar alguien las ventanas cerradas?

—Normalmente se hace para evitar las corrientes de aire. Es más barato que los burletes. —Por su expresión se notaba claramente lo que pensaba de aquello. Se acercó al rincón, levantó un extremo suelto de la moqueta y miró debajo.

—El suelo es de madera.

—¿En serio? ¿Sería posible darle otro acabado?

—A lo mejor. No hay modo de saber en qué estado está el suelo hasta haber quitado toda la moqueta. Algunas veces si lo tapan es por algo. —Alex fue a la cocina y se puso en cuclillas para inspeccionar una zona de la pared donde una mancha de moho se extendía como un cardenal—. Ha habido un escape —dijo—. Tendremos que picar parte del muro. He visto termitas fuera... anidan debido a la humedad.

—¡Oh! —Zoë frunció el ceño—. Espero que valga la pena arreglar esta casa, que no sea ya demasiado tarde.

—No tiene tan mala pinta. Pero hará falta una inspección.

—¿Cuánto va a costarme?

—Unos doscientos dólares seguramente. —Dejó la caja de herramientas sobre la mesa cromada—. ¿Va a vivir aquí con su abuela?

Zoë asintió.

—Tiene demencia vascular. Pronto necesitará usar un andador o ir en silla de ruedas. —Fue a coger el bolso, sacó un folleto y se lo dio—. Esto es lo que hace falta para que la casa sea más segura para ella.

Alex leyó por encima el folleto y se lo devolvió.

—Puede quedárselo —le dijo Zoë.

Alex negó con la cabeza.

—Me sé de memoria los protocolos de adaptación de espacios. —Echó un vistazo especulativo al salón y añadió—: Si su abuela va a usar caminador o silla de ruedas, debería instalar parqué flotante.

A Zoë le daba rabia que no hubiera leído la lista más que por encima. Su actitud era bastante condescendiente.

—No me gusta el parqué flotante. Prefiero el suelo de madera.

—El laminado es más barato y dura más.

—Lo tendré en cuenta. Pero en los dormitorios me gustaría poner moqueta.

—Siempre que no sea demasiado mullida. Mover una silla de ruedas por encima de una moqueta mullida es como empujarla por la arena. —Alex se quedó en el umbral del espacio de la cocinita y encendió una luz—. Esta pared no es maestra, creo. Puedo tirarla y convertir esta zona en una isla. Habrá lugar para el doble de armarios y de encimera.

—¿De veras? Sería estupendo tener una cocina abierta.

Alex sacó un taco de notas de la caja de herramientas y garabateó algunas palabras en la primera hoja. Cogió una cinta métrica y se puso a tomar medidas de la cocina.

—¿Ya sabe qué tipo de armarios quiere?

—¡Oh, sí! —respondió de inmediato Zoë—. De madera maciza. —Siempre había soñado con tener una encimera de madera maciza, pero nunca había podido. Cuando había empezado a trabajar en Artist's Point, la encimera ya estaba instalada y era de mármol.

La cinta métrica chasqueó unas cuantas veces más.

—Si cocina mucho, la madera sufrirá. Es cara y lleva trabajo mantenerla.

—Soy consciente de todo eso. He trabajado en cocinas con la encimera de madera.

—¿Qué me dice del granito?

—Prefiero la madera.

Alex salió de la cocina dispuesto a decir algo, pero al ver la expresión defensiva de Zoë cerró la boca y siguió tomando notas.

Zoë se dio cuenta de que empezaba a cogerle tirria. Sus silencios eran particularmente enervantes, porque era imposible saber qué ocultaban. No le extrañaba que se hubiera divorciado... parecía imposible que alguien pudiera convivir cómodamente con aquel hombre.

Procurando no mirarlo, Zoë se fue al fondo de la casa, donde dos cristaleras daban a un pequeño porche con los listones podridos. Había un patio trasero bonito, rodeado por una verja de hierro forjado, que daba a un bosquecillo y el lago.

—¿Sería posible hacer una gatera? —preguntó.

—¿Una qué? —le llegó su voz desde el otro extremo de la habitación, cerca de la cocina de leña.

—Una gatera. Aquí detrás.

—Tenía que ser un gato —lo oyó murmurar.

—¿A qué se refiere? —le preguntó Zoë, ruborizándose.

—A nada.

—¿Qué tiene de malo tener un gato?

Alex sacó más cinta métrica y la apoyó en el suelo.

—Me da igual qué mascota tenga. Olvide lo que he dicho. Y sí, puedo instalar una gatera. Aunque no le garantizo que no vaya a entrar un zorro o un mapache.

—Me arriesgaré —le respondió bruscamente Zoë.

Silencio.

Mientras Alex medía el salón y tomaba notas, Zoë se puso a inspeccionar la diminuta cocina. Como había supuesto, no había microondas ni lavavajillas. Ella y Justine habían acordado de antemano que dedicarían una parte del presupuesto a electrodomésticos, dado que renovar la cocina aumentaría el valor de la casa. Zoë se dijo que sería conveniente contar con un hueco para el microondas en la isleta de la cocina. El lavavajillas lo pondría al lado del fregadero, naturalmente, y la nevera tendría que estar donde pudiera abrirse la puerta sin que chocara con la pared.

Sería posible ahorrar dinero pintando los muebles y añadiendo los electrodomésticos. Abrió una alacena. Dentro había una capa de polvo. Vio un objeto en el estante central y se puso de puntillas para cogerlo. Era una batidora de huevos antigua, de metal herrumbroso, con el mango de madera. Aunque estaba inutilizada, seguro que alguien la querría como objeto decorativo. Zoë pensó con pesar que sería inevitable que abriera una cuenta en eBay para vender todas las antigüedades que Emma había conservado.

Cuando dejaba la batidora, se quedó petrificada. Algo del tamaño de un palmo saltó del borde de la alacena y aterrizó en la encimera.

Era una araña. Una araña enorme que se puso a correr a velocidad de vértigo hacia ella, tanto que las patas no se le distinguían.

8

En cuanto oyó el alarido de Zoë, Alex apareció inmediatamente. Ella había retrocedido de un salto, apartándose de la cocina. Tenía los ojos desorbitados y la cara pálida.

—¿Qué pasa? —le preguntó.

—Una... ar... araña —repuso ella entrecortadamente.

—Está ahí —le gritó desde la cocina el fantasma—. El maldito bicho salta de una encimera a la otra.

Alex agarró la vieja batidora y mató la araña de unos cuantos golpes certeros. Luego se detuvo a mirarla más de cerca y soltó un silbido. Era una araña licosa, una especie que tiende a esconderse de día y a cazar de noche. Aquel espécimen en particular era el más grande que había visto fuera de un zoo. Levantó con sorna una comisura de la boca pensando en cómo habría reaccionado Sam a la situación. Él habría encontrado el modo de capturar la araña sin hacerle daño y la habría sacado fuera, sermoneando todo el rato acerca del respeto por la naturaleza.

El punto de vista de Alex sobre el tema era ir siempre al campo con un bote grande de Raid.

Miró por la cocina. Había telarañas en una esquina del

techo. Las arañas tejen su tela cerca de la fuente de alimento, así que tenía que haber gran cantidad de insectos atraídos por la humedad de las filtraciones de la pared.

—Alex —le urgió el fantasma desde la otra habitación—. A Zoë le pasa algo.

Frunciendo el ceño, Alex dejó la cocina. Zoë estaba en el centro del salón, abrazándose. Respiraba entrecortadamente, como si tuviera los pulmones colapsados. Se le acercó en dos zancadas.

—¿Qué le pasa?

No pareció oírlo. Tenía los ojos fuera de las órbitas y la mirada turbia. Temblaba de los pies a la cabeza.

—¿Le ha picado? —le preguntó Alex, mirándole la cara, el cuello, los brazos y la zona de piel al descubierto.

Zoë sacudió la cabeza, respirando con dificultad, intentando hablar. Alex se le acercó y le agarró las manos.

—Es un ataque de pánico —dijo el fantasma—. ¿Puedes calmarla?

Alex negó con la cabeza de inmediato. Valía para volver locas a las mujeres, pero calmarlas no formaba parte de su repertorio.

El fantasma parecía exasperado.

—Simplemente habla con ella, palméale la espalda.

Alex lo miró consternado. No tenía modo de explicarle su negativa a tocarla, su convencimiento de que hacerlo lo llevaría al desastre. Pero Zoë se tambaleaba y parecía a punto de desmayarse, así que no tuvo más remedio que sujetarla levemente por los brazos. Lo invadió una oleada de calor al contacto con su piel y la consistencia de su carne, lo cual, dadas las circunstancias, era bastante depravado.

Había estado con mujeres en todas las posturas sexuales imaginables, pero nunca había abrazado a ninguna con la sola intención de consolarla.

—Zoë, míreme —le dijo en voz baja.

Para su alivio, lo obedeció. Jadeaba, intentando desesperadamente respirar, como si le faltara el aire, cuando el problema era que estaba hiperventilando.

—Quiero que inspire profundamente y suelte el aire despacio —le dijo—. ¿Puede hacer eso?

Zoë lo miró sin verlo, con los ojos muy abiertos y llenos de lágrimas.

—Mi pecho...

Él entendió de inmediato lo que intentaba decirle.

—No tiene un infarto. Se pondrá bien. Solo tiene que relajar la respiración.

Ella seguía mirándolo, llorosa, y sus lágrimas se mezclaban con el sudor que le perlaba las mejillas. Viéndola, se le encogió el corazón.

—No corre peligro —se escuchó decir—. No permitiré que le ocurra nada. Tranquila... —Le acarició una mejilla. La tenía fría y sedosa, como los sépalos de una orquídea blanca. Le cerró con cuidado un orificio de la nariz, apretándole la aleta—. Mantenga la boca cerrada. Respire por un lado de la nariz.

Habiendo restringido la entrada de aire, la respiración de Zoë empezó a recuperar la regularidad. Pero no era fácil. Daba boqueadas, hipaba y seguía esforzándose por respirar como si intentara sorber jarabe de maíz por una pajita. Lo único que Alex podía hacer era sostenerla con paciencia y dejar que su cuerpo trabajara.

—Buena chica —murmuró cuando notó que empezaba a relajarse—. Así, muy bien. —Después de unas cuantas inspiraciones más, para alivio de Alex, dejó de luchar. Con la mano todavía en su mejilla, se sirvió del pulgar para secarle las lágrimas—. Respire despacio y profundamente.

Zoë, exhausta, apoyó la cabeza en su hombro y los rizos rubios le hicieron cosquillas en la barbilla. Alex se quedó muy quieto.

—Perdón —la oyó susurrar entrecortadamente—. Lo siento.

No lo sentía tanto como él. Porque al tocarla había sentido un escalofrío de placer, tan agudo y abrasador que era casi doloroso. Ya intuía él que iba a ser así. La abrazó más fuerte, hasta que el cuerpo de Zoë se amoldó al suyo como si sus huesos se hubieran licuado. Todavía le recorrieron la espalda unos cuantos escalofríos, que él fue siguiendo con caricias lentas. Notó que sus sentidos se abrían a ella, a su increíble delicadeza. Olía a flores prensadas, un perfume seco e inocente, y él tenía ganas de abrirle la blusa y oler directamente su piel. Quería apoyar los labios contra el pulso desbocado de su cuello y acariciárselo con la lengua.

El calor se desató y se abrió paso en la quietud. La necesidad de tocarla íntimamente, de pasarle las manos por el pelo y por debajo de la ropa lo estaba volviendo loco. Pero ya era bastante con estar allí de pie a su lado, desorientado por el deseo que lo recorría en oleadas.

Entre los párpados entornados vio un movimiento cerca. Era el fantasma que, apenas a unos metros, lo miraba con las cejas levantadas.

Alex lo fulminó con la mirada.

—Creo que iré a comprobar cómo están las otras habitaciones —dijo el fantasma y, con tacto, se esfumó.

Zoë se pegó a Alex, que era lo único sólido en el mundo, el centro del carrusel. Al borde de su conciencia la mortificaba el convencimiento de que, después de aquello, no podría volver a mirarlo a la cara. Se había comportado como una chalada. Él no sentiría por ella más que desprecio. Pero...

había sido tan amable... se había preocupado tanto. Le acariciaba la espalda despacio, describiendo círculos. Hacía mucho que un hombre no la abrazaba: había olvidado lo agradable que era. Lo que la sorprendía era que Alex Nolan fuera capaz de ser tan tierno. Habría esperado cualquier cosa de él menos eso.

—¿Se encuentra mejor? —le preguntó Alex al cabo de un rato.

Ella sacudió la cabeza contra su hombro, asintiendo.

—Siempre he tenido fobia a las arañas. Son como... bolas peludas de muerte con ocho patas.

—Suelen picar a los humanos solo para defenderse.

—No me importa. Siguen dándome pánico.

Una risita sacudió su pecho.

—A mucha gente se lo dan.

Zoë levantó la cabeza para mirarlo a los ojos.

—¿A usted también?

—No. —Le acarició la línea de la barbilla con el dorso de la mano. Estaba serio, pero la miraba con calidez—. En mi oficio estamos acostumbrados a ver muchas.

—Yo no podría acostumbrarme —dijo Zoë con vehemencia. Se acordó de la de la cocina y se le aceleró el pulso—. Esa era enorme. Y el modo como ha saltado del armario y ha venido hacia mí...

—Está muerta —la interrumpió Alex, volviendo a ponerle la mano en la espalda para tranquilizarla con sus caricias—. Relájese o se pondrá otra vez a hiperventilar.

—¿Era una viuda negra?

—No, solo una araña licosa.

Zoë se estremeció.

—Su picadura no es mortal.

—Tiene que haber más. Seguramente la casa está plagada de ellas.

—Ya me ocuparé de eso. —Lo dijo con tanto aplomo, tan seguro de sí, que no pudo menos que creerlo. Tenía la cara tan cerca de la suya que le veía la sombra del bigote, que anunciaba que a las cinco de la tarde sería negro ya—. Las arañas solo pueden entrar por las grietas o las rendijas —prosiguió Alex—. Así que voy a instalar burletes y además impermeabilizaré puertas y ventanas y pondré tela metálica en todas. Créame: va a ser la casa más a prueba de bichos de toda la isla.

—Gracias.

Zoë tardó un momento en darse cuenta de que estaba pegada a él como una lapa. El corazón seguía latiéndole aceleradamente. Tan cerca el uno del otro, era imposible no darse cuenta de que él se estaba excitando, porque notaba la deliciosa presión de su miembro. No lograba moverse y se quedó apoyada en él, con la boca seca, paralizada de placer.

Alex la apartó de sí y se dio la vuelta con un gemido inarticulado.

Zoë seguía notando el ausente contacto de su cuerpo, una conciencia palpitante y persistente bajo la piel.

Buscando desesperadamente el modo de romper el silencio, recordó lo que él le había dicho acerca de proteger la casa de los insectos.

—¿Tendré que renunciar a la gatera? —exclamó.

De la garganta de Alex surgió un sonido áspero, como si se estuviera aclarando la garganta, y se dio cuenta de que estaba haciendo un esfuerzo por no contener una carcajada. La miró divertido por encima del hombro, con los ojos brillantes.

—Sí —le respondió.

En cuanto hubo soltado a Zoë, Alex volvió al trabajo. Mientras ella investigaba con precaución el resto de la casita, él siguió tomando medidas para el suelo de madera, intentando concentrarse el algo que no fuera Zoë.

Habría querido llevársela a alguna parte, a una habitación oscura y silenciosa, y desvestirla, y acostarse con ella. Pero ella poseía una digna fragilidad que, por alguna razón, no quería menoscabar. Le gustaba el modo en que había permanecido de pie a su lado mientras hablaban de las encimeras de madera maciza. Le gustaban las sonrisitas que lograban vencer su timidez. Le gustaban demasiadas cosas de ella, y nada bueno podía salir de aquello. Así que les haría un favor a ambos y se mantendría alejado de ella.

Mientras Alex hacía anotaciones en Post-it y las pegaba en hilera sobre la vieja mesa cromada, Zoë se acercó a la puerta lateral y la abrió al cobertizo para los coches.

—Alex —le dijo mirando por la ventana polvorienta—. ¿Es difícil transformar un cobertizo en un garaje?

—No. La estructura es la misma. Solo tengo que añadirle paredes, aislamiento y una puerta.

—¿Lo incluirá en el presupuesto, entonces?

—Claro.

Cruzaron una mirada y saltaron chispas entre ellos. Haciendo un esfuerzo, Alex volvió a centrarse en el taco de Post-it.

—Ya puede irse —le dijo—. Voy a tener que quedarme un rato, tomando medidas y sacando algunas fotos. Cerraré cuando me vaya y conseguiré una copia de la llave para usted.

—Gracias. —Titubeó—. ¿No necesita que me quede y le ayude en algo?

Alex negó con la cabeza.

—Solo me estorbaría.

El fantasma se acercó a la mesa.

—¡Qué encantador! —le dijo a Alex con fingido asombro—. ¿Ese encanto es natural o requiere práctica?

Zoë también se acercó a la mesa y esperó hasta que Alex irguió la cabeza para mirarla.

—Quiero... bueno, darle las gracias —le dijo, roja como un tomate.

—No ha tenido importancia —murmuró Alex.

—Ha sido muy amable —insistió—. Para devolverle el favor... a lo mejor podría prepararle una cena un día de estos.

—No hace falta.

El fantasma parecía disgustado.

—¿Qué hay de malo en que le permitas que te prepare una cena?

—No sería ninguna molestia —persistió Zoë—. Y yo... no soy mala cocinera. Debería probar mis platos.

—Deberías probarlos —convino categórico el fantasma.

Alex lo ignoró y miró a Zoë.

—Tengo una agenda muy apretada.

El fantasma le habló a Zoë, aunque ella no podía oírlo.

—Lo que quiere decir es que prefiere sentarse solo en algún lado y beber hasta perder el sentido.

Zoë bajó los ojos ante la negativa de Alex.

—Dentro de un par de días —dijo Alex— me pasaré por la posada con algunos bocetos. Los repasaremos y haremos cambios si hace falta. Después, haré el presupuesto.

—Venga cualquier día después de la hora del desayuno. Se termina a la diez los días laborables y a las once y media los fines de semana. O... venga pronto y desayune. —Zoë acarició la superficie de la mesa cromada con un dedo muy cuidado. Tenía las manos pequeñas pero hábiles y llevaba las uñas pintadas de esmalte transparente—. Me gustan estos muebles de cocina. Ojalá hubiera un modo de restaurarlos.

—Puede hacerse —dijo Alex—. Basta con pasarles lana de acero y darles unas cuantas capas de pintura de cromo en espray.

Zoë miró la mesa, valorando su estado.

—Supongo que no vale la pena. Falta una de las sillas.

—La cuarta está en un rincón del cobertizo —añadió Alex—. No la ha visto porque la tapa mi furgoneta.

A Zoë se le iluminó la cara.

—¡Oh, qué bien! Entonces vale la pena salvar todo el conjunto. Faltando una pieza, habría sido un intento follado.

Alex la miró sin entender.

Ella lo miraba con aquellos ojos azules suyos llenos de inocencia.

—Querrá decir un intento «fallido» —la corrigió procurando no ser irónico.

—Sí, lo que yo... —Zoë se quedó sin palabras cuando cayó en la cuenta del patinazo. La cara se le puso muy colorada—. Tengo que irme —dijo con un hilo de voz. Cogió el bolso y salió de la casa apresuradamente.

Cerró de un portazo.

El fantasma se reía a carcajadas, de un modo ensordecedor.

Alex apoyó ambas manos en la mesa y bajó la cabeza. Estaba tan excitado que no podía mantenerse erguido.

—No puedo seguir con esto —logró decir.

—Deberías pedirle para salir —le respondió por fin el fantasma, cuando fue capaz.

Alex sacudió la cabeza, negando.

—¿Por qué no?

—Por las muchas maneras en que puedo herir a una mujer así... —Alex calló, sonriendo débilmente—. Maldita sea. Son innumerables.

Zoë le contó a su prima todo lo sucedido en la casa del lago y Justine no solo se divirtió sino que se rio tanto que estuvo a punto de caerse de la silla.

—¡Oh, Dios mío! —jadeaba, mientras cogía un pañuelo de papel para secarse las lágrimas. La indignación de Zoë no hacía más que empeorar la situación—. Lo siento, cariño. Me río contigo, no de ti.

—Si te estuvieras riendo conmigo, entonces yo también me reiría —le espetó Zoë—. Y no me río, porque en lo único en lo que puedo pensar es en clavarme lo primero que saque del cajón de la cocina más cercano.

—Ni lo intentes —le dijo Justine, todavía riendo—. Con la suerte que has tenido hoy, resultará ser un sacabocados.

Zoë apoyó la frente en la mesa de la cocina.

—Me considera la mujer más idiota del mundo. Y yo quería gustarle a toda costa.

—Estoy segura de que le gustas.

—No —dijo Zoë lastimera—, no le gusto.

—Entonces algo le falla, porque al resto de los humanos sí. —Justine añadió tras una pausa—: ¿Por qué quieres gustarle?

Zoë levantó la cabeza y apoyó la barbilla en una mano.

—¿Y si te digo que es porque es guapísimo?

—Bueno, eso es tremendamente superficial. Me has decepcionado mucho. Cuéntame más.

Zoë sonrió.

—En realidad no es por su aspecto... aunque está buenísimo.

—Por no mencionar que es carpintero —comentó Justine—. Quiero decir... todos los carpinteros son atractivos, incluso los feos; pero un carpintero guapo... bueno, es irresistible.

—Al principio no me atraía tanto, pero cuando mató la araña fue un puntazo.

—De cajón. Me encantan los hombres que matan bichos.

—Y luego, cuando estaba flipando y no podía respirar, fue tan... amable. —Zoë suspiró y se puso colorada al recordarlo—. Me sujetaba y me hablaba con esa voz... ya sabes, baja y un poco ronca...

—Todos los Nolan la tienen así —dijo Justine, reflexionando—. Es como si tuvieran una leve bronquitis. Totalmente sexy.

A Zoë le cayó un rizo sobre los ojos y se lo apartó de un soplido.

—¿Cuándo fue la última vez que un hombre se fijó en ti como si no hubiera nada más en el mundo? —le preguntó pensativa a su prima—. Como si prestara atención a cada aliento tuyo. Como si intentara absorberte.

—Nunca me ha pasado —admitió Justine.

—Pues así ha sido. Y no puedo evitar pensar cómo sería hacerlo con un hombre así, porque siempre que un hombre me ha dicho que me quería, he sabido que lo que quería realmente era marcarse un tanto. Con Chris, aunque era muy dulce y considerado, cuando estábamos... juntos de ese modo... nunca era...

—¿Intenso?

Zoë asintió con la cabeza.

—Sin embargo, Alex tiene algo que me induce a pensar... —Se lo pensó mejor y se guardó lo que estaba a punto de decir.

Los aterciopelados ojos castaños de Justine se ensombrecieron. Estaba preocupada.

—Zo, sabes que me encanta divertirme y llevo meses diciéndote que lo que necesitas es salir con alguien, pero Alex no es el adecuado para empezar.

—¿Sabemos con seguridad que tiene un problema con la bebida?

—Si tienes que preguntarlo, señal de que lo tiene. Cuando te implicas con alguien así, te estás metiendo en un triángulo amoroso entre tú, él y la botella. Un problema así no te hace falta, sobre todo ahora que vas a asumir la responsabilidad de cuidar de Emma. No intento decirte lo que tienes que hacer, pero... Da igual, te lo digo. Te lo digo claramente: no te líes con Alex. Hay demasiados hombres normales y agradables por ahí a quienes les encantaría estar contigo.

—¿Los hay? —le preguntó Zoë secamente—. ¿Por qué no habré conocido jamás a ninguno?

—Los intimidas.

—¡Oh, por favor! Me has visto desgreñada, y cuando engordé tres kilos por Acción de Gracias, y luego, cuando los perdí durante la gripe más espantosa que... no hay razón alguna para que ningún hombre se sienta intimidado por mí.

—Zoë, incluso en tu peor día sigues siendo la clase de mujer de las fantasías masculinas de sexo salvaje.

—Yo no quiero sexo salvaje —protestó Zoë—. Lo único que quiero... —Incapaz de encontrar las palabras, sacudió la cabeza con pesar y se apartó de la cara unos cuantos rizos—. Quiero soluciones —admitió—, no más problemas, y con Alex no voy a tener más que problemas.

—Sí. Así que deja que yo lo arregle. Conozco a un montón de hombres.

Zoë detestaba las citas a ciegas casi tanto como las arañas. Sonrió, sacudió la cabeza e intentó olvidar la sensación de seguridad que había tenido en brazos de Alex Nolan. Buscar la seguridad donde no la había era una de sus malas costumbres.

9

En la buhardilla de Rainshadow Road había cajas, un arcón de madera desvencijado, unos cuantos muebles rotos y anticuados y restos pertenecientes a varias décadas que habían abandonado los antiguos inquilinos. Alex se preguntó si era conveniente que no le dieran miedo los insectos ni los roedores, porque tenía que haber un montón de nidos en aquel batiburrillo.

—Creo que debería empezar por ahí —dijo el fantasma desde el rincón opuesto de la habitación.

—Yo no voy a escalar esa montaña de porquería —dijo Alex, sacudiendo una bolsa de basura de tamaño industrial para abrirla.

—Pero el material que quiero ver está detrás.

—Me abriré paso hasta allí.

—Pero si...

—No insistas —lo cortó Alex—. No acepto órdenes de un espectro. —Enchufó su móvil a unos altavoces portátiles, junto a la puerta. La aplicación reprodujo canciones de un servicio de radio por internet basado en selecciones hechas previamente. Como el fantasma no dejaba de reclamárselo, Alex había añadido a la lista de reproducción algunas piezas de *big band* y resultaba que empezaban a gustarle un par de temas de Artie Shaw y Glenn Miller, aunque nada lo habría inducido a admitirlo.

La voz suave y ronca de Sheryl Crow interpretó una versión lenta de *Begin the Beguine*. El fantasma iba de un lado para otro cerca de los altavoces.

—Esta la conozco —dijo complacido, y se puso a tararearla.

Alex abrió una caja de cartón roñosa. Estaba llena de viejas cintas VHS de películas de serie B. La apartó y sacó una figura descolorida de un búho.

—¿De dónde saca la gente estos trastos? —preguntó en voz alta—. O mejor: ¿para qué los quiere?

El fantasma escuchaba la canción atentamente.

—Solía bailarla —dijo ensimismado—. Recuerdo a una mujer en mis brazos. Era rubia.

—¿Le ves la cara? —le preguntó Alex, intrigado.

El fantasma sacudió la cabeza, frustrado.

—Es como si los recuerdos estuvieran ocultos detrás de una cortina. Lo único que veo son sombras.

—¿Alguna vez has visto a alguien... como tú?

—¿Te refieres a otro fantasma? No. —Sonrió sin alegría al ver la expresión de Alex—. No te molestes en preguntarme acerca de la vida después de la muerte. No sé nada de eso.

—¿Me lo dirías si lo supieras?

El fantasma lo miró directamente a los ojos.

—Sí. Te lo diría.

Alex volvió a lo que estaba haciendo. Desenterró una bolsa llena de botellas y de cristales rotos. Con cuidado, la metió en la caja de las cintas de vídeo. El fantasma cantaba bajito la letra de la canción: «*I'm with you once more, under the stars/ and down by the shore an orchestra's playing...»*

—No sé lo que habrás hecho para acabar así —dijo Alex.

El fantasma pareció recelar.

—¿Crees que esto es un castigo?

—No parece una recompensa, eso está más claro que el agua.

El fantasma sonrió brevemente y se puso serio de nuevo.

—A lo mejor es por algo que no hice —dijo al cabo de un momento—. Tal vez defraudé a alguien o desperdicié una ocasión que tendría que haber aprovechado.

—Entonces ¿por qué estás aquí unido a mí? ¿Qué soluciona eso?

—Puede que tenga que evitar que cometas el mismo error que yo cometí. —Ladeó la cabeza ligeramente, estudiándolo.

—Si quiero desperdiciar la vida es cosa mía y no puedes hacer una mierda para evitarlo, amigo.

—¡Adelante! —fue la agria respuesta.

Alex sacó una caja llena de carpetas.

—¿Qué contienen? —le preguntó el fantasma.

—Nada. —Alex ojeó el polvoriento fajo de papeles—. Parecen apuntes del instituto de los setenta. —Los echó en la bolsa de basura.

El fantasma volvió junto a los altavoces y canturreó siguiendo *Night And Day* de U2.

Las horas iban pasando y Alex movía cajas y llenaba bolsas de basura sin encontrar nada de valor aparte de unos cuantos rollos de papel pintado con un motivo alocado de rayas marrones y círculos verde lima y un máquina de escribir L. C. Smith & Corona en un estuche de espiguilla.

—Puede que esto tenga algún valor —comentó el fantasma, acercándose a mirar por encima del hombro de Alex.

—Puede que cincuenta dólares. —La proximidad del fantasma molestaba a Alex—. ¡Eh..., apártate un poco!

El fantasma se apartó un tanto, pero siguió mirando fijamente la máquina de escribir.

—Mira dentro de la funda —le dijo—. ¿No hay nada?

Alex levantó la máquina de escribir y miró debajo de la carcasa.

—No. —Se desentumeció los hombros y se levantó porque tenía los muslos agarrotados—. Por hoy basta.

—¿Lo dejas ahora?

—Sí, lo dejo ahora. Debo preparar los bocetos para Zoë y tengo que encontrar un lugar donde vivir antes de que Darcy me saque a patadas de casa.

El fantasma miró las cajas todavía intactas.

—¡Pero si queda mucho por revisar!

—Volveremos mañana.

La indignación del espectro era palpable, como una nube de avispas furiosas.

—Unos minutos más —dijo, tozudo.

—No señor. Acabo de pasarme buena parte del día hurgando entre la basura por ti. Tengo otras cosas que hacer. Trabajo por el que van a pagarme. A diferencia de ti, yo no puedo vivir del aire.

El otro le respondió con una mirada torva.

En silencio, Alex ordenó el revoltijo, desenchufó el teléfono de los altavoces, recogió la enorme bolsa de plástico y la arrastró fuera de la buhardilla. Entre los tintineos, los tableteos y los crujidos de la basura, oyó que el fantasma se ponía a cantar la canción que sabía que más detestaba Alex: *«I don't like your peaches, they are full of stones/ But I like bananas, because they have no bones...»*

—Deja de cantar esa mierda —le dijo Alex—. ¡Va en serio!

Pero mientras bajaba al segundo piso, siguió oyendo la insoportable tonada: *«Cabbages and onions, they hurt my singing tones/ But I like bananas, because they have no bones!»*

10

Cuando Zoë ponía el último plato del desayuno en el lavavajillas, oyó que rascaban la puerta trasera de la cocina. Fue a abrir y *Byron* entró con un maullido de protesta y la cola tiesa hacia arriba. Se sentó y clavó en ella sus ojos verdes, expectante.

Zoë sonrió y se agachó a acariciarle el pelaje blanco, suave y esponjoso.

—Ya sé lo que quieres.

Se acercó a la cocina y sirvió lo que quedaba en la sartén de unos huevos revueltos en su plato. El gato se puso a comer con delicadeza, moviendo las orejas y los bigotes con placer.

Justine entró en la cocina.

—Tienes visita. No he sabido muy bien qué decirle.

—¿Es Alex? —Zoë se sobresaltó agradablemente—. Por favor, dile que venga aquí.

—No se trata de él sino de tu ex.

Zoë parpadeó. No había visto a Chris ni hablado con él desde hacía más de un año. Su relación se había limitado a un par de correos electrónicos impersonales. Por lo que ella sabía, no había razón para que hubiera ido a la isla.

—¿Ha venido solo o con su pareja?

—Solo

—¿Te ha dicho para qué?

Justine sacudió la cabeza, negando.

—¿Quieres que me deshaga de él?

Zoë estuvo tentada de decirle que sí. Ella y Chris habían quedado en buenos términos.

De hecho, su divorcio había sido un proceso discreto, sin derramamiento de sangre. Se había sentido traicionada como esposa, pero como amiga no había podido evitar sentir compasión por el sufrimiento y la confusión por los que obviamente estaba pasando Chris. Justo después de su primer aniversario, él le había explicado con lágrimas en los ojos que, aunque la amaba y siempre la amaría, tenía una aventura con un hombre que trabajaba en su bufete de abogados. Le había dicho que, aunque hasta hacía poco nunca había sido capaz de afrontar sus sentimientos y sus deseos, ya no podía seguir fingiendo. Si en el pasado se había sentido atraído por los hombres, siempre había mantenido a raya esos sentimientos porque sabía que su familia, muy conservadora, nunca lo aprobaría. Sin embargo, había llegado a un punto en que ya no podía seguir viviendo una mentira, y lo que más lamentaba era causarle dolor a Zoë y decepcionarla. Nunca había pretendido hacerle daño. «Da lo mismo —le había dicho Justine respecto a esto último—. No ha sabido llevarlo. Chris podría haberte dicho: "Zoë, tengo sentimientos encontrados", y habríais hablado del tema. En lugar de eso, te mintió repetidamente hasta darte la espalda. Te engañó y eso lo convierte en un burro, sea gay o hetero.»

En aquel instante, ante la perspectiva de ver a Chris,

Zoë se notó el temor en el estómago pesándole como el plomo.

—Hablaré con él —dijo, reacia—. No estaría bien que me negara a hacerlo.

—Permites que te maneje —refunfuñó Justine—. Vale, le diré que entre.

Al cabo de dos minutos se abrió la puerta y entró un cauteloso Chris.

Era tan guapo como siempre, delgado y en forma, con el pelo trigueño. Siempre había estado en una forma excelente y cuidaba su dieta escrupulosamente: solo en contadas ocasiones comía carne roja o bebía más de una copa de vino. «Nada de mantequilla, nata ni carbohidratos», le decía cuando cocinaba para él. Ella encontraba aquellas restricciones bastante enervantes, pero las acataba. Lo primero que se había preparado tras marcharse él del apartamento que compartían había sido un bol de espagueti a la carbonara, con vino blanco, nata y tres huevos completos, recubiertos con una capa de queso pecorino romano y parmesano y trocitos de beicon crujiente.

Chris sonrió al verla.

—Zoë —la saludó en voz baja, acercándosele.

Hubo un momento embarazoso después de que el amago de un abrazo acabara en un apretón de manos. En su fuero interno, Zoë estaba sorprendida de lo contenta que estaba de verlo de nuevo y lo mucho que lo había echado de menos.

—Estás preciosa —le dijo Chris.

—Tú también estás fantástico —repuso ella, aunque notó con preocupación que tenía los ojos castaño verdosos hundidos de tristeza y que se le habían marcado arrugas de crispación demasiado profundas y demasiado poco tiempo.

Chris sacó del bolsillo de su americana de corte impecable un pequeño objeto dentro de una bolsita franela.

—Lo encontré el otro día detrás del tocador —le dijo, tendiéndoselo—. ¿Te acuerdas de lo mucho que lo estuvimos buscando?

—¡Dios mío! —exclamó Zoë cuando sacó el broche de la bolsita. Siempre había sido uno de los favoritos de su colección: una tetera de plata antigua con esmaltes y amatistas—. Creía que no volvería a verlo.

—He querido devolvértelo personalmente. Sé lo mucho que significa para ti.

—Gracias —le sonrió abiertamente—. ¿Vas a pasar el fin de semana en la isla?

—Sí.

—¿Solo? —Los dos intentaban parecer desenfadados, ocultar las incómodas aristas presentes en una conversación entre dos personas que procuran volver a conectar.

Chris asintió con la cabeza.

—Necesitaba alejarme y pensar. He alquilado una casa en los muelles para un par de noches. Espero ver unas cuantas orcas y puede que ir en kayak. —Echó un breve vistazo a la cocina, fijándose en las sartenes todavía por lavar y los restos del desayuno—. He venido en mal momento. Estás en plena faena...

—No, da igual. ¿Quieres quedarte un ratito y tomar un café?

—Si tú te tomas uno conmigo.

Zoë le hizo un gesto para que se sentara a la mesa y fue a preparar una cafetera. En lugar de sentarse en una silla, Chris se apoyó en la mesa y la miró.

—¿Dónde está la casa que has alquilado? —Zoë midió la dosis de café y la echó en el filtro.

—Está en Lonesome Cove. —Chris hizo una pausa antes de añadir—: La ensenada triste y sola, un nombre acertado dadas mis actuales circunstancias.

—¡Oh, vaya! —Zoë fue a llenar la jarra de la cafetera en el fregadero—. ¿Tienes problemas con tu... pareja?

—Te ahorraré los detalles. He estado dándole vueltas a muchas cosas; recuerdos, ideas... y siempre vuelvo a lo mismo, una y otra vez, a que nunca te pedí realmente perdón por lo que te hice. Lo hice todo al revés. Lo siento. Yo... —Calló y apretó la mandíbula, pero un músculo de la mejilla le temblaba como una goma demasiado estirada.

Con cuidado, Zoë vació la jarra de agua en la cafetera.

—Sí que lo hiciste. Te disculpaste más de una vez. Es posible que hubieras podido manejar la situación mejor, pero imagino lo difícil que tuvo que ser para ti. Yo estaba tan centrada en mi propio dolor que ni siquiera pensé en el miedo que debía darte salir del armario, lo duro que era enfrentarse a la reacción de los demás. Te perdoné hace mucho, Chris.

—Yo no me he perdonado. —Chris se aclaró la garganta—. No asumí la responsabilidad. Te dije que no era culpa mía. No quería pensar en el trago que estaba haciéndote pasar. Por una temporada llegué a convertirme de nuevo en un adolescente y a pasar por todas las fases que me había saltado en la adolescencia. Lo siento muchísimo, Zoë.

Sin palabras, Zoë puso en marcha la cafetera y se dio la vuelta para mirarlo. Se pasó varias veces las manos por el peto del delantal blanco de chef.

—Está bien —dijo por fin—. De verdad que sí. Estoy bien pero preocupada por ti. ¿Por qué pareces tan desgraciado? ¿No vas a decirme lo que te pasa?

—Me ha dejado por otro. —Soltó una carcajada forzada—. Me lo tengo merecido, ¿verdad?

—Lo siento —le dijo ella con dulzura—. ¿Cuánto hace de eso?

—Un mes. No puedo dormir, ni respirar, ni dormir. Incluso he perdido los sentidos del gusto y el olfato. Fui al médico... ¿Imaginas lo deprimido que hay que estar para no poder ni siquiera oler las cosas? —Suspiró entrecortadamente—. Tú eres la mejor amiga que he tenido jamás. Siempre eras la primera a la que quería contarle todo lo que me pasaba.

—Tú también eras mi mejor amiga.

—Me he quedado sin eso. ¿Crees... —Tragó con dificultad—. ¿Crees que alguna vez podremos recuperar...? No que todo vuelva a ser como cuando estábamos casados... me refiero solo a la amistad.

—Yo puedo —repuso ella de buena gana—. Toma una silla y cuéntame qué ha pasado. Mientras lo haces, te prepararé algo para desayunar. Como en los viejos tiempos.

—No tengo hambre.

—No tienes que comer, pero yo voy a prepararte algo. —Puso a calentar una sartén negra de acero sobre el fogón.

Durante su matrimonio, casi cada noche hacían eso: Chris se sentaba y le hablaba mientras ella cocinaba. Le pareció natural volver a hacerlo a pesar de todo el tiempo que llevaban sin verse. Chris le explicó los problemas que habían afrontado él y su pareja, cómo la euforia inicial de su aventura había cedido paso a la rutina diaria de la convivencia.

—Y luego las cosas que antes parecían sin importancia, ya fuera la política, el dinero, incluso cosas tan estúpidas como si el papel higiénico se desenrolla de arriba abajo o viceversa, todo era importante. Empezamos a discutir. —Calló porque vio que Zoë estaba partiendo huevos en un bol con una mano. Uno, dos, tres—. ¿Qué vas a hacer?

—Una tortilla.

—Sin mantequilla, acuérdate.

—Lo recuerdo. —Le echó un vistazo por encima del hombro y dijo—: Me estabas diciendo que discutíais.

—Sí. Es otra persona cuando discute. Está dispuesto a usar cualquier arma, cualquier cosa que le hayas confiado en la intimidad. Quiere ganar a toda costa... —Hizo una pausa mientras Zoë vertía mantequilla fundida en una sartén pequeña—. ¡Eh...!

—Es una tortilla francesa... —argumentó ella, razonable—. Tengo que hacerlo así. Mira para otro lado y sigue hablando.

Chris suspiró resignado y continuó.

—¡Deseaba tanto su aprobación! No podía hacerle frente. Era el primer hombre al que había... —Se calló.

Zoë picó hierbas frescas: perejil, albahaca, estragón; las incorporó a los huevos batidos. Entendía el proceso por el que estaba pasando Chris. Sabía de cuántas maneras puedes llegar a culparte después de una ruptura, cómo repasas un centenar de conversaciones para encontrar lo que deberías o no deberías haber dicho. Cómo quieres seguir durmiendo indefinidamente aunque ya hayas dormido demasiado y no puedes comer aunque tu organismo esté famélico. Lo tremendamente idiota que te sientes cuando alguien ha dejado de amarte.

—No hay modo de saber cómo irá una relación —le comentó—. Lo has intentado.

—Sí —dijo Chris con amargura, todavía sin mirarla—, pero no tengo más suerte siendo gay que la que tenía siendo hetero.

—Chris... casi nadie acaba con la primera persona de la que se enamora.

—Algunos acaban solos y yo no quiero ser de esos.

—Justine dice que, si nunca encuentras al «señor Adecuado», deberías divertirte lo más posible con un montón de «señores Inapropiados».

Chris soltó una carcajada sombría.

—Eso es muy propio de Justine.

—Y según ella uno aprende algo de cada relación.

—¿Qué he aprendido yo? —le preguntó con abatimiento.

Zoë puso la mano sobre la sartén para comprobar el calor que le llegaba a la palma. Cuando le pareció que alcanzaba la temperatura adecuada, echó los huevos y se puso a trabajarlos con un tenedor.

—Te conoces mejor y sabes qué clase de amor quieres —le dijo al final.

Con hábiles golpes de muñeca, fue trabajando los huevos, revolviéndolos hasta que la mezcla cuajó. Subió el fuego y dejó que la tortilla se dorara. Luego vació en un plato el contenido de la sartén: un óvalo perfecto de color dorado. Adornó el plato con rodajas de naranja y pétalos frescos de lavanda y se lo sirvió a Chris.

—Tiene una pinta increíble —dijo este—. Pero no creo que sea capaz de comer nada.

—Prueba solo un bocado o dos.

Con resignación, Chris cortó un trocito de tortilla y se lo metió en la boca. Sus dientes se cerraron sobre la combinación de texturas: la tierna consistencia de los huevos, la sutil acidez de las hierbas, el beso de la sal marina y el toque de una pizca de pimienta negra. No dijo nada, pero tomó otro bocado, y luego otro más. Le subió el color a las mejillas mientras comía con placer concentrado.

—Si fuera hetero —dijo al cabo de un momento—, volvería a casarme contigo.

Zoë sonrió y volvió a llenarle la taza de café.

Mientras Chris comía, Zoë preparó pastas para el té de

albaricoque y limón. Todas las tardes se servía el té para los huéspedes. Mezcló los ingredientes y vertió la mezcla en los pequeños moldes. Mientras trabajaba, le contó a Chris el deterioro de la salud de su abuela y él la escuchó en silencio, compasivo.

—Va a ser duro —le dijo—. Conozco a algunas personas que se han ocupado de parientes con demencia.

—Podré con ello.

—¿Cómo estás tan segura?

—No me queda más remedio. Mi plan es estar a la altura de las circunstancias, sean cuales sean.

—¿Le has contado a tu padre lo que has decidido?

Zoë sonrió con cinismo mientras se sentaba a la mesa.

—Él y yo no hablamos, nos escribimos correos electrónicos. Dice que vendrá a vernos cuando Emma y yo estemos ya instaladas en la casa del lago.

—¡Qué alegría! —Chris había visto a Stephen, el padre de Zoë, en un puñado de ocasiones, y lo único que tenían en común era que, como machos, poseían el cromosoma XY. Después de la boda, Chris había bromeado diciendo que el padre de Zoë la había llevado del brazo por el pasillo con toda la ternura de quien deja un paquete en el servicio de envío UPS.

—Creo que Emma está deseando verlo tan poco como yo —admitió Zoë—. No han tenido ningún contacto desde el divorcio.

—¿De nuestro divorcio? —Chris no podía creerlo—. ¿Por qué?

—Él está en contra del divorcio, independientemente del motivo.

—Pero él se divorció.

—De hecho no. Mi madre nos abandonó, pero nunca se divorciaron. —Zoë sonrió y añadió con pesar—: Me dijo que debería haber intentado ser mejor esposa y llevarte a terapia; así no te hubieras vuelto gay.

—Yo no me he vuelto gay, era gay. Lo soy. —Sacudió la cabeza riendo turbado—. La terapia hubiera podido cambiar ese hecho tanto como hubiera podido cambiarme la forma de la nariz o el color de los ojos. Mira, ¿quieres que hable de esto con él? Ni siquiera se me había pasado por la cabeza que pudiera haberte culpado de algo así...

—No. Eres muy amable, pero no hace falta. No creo que en realidad, de corazón, mi padre me culpe. Simplemente aprovecha cualquier oportunidad para ser crítico. No puede evitarlo. Culpar a los demás le resulta más fácil que pensar en aquello por lo que tendría que sentirse él culpable. —Se inclinó hacia él y puso una mano sobre la suya—. Pero gracias.

Chris volvió la palma hacia arriba y se la apretó antes de soltársela.

—¿Qué más me cuentas? —le preguntó al cabo de un momento—. ¿Hay un señor Adecuado en escena o un señor Inapropiado?

Zoë negó con un gesto.

—No tengo tiempo para una vida amorosa. El trabajo me mantiene ocupada y encima estoy arreglando la casa para mi abuela.

Chris se levantó para llevar su plato al fregadero.

—Si necesitas ayuda me lo harás saber, espero.

—Sí. —También se levantó. Se sentía aliviada, como si su relación se hubiera convertido por fin en lo que debía ser: una amistad, ni más ni menos.

—Gracias —le dijo Chris simplemente—. Eres una mujer hermosa, Zoë, y no me refiero solo a tu aspecto. Espero de veras que encuentres algún día al hombre adecuado. Siento haberme interpuesto. —Se le acercó y ella dejó que

SOLORZANO

NORM

33 F

Tue Sep 27 2016

la estrechara y lo abrazó—. Necesitaba saber si seguías odián-
dome —dijo por encima de su cabeza—. Estoy muy contento de que no sea así.

—Nunca podría odiarte —protestó ella.

Alguien abrió la puerta de la cocina y entró. Chris aflojó el abrazo. Zoë miró hacia la puerta, esperando ver a Justine.

Allí estaba Alex Nolan, severo, sin sonreír. Dentro del
espacio de la cocina, parecía más corpulento de lo que Zoë
recordaba, y más malo, y casi hubiera podido jurar que
aquellos momentos en los que había estado sosteniéndola
en la casa del lago no habían sido más que un sueño. Cuando su mirada helada se posó sobre ella, había en su silencio
una inconfundible tensión.

—¡Hola! —lo saludó Zoë—. Este es mi ex marido,
Chris Kelly. Chris, este es Alex Nolan, que va a reformar
la casa del lago.

—Eso no está decidido todavía —comentó Alex.

Con un brazo aún sobre los hombros de Zoë, Chris se
adelantó para estrecharle la mano.

—Encantado de conocerle.

Alex le devolvió el apretón con formalidad, mirando de
nuevo a Zoë.

—Ya volveré en otro momento —dijo con brusquedad.

—No, por favor, quédate. Chris estaba a punto de marcharse. —Vio el papel plegado en acordeón que llevaba y le
preguntó—: ¿Son los planos? Me encantaría verlos.

Alex miraba con atención a Chris. Aunque nada trai-
cionaba su expresión, en el aire flotaba la hostilidad.

—¿Vive en el continente? —le preguntó.

—En Seattle —repuso Chris sin alterarse.

—¿Tiene familia aquí?

—Solo a Zoë.

Tras la respuesta, se instaló un silencio tan punzante como una zarza seca.

Chris soltó a Zoë.

—Gracias por el desayuno y... por todo lo demás —le murmuró.

—Cuídate —le dijo ella con dulzura.

Se oyó un tintineo metálico. Alex jugueteaba impaciente con las llaves del coche.

Chris intercambió una mirada disimulada con Zoë y frunció las cejas como si preguntara: ¿Qué le pasa?

Zoë no estaba del todo segura. Le dedicó a Chris un ligero gesto de cabeza con el que le transmitió su perplejidad.

Su ex marido salió de la cocina y cerró con cuidado la puerta.

Zoë se volvió a mirar a Alex. Iba vestido de un modo más informal que nunca, con camiseta gris y unos vaqueros manchados de pintura. El atuendo desgastado le sentaba bien, con la tela vaquera no demasiado ceñida al cuerpo musculoso y los brazos robustos que tensaban las mangas de la camiseta.

—¿Te apetece desayunar algo? —le preguntó.

—No, gracias. —Alex dejó las llaves y la cartera en la mesa y sacó un fajo de papeles de la carpeta—. No tardaremos mucho. Te enseñaré un par de cosas y te dejaré los bocetos.

—No tengo prisa —dijo Zoë.

—Yo sí.

Zoë frunció el ceño y fue a situarse a su lado, junto a la mesa, mientras él extendía con meticulosidad los planos de la planta, el alzado y las perspectivas de los interiores.

Alex habló sin mirarla.

—Más adelante te traeré unos cuantos catálogos para

que veas acabados, piezas de baño y demás. ¿Cuánto lleváis divorciados?

Zoë parpadeó, desconcertada por lo inesperado de la pregunta.

—Un par de años.

Su única reacción fue la profundización de las arrugas en las comisuras de la boca.

—Habíamos sido los mejores amigos desde la época del instituto —dijo Zoë—. Tal como fueron las cosas, deberíamos haber seguido siendo únicamente eso: amigos. Yo llevaba bastante tiempo sin ver a Chris. Acaba de presentarse esta mañana, de improviso.

—Lo que hagas con tu ex es cosa tuya.

A Zoë no le gustó el modo en que lo dijo.

—No estoy haciendo nada con él. Estamos divorciados.

Se encogió de hombros, tenso.

—Muchos se acuestan con sus ex.

Zoë parpadeó, consternada.

—¿Para qué vas a acostarte con alguien de quien te has divorciado?

—Por comodidad. —Como ella lo miraba sin entenderlo, se lo explicó—: Sin cenas, sin fingimientos, sin tener que comportarse. Es el equivalente a la comida para llevar.

—No me gusta la comida para llevar —sentenció ella, ofendida—. Y es la peor razón que he oído para acostarse con alguien: solo por comodidad. Eso es una... bazofia.

Alex arqueó una ceja. Su beligerancia parecía haberse desvanecido.

—¿Qué demonios es una bazofia?

—Algo que hay que rehidratar y que está siempre asqueroso, como los copos de patata o la carne seca enlatada o el huevo liofilizado.

Alex sonrió torcidamente.

—Si tienes el hambre suficiente, la bazofia está pasable.

—Pero no es el producto original.

—¿A quién le importa? Es una necesidad física.

—¿Comer?

—Me refería al sexo —repuso secamente—. Pero no todas las comidas... ni los actos sexuales, tienen que ser una experiencia significativa.

—No estoy de acuerdo. Para mí, el sexo es entrega, confianza, honestidad, respeto...

—¡Madre santa! —Se puso a reír bajito, de un modo desagradable—. Con tantas exigencias, ¿alguna vez ha follado?

Zoë lo miró indignada.

Alex le devolvió la mirada y ya no se reía. Agarró la mesa poniendo las manos una a cada lado de ella; estaban muy cerca pero no llegaban a tocarse. La respiración de Zoë se había vuelto superficial y el corazón le latía aceleradamente.

Él tenía la cara sobre la suya, su respiración era dulce y fresca, como de chicle de canela.

—¿No has practicado sexo nunca simplemente porque sí?

Zoë parpadeó

—No estoy segura de a qué te refieres —logró decir.

—Me refiero a tener sexo loco con alguien que te importe un bledo. De un modo salvaje, duro, sucio en algún aspecto, pero que te da igual porque es demasiado placentero para parar. Haces todo lo que quieres porque no tienes que comentarlo después. Sin reglas, sin remordimientos: solo dos personas en la oscuridad, follando a lo grande.

Por un instante, la imaginación de Zoë se desató y notó calor en la boca del estómago. El pulso le latía en la garganta. La mirada de Alex siguió el rastro del apenas visible latido antes de fijarse en sus pupilas dilatadas. Con un movimiento brusco, se apartó de ella.

—Deberías probarlo alguna vez —le aconsejó con serenidad—. Parece que tienes a tu ex a mano.

Zoë se puso el pelo detrás de las orejas e hizo ademán de volver a atarse el delantal.

—Chris no ha venido a verme para eso —dijo por fin—. Acaba de romper con su pareja. Le hacía falta hablar de ello con alguien.

—Contigo. —Alex le sonrió con sorna.

—Sí —repuso ella con cautela, intuyendo que iba a decirle algo insultante—. ¿Por qué no conmigo?

—¿Con una mujer con tu aspecto? Si tu ex se presenta para hablar de sus problemas, bombón, no es por tu aguda perspicacia psicológica. Es su línea erótica.

Antes de que pudiera responderle, el temporizador del horno sonó. Picada, Zoë tuvo la tentación de decirle que se largara de su cocina. Cogió un par de agarradores y fue a abrir el horno. En cuanto abrió la puerta, la fragancia embriagadora del pastel escapó: un vapor perfumado de melocotón, vainilla y especias aromáticas. Inhalando profundamente la opulenta dulzura, Zoë se dijo que Alex era el hombre más cínico que había conocido jamás. ¡Qué terrible tenía que ser ver el mundo como él lo hacía!

Si no hubiera sido un matón arrogante, hasta le habría dado lástima.

Se inclinó con un agarrador en cada mano para sacar la gran bandeja de acero del horno. Mientras lo hacía, el borde ardiente le rozó la cara interna del brazo y jadeó. Estaba tan acostumbrada a los pequeños percances en la cocina que no dijo nada, simplemente dejó la bandeja con calma en la encimera.

Alex estuvo a su lado en un abrir y cerrar de ojos.

—¿Qué ha pasado?

—Nada.

Él miró la zona enrojecida de su brazo. Con el ceño fruncido, la llevó al fregadero y se lo metió debajo del chorro de agua fría del grifo.

—No lo saques. ¿Tienes botiquín?

—Sí, pero no me hace falta.

—¿Dónde lo tienes?

—En el armario, debajo del fregadero —se apartó un poco para que pudiera abrir la puerta y sacar la caja blanca de plástico—. No es más que una quemadura sin importancia —le dijo, sacando el brazo de debajo del chorro para mirárselo—. Ni siquiera se me hará una ampolla.

Alex la agarró por la muñeca para volver a meterle el brazo debajo del agua.

—No lo saques.

—Estás exagerando. ¿Ves las marcas que tengo en las manos y en los brazos? Todas las cocineras tienen cicatrices de guerra. Esto de mi codo... —Le enseñó el brazo libre—. Esto me lo hice apoyando el brazo sobre la encimera: se me olvidó que acababa de dejar una sartén caliente en ella. —Le indicó dos puntos en la mano izquierda—. Estas marcas son de cuchillo... esta me la hice intentando deshuesar un aguacate que no estaba lo bastante maduro y esta quitando la espina a un pescado. Una vez me corté toda la palma abriendo ostras...

—¿Por qué no te pones algo para protegerte? —le preguntó.

—Supongo que debería ponerme una chaquetilla de chef, pero en días de tanto calor como hoy no estaría demasiado cómoda.

—Te hacen falta unas mangas de soldador. Puedo conseguírtelas.

Zoë miró perpleja a Alex. No bromeaba. Parte de su irritación se esfumó.

—No puedo ir con mangas de soldador en la cocina —le dijo.

—Pues con algo tienes que protegerte. —Le cogió la mano libre y se la examinó con el ceño fruncido, pasando las yemas de los dedos de una cicatriz pálida a la otra—. Nunca se me había ocurrido que cocinar fuera peligroso. A menos que uno de mis hermanos o yo queramos comernos algo que hayamos preparado.

Bajo la caricia de sus dedos, un escalofrío le subió por el brazo.

—¿Ninguno de vosotros sabe cocinar? —le preguntó.

—Sam no lo hace del todo mal. Nuestro hermano mayor, Mark, solo sabe hacer café... aunque es un café estupendo.

—¿Y tú?

—Soy capaz de construir una cocina magnífica, pero no puedo preparar nada comestible en ella.

Zoë no protestó cuando le recolocó el brazo debajo del chorro del grifo. Le sujetaba la mano como si fuera un pajarillo herido.

—Tú también tienes cicatrices. —Zoë se atrevió a tocarle con la punta de un dedo una fina cicatriz en un lado del pulgar—. ¿Cómo te la hiciste?

—Con un cúter.

Ella recorrió con el dedo otra marca profunda de la yema de su pulgar.

—¿Y esta?

—Con una sierra de carpintero.

Zoë hizo un gesto de dolor.

—Casi todos los accidentes en carpintería se deben a un intento de ahorrar tiempo —dijo Alex—. Por ejemplo, cuando necesitarías una plantilla de guía para mantener algo en su lugar mientras manejas un acanalador pero te arreglas sin y pagas caras las consecuencias. —Le soltó la mano, abrió el botiquín y hurgó en él hasta dar con un frasquito de acetaminofén—. ¿Dónde guardas los vasos?

—En el armario que hay encima del lavaplatos.

Alex cogió un vaso largo del armario y lo lleno con agua del dispensador de la nevera. Le dio dos comprimidos a Zoë y le ofreció el agua.

—Creo que ya lo tengo bien —dijo ella después de haberle dado las gracias.

—Espera un poco y verás. Las quemaduras tardan un poco en doler.

Con resignación, Zoë miró el agua que le caía sobre la piel. Alex seguía a su lado, sin intentar volver a tocarla. A diferencia de los silencios de camaradería que había compartido con Chris, aquel silencio era tenso y electrizante.

—Zoë... —murmuró Alex con la voz ronca—. Lo te he dicho antes... Me he pasado.

—Sí, te has pasado.

—Lo... siento.

Suponiendo que era un hombre poco dado a disculparse y que cuando lo hacía era con dificultad, Zoë cedió.

—Vale.

En el pesado silencio que siguió, fue agudamente consciente de la sólida presencia de Alex a su lado, del contrapunto de su respiración. Cuando él se inclinó para comprobar la temperatura del agua, vio su antebrazo musculoso y cubierto de oscuro vello. Miró de reojo su perfil perfecto, la belleza de ángel oscuro de un hombre que escamotea el placer dondequiera que lo encuentra. Las sutiles ojeras y las mejillas hundidas, síntomas de su vida disoluta, solo lo hacían más atractivo, elegantemente letal.

Una aventura con él podía costarle a una mujer todos sus ideales.

Justine tenía razón: si Zoë quería volver a salir con hombres, Alex no era el más adecuado para empezar a hacerlo. Sin embargo, Zoë sospechaba que, aunque acostarse con él resultaría indudablemente una equivocación, casi seguro que sería una experiencia de las que una mujer disfruta.

Estaba temblando por la prolongada exposición al agua fría. Cuanto más intentaba controlar los temblores, peores eran.

—¿Tienes una chaqueta o un jersey por aquí? —le preguntó Alex, y al negar ella con un gesto de cabeza, añadió—: Puedo pedirle a Justine...

—No —saltó Zoë—. Justine llamaría una ambulancia y a un equipo de paramédicos. No la metas en esto.

Él la miró, divertido.

—Está bien. —Le puso una mano en la espalda y la calidez de su palma traspasó la tela de la camiseta.

Zoë cerró los ojos. Al cabo de un momento notó el brazo de Alex sobre los hombros, grande y cálido. Su cuerpo irradiaba calor. Emanaba de él un agradable olor ligeramente salado.

—Tengo que decirte algo —logró articular—. Algo acerca de cómo sé que la visita de Chris no era con intenciones eróticas.

Alex aflojó su abrazo.

—No es de mi...

—Estoy segura por una razón: porque... —Dudó y las palabras se le atragantaron. Alex podía culparla por el fracaso de su matrimonio, tal como había hecho la familia de Chris. Podía ser insultante o incluso cruel. Peor todavía, tal vez no le importara en absoluto.

Solo había una manera de saberlo.

Hizo un esfuerzo para decírselo, venciendo el nudo que tenía en la garganta, abochornada.

—Chris me dejó por otro hombre.

11

Al oír lo que había dicho Zoë, el fantasma, que hasta el momento había pasado inadvertido en segundo plano, exclamó:

—¡Toma ya! —Y huyó.

Pasmado, Alex miró a Zoë a la cara.

—No sabía que fuera gay cuando nos casamos —dijo precipitadamente ella antes de darle tiempo a reaccionar—. Chris tampoco lo sabía, o al menos no estaba preparado para asumirlo. Se preocupaba sinceramente de mí y pensaba... tenía la esperanza... de que casándose conmigo todo se resolvería. Que conmigo tendría bastante. Pero no fui suficiente para él. —Calló, con la cara roja de vergüenza. Metió la mano libre debajo del chorro del grifo y luego se refrescó las mejillas con los dedos húmedos y fríos. Ver las gotitas bajando por su suave piel fue casi demasiado para Alex que, con cuidado, apartó el brazo de su espalda.

Animada por su silencio, Zoë siguió hablando.

—«Una mujer con tu aspecto...» He oído esa frase toda mi vida y nunca implica nada bueno. La gente que lo dice siempre cree saber exactamente quién soy sin haberse molestado en conocerme. Me consideran tonta, o falsa o una intrigante. Dan por supuesto que lo único que me interesa es tener sexo o... bueno, ya sabes lo que dan por supuesto. —Lo miró fugazmente, circunspecta, como si esperara que se burlara de ella. Como no fue así, inclinó la cabeza y prosiguió—: Maduré mucho antes que las demás. A los trece ya usaba una talla ochenta y cinco de copa. Debido a mi aspecto no les caía bien a las otras chicas, que esparcían rumores sobre mí en la escuela. Los chicos me gritaban cosas cuando pasaban en coche a mi lado. En el instituto, me pedían para salir solo para poder propasarse y mentir a sus amigos acerca de lo lejos que les había permitido llegar. Así que durante una temporada dejé por completo de salir. No me fiaba de nadie. Luego Chris y yo nos hicimos amigos. Era inteligente y divertido y amable, y no le importaba mi aspecto. Empezamos a salir: íbamos juntos a todas partes y nos ayudábamos mutuamente en los malos momentos. —Esbozó una sonrisa melancólica—. Chris ingresó en la facultad de derecho y yo en la escuela de cocina, pero continuamos estando unidos. Hablábamos a todas horas por teléfono y pasábamos juntos los veranos y las vacaciones... hasta que al final esa dinámica nos llevó al matrimonio.

Alex no estaba del todo seguro de cómo había llegado a estar en aquella situación, allí de pie junto al fregadero, con Zoë sincerándose con él. No quería oír nada de todo aquello. Siempre había detestado hablar de los problemas íntimos, ya fueran los suyos o los de otro. Pero Zoë seguía hablando y él no encontraba el modo de conseguir que dejara de hacerlo. Luego se dio cuenta de que si realmente hubiera querido que se callara, a aquellas alturas ya lo habría conseguido. En realidad quería escucharla, entenderla, y aquello le daba un miedo de muerte.

—Antes de casaros, los dos... —le preguntó, antes de poder evitarlo.

—Sí. —Zoë tenía la cara parcialmente vuelta, pero vio la curva rosada de su mejilla bajo el abanico oscuro de sus pestañas—. Fue afectuoso. Fue... bonito. No estaba segura de si alguno de los dos había llegado al orgasmo, pero no tenía la experiencia necesaria para saberlo. Pensé que con el tiempo nos iría mejor.

«Afectuoso. Bonito.» Acosaban a Alex pensamientos lascivos. La veía desnuda e imaginaba lo que habría hecho con ella de haber tenido ocasión. Los bucles relucientes de su pelo caían como lazos en espiral y no pudo evitar tocárselos, jugar con los sedosos mechones.

—¿Cuándo te enteraste?

Zoë inspiró profundamente cuando con las yemas de los dedos tocó la curva de su cuero cabelludo y se lo acarició con dulzura.

—Me contó que tenía una aventura con un hombre, con un abogado de su bufete. No había sido su intención que pasara. No quería herirme, pero a nuestra relación le faltaba algo y nunca había sabido qué.

—Dado que se acostaba con otro tío es bastante evidente lo que le faltaba —comentó Alex.

Zoë lo miró repentinamente, pero cuando vio en sus ojos un brillo burlón se relajó.

Deslizando la mano hasta su nuca, Alex se deleitó con la textura fresca y suave de su piel y de los músculos. Era como si la cocina respirara a su alrededor con corrientes de aire dorado que arrastraban el agridulce aroma de la corteza de limón, la dulzura húmeda y fría de las encimeras de madera restregada, el rico olor de los pasteles, la limpia y penetrante canela y el perfume penetrante del negro café. Todo aquello estimulaba el hambre . Era como si Zoë formara parte del festín que lo rodeaba y estuviera hecha para ser probada y sentida y disfrutada sensualmente. Lo único que lo mantenía apartado de ella era un resto de honor que estaba a punto de perder. Si se permitía hacer lo que deseaba, si Zoë no lo detenía, él acabaría siendo lo peor que le había pasado. Tenía que hacérselo entender.

—En el instituto yo era el típico imbécil que se habría burlado de ti y te hubiera acosado.

—Lo sé. —Al cabo de un momento, Zoë añadió—: Me habrías llamado «rubia tonta».

Como mínimo. Alex estaba furioso con el mundo, odiaba todo lo que no podía tener, y habría odiado en particular a una persona tan amable y tan hermosa como Zoë.

Ella inspiró profundamente antes de preguntarle:

—¿Eso me consideras ahora?

Aunque acababa de servirle en bandeja el modo perfecto para poner distancia entre ambos, Alex no se aprovechó de ello. En lugar de eso le dijo la verdad.

—No. Te considero inteligente. Creo que eres buena en lo que haces.

—¿Me encuentras... atractiva? —le preguntó dudosa.

Alex estaba abrumado por el deseo de demostrarle exactamente lo atractiva que la encontraba.

—Eres terriblemente atractiva y, si pensara que eres capaz de manejar el problema que represento, no estaríamos aquí de pie hablando. Ya te habría arrastrado hasta el rincón oscuro más cercano y... —Calló de pronto.

Zoë lo miró de un modo que costaba interpretar.

—¿Por qué estás tan seguro de que no podría manejarte? —le preguntó finalmente.

No sabía lo que esperaba que le respondiera un hombre que no recordaba lo que era la inocencia. La agarró del pelo sin violencia y la obligó a acercar su cara a la suya. Los bucles rubios se le enredaban en los dedos y le hacían cosquillas en el dorso de las mano.

—Soy un bastardo en la cama, Zoë —le dijo en voz baja—. Soy endiabladamente egoísta y un miserable. No soy... amable.

—¿A qué te refieres?

No estaba dispuesto a hablar de sus preferencias sexuales con ella.

—No entremos en detalles. Todo lo que te hace falta saber es que yo no hago el amor con las mujeres, yo las utilizo. Para ti, el amor es cariño, honestidad, dedicación... Pues bien, yo no aporto nada de eso en la cama. Si eres lo inteligente que creo que eres, no pondrás en duda lo que acabo de decirte.

—No lo hago —se apresuró a decir Zoë.

Apartándole la cabeza apenas, Alex la miró a los ojos.

—¿En serio?

—Sí. —Tras una leve vacilación, sin embargo, Zoë apartó los ojos, con los labios fruncidos en una sonrisa contenida—. No —admitió.

—Maldita sea, Zoë —exclamó él frustrado, sobre todo porque ella trataba de no sonreír, como si lo considerara un gatito intentando parecer un tigre. Estaba jugando con fuego. No podía comprender ni por asomo la depravación de su vida amorosa. Él se conocía; sabía cómo hacer daño a los demás... Sabía Dios cuán a menudo lo había hecho.

La diversión que aleteaba en sus labios lo enloqueció. Antes de darse cuenta de lo que hacía, la besó en la boca, sujetándole la cabeza para que no pudiera echarse hacia atrás. Esperaba que se resistiera. Quería asustarla, darle una lección. Sin embargo, tras una leve sorpresa inicial, Zoë se apoyó en él sin oponer resistencia, enlazó los dedos entre su pelo y le acarició la cabeza. Alex estaba avergonzado de la fuerza de su propia respuesta. Le habría sido tan imposible apartarla como partir en dos una barra de acero.

Sabía a azúcar de lavanda. Besos dulces como el perfume del Don Diego de noche, que centraban todos sus sentidos en aquel preciso instante, en aquella única y deslumbrante percepción de placer.

Se dio cuenta demasiado tarde de que ella no era la única que jugaba con fuego.

Él también lo hacía.

Se inclinó para abrazar las curvas y la piel suave como el caqui y el sedoso calor. Su cuerpo era tan exuberante, tan diferente de la delgadez de su ex esposa, que siguió ajustando su abrazo, intentando que encajara más estrechamente contra él, y la fricción voluptuosa lo excitó de un modo insoportable.

Una vez, siendo todavía un quinceañero, durante un viaje a Westport con amigos para practicar el surf, había calculado mal una ola de casi dos metros, que lo había tirado y hecho rodar como la carga de una lavadora hasta que por fin lo había escupido en la playa, tan desorientado que había tardado unos cuantos minutos en recordar cómo se llamaba. En aquel momento se sentía igual, solo que esta vez quería volver a zambullirse y no volver a salir a la superficie para respirar jamás.

Le puso las manos en la cintura y las movió hacia arriba, a tientas. Llegó hasta el pecho y se topó con un sujetador de tirantes resistentes, pensados para sostener unas curvas considerables. Recorrió los tirantes con las yemas de los dedos en una lenta caricia hasta sus hombros y de nuevo hacia abajo.

Zoë apartó la boca. Alex se quedó allí, respirando entrecortadamente. Ella le sostenía la mirada, sus ojos de un azul purísimo, perezosos y penetrantes. No comprendía lo cerca del precipicio que estaba. Se llevó las manos a la espalda para desabrocharse el delantal y luego se lo sacó por la cabeza. La prenda cayó al suelo. Poniéndose de puntillas, volvió a besarlo, tocándole las mejillas, acariciándolo con ternura. Aquel momento lo perseguiría el resto de su vida: su boca, el ardor con el que había respondido al contacto con ella, el modo en que los momentos transcurrían, a la deriva como las chispas de una hoguera, y se desvanecían antes de que lograra atraparlos.

Sintió cómo ella intentaba cogerle las manos y tirar de él. Quería que la tocara. ¡Que Dios lo ayudara! Si empezaba, ya no sería capaz de parar. Sin embargo, su voluntad flaqueaba con la oleada de puro deseo y resistirse a ella ya le resultaba tan imposible como hacer que su corazón dejara de latir. Zoë lo agarró por la muñeca y se llevó su mano a la parte delantera de la camiseta. Los dedos de él rozaron su pecho, el pezón tieso bajo el encaje elástico del sujetador. Se quedó un segundo sin respiración. Abrió la mano para acunar aquella carne exuberante, acariciando en círculos el pezón hasta que Zoë suspiró contra sus labios.

Alex recuperó su mano y tuvo que agarrarse detrás de ella al borde del fregadero para no perder el equilibrio. Había perdido por completo la calma. Que Zoë empezara a darle delicados besitos eróticos en el cuello y tironcitos con los labios no contribuyó a que la recuperara. Su cuerpo era únicamente necesidad y sensaciones. Se inclinó para cogerle los pechos con ambas manos, levantándoselos y estrujándoselos. Zoë abrió los ojos al notar la presión punzante, evidente incluso a través de las capas de ropa. Él la atrajo hacia sí, para que notara lo mucho que la deseaba, permitiendo que su parte más dura se desplazara con íntima exactitud contra la parte más blanda de ella, que se estremeció con un ronroneo vibrante en la garganta... hasta que el ronroneo se convirtió en un grito que nada tenía que ver con el placer.

Los dos habían olvidado la quemadura del brazo y se la había rozado accidentalmente con el hombro. Aquello tenía que haberle dolido endiabladamente y, al darse cuenta, Alex volvió a la realidad. Se apartó y, con cuidado, le sujetó el brazo para mirárselo. La zona de la quemadura, del tamaño de una moneda de veinticinco centavos, estaba morada, con la piel brillante e hinchada.

Zoë alzó la cabeza para mirarlo, con las mejillas y la boca enrojecidas por los besos. Le puso la mano en la cara y él notó la vibración de su palma.

Ella iba a decirle algo, pero un maullido sobrenatural se lo impidió.

—¿Qué demonios ha sido eso? —preguntó Alex con la voz ronca, furioso de que lo sacaran de su sueño erótico, con el corazón desbocado.

Los dos miraron hacia la fuente del sonido, que provenía de cerca de sus pies. Unos ojos verdes los miraban tormavamente entre una bola espesa de pelo blanco con el cuello grueso rodeado por un collar adornado con cristales relucientes.

—Es *Byron* —dijo Zoë—. Mi gato.

Era un gato enorme de aspecto misterioso con la cara chata y suficiente pelo para al menos otros tres como él.

—¿Qué quiere? —preguntó Alex, contrariado.

Zoë se inclinó a acariciar el animal.

—Que le presten atención —dijo con pesar—. Se pone celoso.

Byron ronroneó en respuesta a sus caricias, rivalizando con el motor de un Cessna.

—Podrás prestarle atención cuando me vaya. —Alex

cerró el grifo y cogió el botiquín. Agradecido por la distracción, lo llevó a la mesa y se sentó, indicando con un gesto la silla de al lado—. Siéntate aquí.

Zoë obedeció, mirándolo perpleja.

Alex le puso el brazo sobre la mesa con la quemadura hacia arriba. Buscó un tubo de crema antibiótica y le aplicó una gruesa capa, concentrado en la tarea. Le temblaba el pulso.

Zoë se inclinó hacia el suelo para acariciar al gato, que hacía ochos entre las patas de la silla.

—Alex —le preguntó en voz baja—, ¿vamos a...?

—No. —Sabía que ella quería hablar del asunto, pero la negación era una destreza perfeccionada a lo largo de generaciones por los Nolan e iba a serle de la máxima utilidad en aquella situación.

En el silencio que siguió, Alex oyó la voz burlona del fantasma.

—¿Seguro?

Aunque le hubiera encantado darle una respuesta mordaz, guardó silencio.

Zoë estaba desconcertada.

—Tú... ¿pretendes fingir que lo que acaba de pasar no ha pasado?

—Ha sido una equivocación. —Alex le aplicó un apósito y pegó los bordes adhesivos.

—¿Por qué?

Él no se molestó en disimular su impaciencia.

—Mira, ni a ti ni a mí nos hace falta conocer al otro más de lo que ya nos conocemos. No tienes nada que ganar y puedes perderlo todo. Necesitas encontrar a un tipo decente con el que salir, alguien que se lo tome con calma, y con quien puedas hablar acerca de sentimientos y todas esas sensiblerías. Necesitas a un tipo agradable, y yo no lo soy.

—Totalmente de acuerdo —metió baza el fantasma.

—Así que, por favor, vamos a olvidarnos de esto —prosiguió Alex—. Sin discusiones, sin escenas. Si quieres buscar a otro contratista para la reforma, lo entenderé perfectamente. De hecho...

—No —protestó el fantasma.

—Te quiero —dijo Zoë, y se puso muy colorada—. Lo que quiero decir es que tú eres la persona adecuada para este trabajo.

—Ni siquiera has visto los bocetos aún.

El fantasma daba vueltas a su alrededor.

—No puedes dejarlo. Me hace falta pasar tiempo en esta casa —le dijo.

«Que te den», pensó Alex.

Poniendo mala cara, con los brazos cruzados sobre el pecho, el fantasma apoyó la espalda en la puerta de la despensa.

Zoë cogió unas cuantas hojas de la mesa y las estudió.

Alex cerró el botiquín.

—Ese es el aspecto que tendrá la cocina cuando quitemos el tabique y lo sustituyamos por una isla.

Había añadido todos los elementos de almacenamiento posibles, así como una hilera de ventanas que permitían que entrara la luz natural a raudales.

—Me encanta lo abierta que es —dijo Zoë—. Y la isla es perfecta. ¿Uno puede sentarse a este lado?

—Sí. Caben cuatro taburetes de barra. —Se inclinó hacia ella para señalarle la página siguiente.

—Esta es la configuración del otro lado: el cajón para el microondas, el de las especias y una tabla oscilante para guardar el robot de cocina.

—Siempre he querido tener una —dijo Zoë, nostálgica—, pero todo esto tiene pinta de ser caro.

—En las especificaciones he incluido armarios de los que hay existencias, ya que son mucho más baratos que los hechos a medida. Además, tengo un proveedor que vende excedentes de materiales de construcción, así que ahorraremos en las encimeras. Si el suelo de madera es salvable, eso también redundará en una disminución de los costes.

Zoë cogió más hojas de la mesa.

—¿Qué es esto? —Levantó un diseño del segundo dormitorio—. Aquí hay un vestidor, ¿no?

Él asintió.

—He incluido la opción de convertirlo en un baño completo.

—¿Un baño completo en un espacio tan reducido?

—Sí, es difícil. —Alex buscó el boceto del baño y se lo tendió—. No hay espacio para un armario, pero puedo dejar un hueco en la pared con estantes, para las toallas y los productos de baño. Creo que... —Dudó un instante—. Supuse que viviendo con tu abuela probablemente te gustaría tener un poco de privacidad en lugar de verte obligada a compartir el baño principal con ella.

Zoë siguió mirando el dibujo en perspectiva.

—Es incluso mejor de lo que esperaba. ¿Cuánto tiempo tardarás en tenerlo todo listo?

—Tres meses, más o menos.

Ella frunció el ceño.

—Mi abuela saldrá de la residencia dentro de un mes. Puedo pagar para que siga allí dos semanas más, pero probablemente no más.

—¿Puede alojarse en la pensión?

—No está preparada para ella. Hay demasiadas escaleras y, siempre que no podemos alquilar una habitación, perdemos dinero, sobre todo en verano.

Alex tamborileó con los dedos sobre la mesa, calculando.

—Puedo dejar el garaje para más adelante y hacer que algunos de los subcontratistas trabajen simultáneamente. De este modo la casa estaría habitable dentro de seis semanas. Pero casi todos los acabados... las molduras, los revestimientos, la pintura... seguirán pendientes, por no mencionar la instalación del aire acondicionado. Tanto ruido y ajetreo seguramente molestarán a tu abuela.

—Estará bien —dijo Zoë—. Siempre y cuando la cocina y el baño principal estén listos, lo toleraremos todo.

Alex la miró con escepticismo.

—No conoces a mi abuela —manifestó ella—. Le encantan el ruido y la actividad. Fue reportera del *Bellingham Herald* durante la guerra, antes de casarse.

—¡Qué atrevida! —dijo Alex, y lo decía en serio—. En aquella época, una mujer que escribía para un periódico seguramente era una...

—Descocada —dijo el fantasma.

—... descocada —repitió Alex, y cerró la boca, sintiéndose un idiota. Fulminó al fantasma con la mirada pero disimuladamente. Descocada ... ¿qué significaba aquella expresión?

Zoë sonrió enigmáticamente aquel término tan anticuado.

—Sí, creo que lo era.

—Pregúntale cómo es su abuela —le pidió el fantasma a Alex.

—Estaba a punto de hacerlo —murmuró este.

Zoë levantó la cabeza del dibujo.

—¿Qué?

—Estaba a punto de preguntarte cómo le va a tu abuela.

—La terapia ayuda. Está cansada de estar en la residencia e impaciente por mudarse. Adora la isla y lleva muchísimo tiempo sin vivir aquí.

—¿Antes vivía en Friday Harbor?

—Sí, la casa es suya... siempre ha sido de la familia, pero mi abuela se crio de hecho en la casa de Rainshadow Road, esa que ayudabas a Sam a restaurar. —Viendo el interés de Alex, continuó—: Los Stewart, o sea, su familia, tenían una fábrica de conservas de pescado en la isla, pero vendieron la casa de Rainshadow mucho antes de que yo naciera. Nunca había puesto un pie en ella hasta que fui a ver a Lucy.

Alex oyó una imprecación del fantasma y le echó un vistazo. El espectro parecía atónito, preocupado y emocionado.

—Alex —le dijo—. Todo está relacionado. La abuela, Rainshadow Road, la casa del lago. Tengo que enterarme de dónde encajo yo.

Alex le hizo un breve gesto de asentimiento.

—No la fastidies —le advirtió el fantasma.

—Vale... —murmuró Alex para que se callara.

Zoë lo miró con cara de curiosidad.

—Está bien —dijo rápidamente Alex—. Si quieres llevarla a Rainshadow Road para que vea la casa, vale. Puede que disfrute de verla restaurada.

—Gracias. Creo que le gustará. Iré a verla este fin de semana y se lo diré. Así tendrá algo en perspectiva.

—Bien. —Alex la observó mientras ella seguía mirando los bocetos. Lo conmovía que estuviera haciendo algo notablemente desinteresado como sacrificar un año o más de su vida para ocuparse de una abuela enferma. ¿La ayudaría alguien? ¿Quién se ocuparía de Zoë?—. Eh —le dijo con suavidad—. ¿Tienes a alguien para que te eche una mano con esto? Me refiero a cuidar de tu abuela.

—Tengo a Justine y a un montón de amigos.

—¿Qué hay de tus padres?

Zoë se encogió de hombros como suele hacerlo la gente cuando intenta encubrir algo desagradable.

—Mi padre vive en Arizona. Él y yo no estamos demasiado unidos. A mi madre ni siquiera la recuerdo. Nos abandonó cuando yo era muy pequeña. Así que mi padre me dejó con la abuela para que me criara.

—¿Cómo se llama? —preguntó el fantasma con asombro.

—¿Cómo se llama tu abuela? —le preguntó Alex a Zoë, con la sensación de estar jugando al viejo juego del teléfono, ese en que una frase se va repitiendo hasta que no tiene ningún sentido.

—Emma. En realidad Emmaline. Me acogió en su casa cuando mi padre se fue a vivir a Arizona. Para entonces ya era viuda, porque mi abuelo Gus había muerto unos años antes. Recuerdo el día que mi padre me dejó en su casa, en Everett. Yo lloraba y Upsie fue tan dulce conmigo...

—¿Upsie?

—Cuando yo era pequeña —le explicó Zoë tímidamente— decía siempre «Upsie-Daisy» cuando me cogía en brazos, así que empecé a llamarla así. Total, cuando mi padre me dejó con ella me llevó a la cocina y me puso encima de una silla para que llegara a la encimera. Preparamos galletas las dos. Me enseñó a hundir los moldes para galletas en harina de modo que luego los círculos de masa salieran perfectos.

—Mi madre preparaba galletas a veces —dijo Alex sin pensarlo. No tenía la costumbre de revelar nada sobre su pasado a nadie.

—¿Partiendo de cero o a partir de un preparado?

—De un bote. Me gustaba mirarla mientras lo golpeaba

contra la encimera hasta que se partía por la mitad. —Zoë parecía tan horrorizada que sintió un interno regocijo—. No estaban malas —le dijo.

—Voy a hacerte galletas de mantequilla ahora mismo —le propuso—. Puedo prepararlas en un periquete.

Alex sacudió la cabeza, apartándose de la mesa.

De pie en la fragante cocina con su papel pintado de cerezas, Alex observó a Zoë ir a recoger su delantal de donde había caído al suelo. Se inclinó hacia él y los pantalones vaqueros se le ajustaron al trasero en forma de corazón. Aquello bastó para que volviera a desearla. Sintió la insensata necesidad de acercarse a ella, abrazarla y sujetarla, simplemente sujetarla y oler su suave fragancia mientras pasaban los minutos durante una hora entera.

Estaba cansado de negarse todo lo que deseaba, de que lo acosaran y, sobre todo, de recoger los pedazos de su vida y descubrir que la mayoría de ellos ni siquiera los quería. No había aprendido nada de su matrimonio fallido con Darcy. Habían hecho siempre lo necesario para satisfacer sus propias necesidades egoístas, tomando sin dar, sabiendo que era imposible que se hirieran porque las heridas peores ya se las habían infligido.

—Tómate unos días para mirar todo esto —le dijo a Zoë cuando ella volvió a la mesa—. Habla de ello con Justine. Tienes mi correo electrónico y mis números de teléfono por si necesitas comentarme algo. Si no, yo me pondré en contacto a principio de la semana que viene. —Miró su brazo vendado—. Vigila eso. Si parece infectado... —Calló de pronto.

Zoë sonrió ligeramente mirándolo.

—¿Me pondrás otra tirita?

Alex no le devolvió la sonrisa.

Necesitaba entumecerse. Necesitaba beber hasta que hubiera media docena de capas de cristal ahumado entre él y el resto del mundo.

Le dio la espalda, cogió las llaves y la cartera.

—Hasta la vista —dijo simplemente, y se marchó sin mirar atrás.

12

—Bueno, ha sido divertido —dijo el fantasma cuando Alex tomó a la derecha por Spring, camino de San Juan Valley Road—. ¿Adónde vamos ahora?

—A casa de Sam.

—¿Vamos a vaciar un poco más la buhardilla?

—Entre otras cosas.

—¿Qué cosas?

—Quiero ponerme al día con mi hermano. Llevo tiempo sin hablar con él. ¿Te parece bien? —le respondió Alex, exasperado por tener que dar explicaciones acerca de todos y cada uno de sus actos.

—¿Vas a contarle que harás la reforma de Zoë?

—Justin ya debe habérselo mencionado, pero si no lo ha hecho, pues no, no voy a decirle nada.

—¿Cómo es eso? No es que sea un gran secreto.

—El trato no es todavía firme —dijo Alex lacónicamente—. Puedo echarme atrás.

—No puedes.

—¡Espera y verás! —Alex encontraba una perversa satisfacción en irritar al fantasma.

Esperaba toda clase de protestas y de insultos, pero el fantasma seguía callado cuando la furgoneta salió del barrio comercial.

Alex se pasó por Rainshadow Road para ayudar a Sam a instalar un par de apliques en forma de farol de carruaje en la pared de la chimenea, que estaba recubierta de antiguos ladrillos hechos a mano. Mientras trabajaban, un bulldog inglés de ojos saltones llamado *Renfield*, sentado en un almohadón, los observaba desde un rincón con la boca abierta, babeando. *Renfield* había sido un perro de rescate, pero con tantos problemas de salud que nadie lo quería. La novia de Mark, Maggie, lo había engatusado de algún modo para que lo adoptara, y aunque Sam al principio había protestado, al final había cedido.

No era ninguna sorpresa que *Renfield* no prestara atención a la presencia de un fantasma en la habitación.

—Yo creía que los perros tenían un sexto sentido para detectar seres sobrenaturales —le había comentado el fantasma a Alex en una ocasión.

—En un buen día, solo le funcionan bien tres sentidos —le había respondido este.

Mientras colaboraban en la instalación, era evidente que Sam estaba relajado y de ese buen humor en que solo está uno cuando hace poco que ha echado un polvo. Como había vaticinado el fantasma, Sam bebía los vientos por Lucy Marinn, aunque estaba decidido a considerar su relación con ella como una de sus habituales relaciones sin compromisos.

—Me ha tocado el gordo con esa chica —le contó a Alex—. Es dulce, atractiva, inteligente y no pone pegas a tener una relación superficial.

Hacía mucho que Alex no veía a su hermano tan pendiente de una mujer como lo estaba de Lucy Marinn. Quizá no hubiera estado tan pendiente de ninguna nunca. Sam siempre se mantenía a cierta distancia, nunca permitía que sus sentimientos, ni los de nadie, le pudieran.

—Esta relación informal... ¿incluye el sexo?

—Incluye un sexo increíble. Tanto que, una hora después de haberlo hecho, mi cuerpo sigue diciendo «gracias». Y, al igual que yo, Lucy no va de compromisos.

—Buena suerte —dijo Alex. Nivelando la base de una lámpara contra el muro, usó una tiza para marcar la posición de los agujeros.

El entusiasmo de Sam decreció visiblemente.

—¿A qué te refieres?

—El noventa y nueve por ciento de las mujeres que dicen que no quieren ninguna clase de compromiso en el fondo lo desean, o por lo menos quieren que tú lo desees.

—¿Me estás diciendo que Lucy no está siendo sincera conmigo?

—Puede que sea peor que eso incluso. Puede que se crea sinceramente capaz de ser un ave de paso cuando en realidad no está preparada para serlo. En cuyo caso...

—¿Un ave de paso? ¿Qué demonios es eso?

—Una mujer con la que no tienes unos lazos fuertes. Te acuestas con ella y luego...

—... pasas de ella. —Sam puso mala cara—. No hables así de Lucy. Y la próxima vez que me preguntes cómo me va la vida, recuérdame que no te lo cuente.

—No te he preguntado cómo te va la vida. Te he pedido que me pases la broca de pared.

—Toma. —Sam le pasó la broca, enojado.

Alex se pasó los dos minutos siguientes haciendo agujeros en el muro y aspirando el polvillo resultante. Sam sostuvo la base de la lámpara en su lugar mientras su hermano conectaba los cables, metía tacos tornillos en la base y los clavaba con el martillo en los tacos. Los apretó con unas cuantas vueltas de llave inglesa.

—Queda bien —dijo Sam—. Déjame a mí el otro.

Alex asintió y recogió el segundo farolillo para sostenérselo contra la pared.

—Quería comentarte algo —dijo Sam con desenfado—. Mark y Maggie han fijado la boda para mediados de agosto y él acaba de pedirme que sea su padrino. Espero que no te importe.

—¿Por qué iba a importarme?

—Bueno, solo podía pedírselo a uno de los dos y supongo que como soy el hermano mediano...

—¿Pensabas que yo quería ser el padrino? —lo interrumpió Alex con una carcajada burlona—. Tú y Mark habéis criado a Holly juntos. Claro que tienes que ser tú el padrino. Será un milagro si voy a la boda.

—Tienes que ir —le dijo Sam, preocupado—. Hazlo por Mark.

—Ya, pero es que detesto las bodas.

—¿Por culpa de Darcy?

—Porque una boda es una ceremonia en la que una virgen simbólica rodeada de mujeres que llevan unos vestidos espantosos se casa con un novio resacoso acompañado de amigos a los que llevaba años sin ver pero que van de todos modos. Después hay una recepción en la que los invitados se pasan dos horas sin otra cosa que llevarse a la boca que alitas de pollo tibias o esas almendras recubiertas de Dios sabe qué mientras el DJ intenta lavar el cerebro a todo el mundo para que baile *Electric Slide* o *Macarena*, a lo que acaban por prestarse algunos idiotas borrachos. Lo único bueno de una boda es la bebida gratis.

—¿Puedes repetírmelo? —le preguntó Sam—. Porque podría querer apuntarlo para usarlo en mi discurso.

El fantasma, que estaba en un rincón de la habitación, se sentó en el suelo y apoyó la frente en las rodillas.

Una vez resuelto el cableado del segundo aplique, Sam lo fijó a la pared, apretó los tornillos y se alejó para contemplar en perspectiva su obra.

—Gracias, Al. ¿Quieres comer algo? Tengo cosas en la nevera para preparar unos bocadillos.

Alex negó con la cabeza.

—Voy a subir a la buhardilla a hacer un poco de limpieza.

—Ah, eso me recuerda que... a Holly le encanta esa máquina de escribir antigua que encontraste. Le he puesto un poco aceite y he retintado la cinta con una almohadilla para sellos. Se lo está pasando bomba con ella.

—Estupendo —dijo Alex con indiferencia.

—Sí, pero aquí está lo interesante: Holli notó que el forro de la funda estaba suelto y que sobresalía de él la punta de algo; así que tiró y salió un trozo de tela con una bandera en la que hay varios caracteres chinos, y una carta también.

El fantasma levantó la cabeza.

—¿Dónde está? ¿Puedo echarle un vistazo? —preguntó Alex.

Sam indicó con un gesto de cabeza el sofá.

—Está en el cajón de la mesita.

Mientras Sam recogía las herramientas y aspiraba el polvillo que quedaba, Alex se acercó a la mesa. El fantasma estuvo a su lado en un periquete.

—No invadas mi espacio —le advirtió Alex entre dientes, pero el espectro no se movió.

Una sensación de aprensión le recorrió la espalda a Alex

cuando abrió el cajón y sacó el retal de fina seda, amarillenta por los años, de unos veinte por veinticinco centímetros. Tenía unas cuantas manchas y los bordes oscurecidos. La bandera nacionalista china dominaba la parte superior. Había seis columnas impresas de caracteres chinos debajo de ella.

—¿Qué es? —meditó Alex en voz alta, su voz ahogada por el ruido de la aspiradora, a pesar de lo cual el fantasma lo oyó.

—Es una *blood chit* —le respondió en voz baja pero audible.

Aquel término no le resultaba familiar a Alex.

—Es mía —añadió el fantasma antes de que pudiera preguntar lo que significaba.

El fantasma recordaba algo, las emociones fluían como el humo, y Alex no podía evitar captarlas de refilón.

«El mundo era humo y fuego y pánico. Él caía más deprisa que la gravedad por el azul del cielo y entre los blancos cirros, con la piel de metal de su aeronave cayendo en barrena como un cordón de regaliz mientras las fuerzas del cielo y el infierno tiraban de ella. Estaba sentado con las rodillas levantadas y los codos doblados, en posición fetal, la última que un piloto de combate adopta antes de morir. No era un ejercicio de entrenamiento, sino que su cuerpo sabía que estaba a punto de sufrir más dolor y más daños de los que podía soportar. Su corazón repetía las sílabas del nombre de una mujer, una y otra vez.»

Alex sacudió la cabeza para aclararse las ideas y miró al fantasma.

—¿Qué opinas? —oyó que le preguntaba Sam.

El fantasma miraba fijamente la seda que tenía en las manos Alex.

—Daban eso a los pilotos estadounidenses que realizaban misiones sobre China —le dijo—. Por si su avión resultaba derribado. Pone lo siguiente: «Este extranjero ha venido a contribuir al esfuerzo de guerra. Los soldados y los civiles deben rescatarlo, protegerlo y proporcionarle atención médica.» Lo llevábamos en la chaqueta... algunos se lo cosían.

Alex se oyó explicarle lo de la *blood chit* a Sam con voz monótona.

—Interesante —comentó este—. Me pregunto de quién sería. Me gustaría saber de quién era esa máquina de escribir, pero la funda no lleva nombre.

Alex fue a coger la carta y dudó, como si estuviera a punto de poner la mano en el fuego. No quería leer lo que ponía aquel papel. Tenía la sensación de que no deberían haberlo encontrado.

—Venga —le susurró el fantasma, con cara adusta.

Era papel de carta y estaba quebradizo. No llevaba firma. La nota no iba dirigida a nadie.

Te odio por todos los años que he tenido que vivir en tu ausencia. ¿Cómo puede doler tanto un corazón y seguir latiendo? ¿Cómo puedo sentirme tan mal y no morirme?

Me he estropeado las rodillas rezando para que volvieras. Ninguna de mis oraciones ha obtenido respuesta. He intentado que alcanzaran el cielo, pero están atrapadas aquí, en la tierra, como codornices bajo la nieve helada. Intento dormir y es como si me asfixiara.

¿Adónde te fuiste?

Una vez dijiste que, si no estaba contigo, no habría cielo.

No puedo desprenderme de ti. Vuelve y llévame contigo. Vuelve.

Alex no podía mirar al fantasma. Ya era bastante difícil permanecer al filo de lo que este sentía al estar atrapado en el nimbo de una pena peor que cualquier cosa que él hubiera experimentado jamás. Era como si le inyectaran a uno un veneno de acción lenta.

—Me parece que esto lo escribió una mujer —oyó que decía Sam—. Parece cosa de una mujer, ¿no crees?

—Sí —repuso Alex a duras penas.

—Pero ¿por qué lo escribió? Algo así se escribe a mano más bien. Me pregunto cómo moriría el tipo.

Más oleadas de dolorosa tristeza le llegaron del fantasma. Alex tuvo que cerrar el puño para no pegarle, aunque habría sido como sacudir niebla y no habría servido en absoluto para que parara.

—Para —le susurró con un nudo en la garganta.

—No puedo —dijo el fantasma.

—¿Que pare de qué? —le preguntó Sam.

—Perdona —se excusó Alex—. He cogido la costumbre de hablar solo. ¿Puedo llevármela?

—Claro, yo no tengo... —Sam se calló y lo miró de cerca—. Santo cielo. ¿Estás llorando?

Horrorizado, Alex se dio cuenta de que tenía los ojos llorosos. Estaba a punto de gritar.

—El polvo —consiguió decir. Le dio la espalda y añadió con voz apagada—: Voy arriba, a trabajar en la buhardilla.

—Subo a ayudarte.

—No, ya lo hago yo. Tú barre aquí abajo. Me hace falta estar un rato a solas.

—Ya has pasado mucho tiempo a solas —le dijo Sam—. A lo mejor te iría bien un poco de compañía.

Aquello estuvo a punto de arrancarle una carcajada a Alex. «Llevo meses sin estar a solas —habría querido decirle a su hermano—. Me están acosando.»

Notó el peso de la mirada de Sam.

—Al... ¿estás bien? —le preguntó.

—Estupendamente —repuso Alex con crueldad, saliendo de la habitación.

Cuando llegaron a la buhardilla el fantasma todavía no había cambiado de humor. Alex pensó con pesar que había algo peor que el hecho de que te siguiera un espectro y era que te siguiera un espectro que tenía pleno poder sobre sus emociones.

—Tal vez se te haya escapado que tengo que soportar mi propia carga. Que me aspen si puedo cargar con la tuya también —le dijo Alex en tono asesino.

—Por lo menos tú sabes qué carga soportas —dijo el fantasma, fulminándolo con la mirada.

—Sí, por eso me paso la mitad del tiempo bebiendo: para olvidarla.

—¿Solo la mitad? —retrucó con sarcasmo el fantasma.

Alex blandió el pedazo de seda.

—¿Crees en serio que es tuyo?

—No te acalores. Sí, es mío.

Alex tenía la carta en la otra mano.

—Y crees que esta carta se refiere a ti.

El fantasma respondió con un inequívoco gesto de asentimiento. Tenía los ojos negro medianoche y la cara muy seria.

—Me parece que lo escribió Emma.

—Emma. —Alex parpadeó, atónito. Su furia se había esfumado por completo—. ¿La abuela de Zoë? Crees que tú y ella... —Con lentitud, fue hacia la escalera y bajó el primer escalón—. Eso es ir demasiado lejos, sin nada que lo respalde.

—Era reportera del *Herald*...

—Lo sé. Y vivía aquí, y tal vez haya una pequeñísima posibilidad de que la máquina de escribir fuera suya. Pero eso no prueba nada.

—No necesito pruebas. Estoy recordando cosas. La recuerdo a ella. Y sé que ese pedazo de tela que tienes en la mano era mío.

Alex desplegó la *blood chit* y volvió a mirarla.

—No lleva ningún nombre, así que no puedes estar seguro de que sea tuya.

—¿Lleva número de serie?

Alex miró atentamente la tela y asintió.

—En el lado izquierdo.

—¿Es W17101?

A medida que leía el número de serie, W17101, puso unos ojos como platos.

El fantasma le dirigió una mirada de manifiesta superioridad.

—¿Eres capaz de recordar esto y no te acuerdas de cómo te llamas? —le preguntó.

El fantasma miró los montones de cajas y objetos de la buhardilla, los recuerdos empaquetados y cubiertos por el polvo de años.

—Recuerdo que en otros tiempos fui un hombre que amaba a alguien —se puso a caminar con las manos hundidas en los bolsillos de su chaqueta de piloto de bombardero—. Tengo que enterarme de lo que sucedió. De si Emma y yo nos casamos. De si...

—¿Si qué? Te moriste.

—A lo mejor no. A lo mejor volví.

—¿Saliste vivo de un accidente de avión? —le preguntó

Alex con sarcasmo—. Por lo que yo sé, fue muchísimo peor que un aterrizaje forzoso.

El fantasma parecía decidido a inventar algún tipo de final feliz para su historia.

—Cuando amas tantísimo a una mujer no permites que nada te detenga, que nada te impida volver con ella. Sobrevives a lo que sea.

—A lo mejor era todo cosa de ella. Puede que para ti fuera solo una aventura.

—Todavía la quiero —dijo el fantasma con ferocidad—. Todavía lo siento. Aquí —se llevó una mano al pecho—. Y me sigue doliendo a morir.

Alex lo creyó, porque a él le dolía con solo estar cerca. Observó al fantasma ir de un lado para el otro.

Si el semblante del espectro reflejaba fielmente cómo había sido en vida, había tenido complexión de piloto, flaco y ágil, con suficiente masa muscular para contrarrestar los desmayos de las extenuantes maniobras de un combate aéreo.

—Bastante alto para ser piloto en tu época —comentó Alex.

—Cabía en un P-40 —dijo el fantasma, distante.

—¿Pilotabas un caza? —le preguntó Alex, fascinado. En su infancia, había construido una maqueta del avión World War II—. ¿Seguro?

—Bastante seguro. —El fantasma se hallaba ensimismado—. Recuerdo que me dispararon —dijo— y recibí tanta fuerza-g que la sangre se me fue de la cabeza y todo se volvió borroso. Pero aguanté hasta que el tipo que llevaba en la cola se rindiera o quedara inconsciente.

Alex se sacó el móvil del bolsillo y abrió el navegador.

—¿A quién llamas?

—A nadie. Intento encontrar si existe algún modo de

identificar a un piloto por el número de serie de eso. —Al cabo de un minuto o dos de búsqueda, encontró una página de información y frunció el ceño mientras leía.

—¿Qué pasa? —preguntó el fantasma.

—No ha habido suerte. No hay un catálogo general. Hubo repartos en masa desde diferentes fuentes de Estados Unidos y China. Algunos fueron reenviados a un segundo piloto cuando el primero murió. Además, puesto que los números de serie se consideraban información clasificada, las listas que hubiera probablemente fueron destruidas.

—Busca Emmaline Stewart —le dijo el fantasma.

—Con este teléfono no. La conexión es demasiado lenta. —Alex miró ceñudo la pequeña pantalla de cristal líquido—. Para eso me hace falta un portátil.

—Ve al sitio web del *Bellingham Herald* —insistió el otro—. Tiene que haber algo sobre ella.

Alex fue al sitio web y lo estuvo consultando un minuto.

—Los archivos digitalizados solo se remontan hasta el 2000.

—Eres un investigador pésimo. Pregúntaselo a Sam. Seguro que no tardará ni cinco minutos en encontrarlo todo acerca de Emma.

—La gente de ochenta años no suele dejar un rastro en internet —dijo Alex—. Además, no puedo preguntárselo a Sam... querrá saber por qué me interesa y no quiero explicárselo.

—Pero...

—Verás a Emma dentro de nada, cuando Zoë la traiga a la isla, y yo en tu lugar no me emocionaría demasiado. Ahora es una anciana.

El fantasma soltó un bufido.

—¿Qué edad crees que te tengo yo, Alex?

El otro lo miró, evaluándolo.

—Cerca de treinta años.

—Con lo que estoy pasando, la edad es más que relativa. El cuerpo no es más que un frágil recipiente para un alma.

—Yo no he alcanzado la iluminación —le dijo Alex. Después de conectar el teléfono a los altavoces, se acercó a la caja de las bolsas de basura y sacó una.

—¿Qué haces? —le preguntó el fantasma.

—Voy a revisar más trastos de estos.

—El ordenador de Sam está en la planta baja —protestó el fantasma—. Podrías pedirle que te lo deje.

—Más tarde.

—¿Por qué no ahora?

Porque Alex necesitaba sentir que tenía cierto control sobre su propia maldita vida. El encuentro con Zoë de aquella mañana, y la lectura de la vieja carta mecanografiada, lo habían alterado. Le hacía falta un descanso de las emociones que flotaban libremente y las escenas y las preguntas sin respuesta. En lo único que podía pensar era en hacer algo práctico.

El fantasma, intuyendo su humor volátil, se batió en retirada y guardó silencio.

Mientras varios duetos de Tony Bennett sonaban de fondo, Alex repasó cajas de recibos de impuestos, viejas revistas, platos rotos, ropa apolillada y juguetes. El suelo estaba cubierto de insectos muertos y suciedad. Detrás de una caja desvencijada encontró una vieja trampa para ratones con el cadáver reseco de un roedor. Con cara de asco, usó un pedazo de plástico para recogerla y tirarla.

Abrió una caja y encontró un montón de libros de contabilidad con las tapas de cuero. Se levantó el polvo cuando sacó el primero, lo cual le hizo estornudar. Se sentó en cuclillas, con los muslos ligeramente separados para mantener el equilibrio. Leyó unas cuantas de las frágiles entradas, todas ellas pulcramente anotadas con tinta negra descolorida.

—¿Qué es? —le preguntó el fantasma.

—Creo que es la contabilidad de una fábrica de conservas de pescado. —Pasó unas cuantas páginas—. Aquí hay un inventario: máquinas de vapor, rejillas para despellejar y para freír, equipos de soldadura, tijeras para planchas de hojalata; una cantidad ingente de aceite de oliva.

El fantasma observaba cómo Alex leía por encima el libro.

—Quien fuera el dueño de la factoría tuvo que tener muchísimo dinero.

—Durante una temporada —dijo Alex—. Pero esta zona fue sobrexplotada hasta que el salmón desapareció. La mayoría de las piscifactorías cerraron en los años sesenta. —Se inclinó sobre la caja y sacó más libros de contabilidad. Abrió otro y encontró unas cuantas cartas comerciales escritas a mano, una acerca de una empresa de rotulación que suministraba etiquetas y otra acerca de un comité estatal que obligaba a la fábrica de conservas a bajar los precios. Se detuvo a mirar con más detenimiento una de las dos—. El propietario de la fábrica era Weston Stewart.

El fantasma lo miró, poniéndose en guardia al reconocer el apellido de soltera de Emma.

Alex siguió repasando los libros de cuentas. Las entradas de los últimos no estaban escritas a mano sino a máquina. Habían metido unos cuantos recortes de prensa y fotografías en blanco y negro entre las páginas.

—¿Qué son esas fotos? —le preguntó el fantasma, acercándose.

Alex notó la impaciencia del espectro cerniéndose sobre él para ver mejor.

—No te acerques tanto. Te lo diré si encuentro algo que debas saber. No son más que vistas exteriores de edificios. —Cogió un artículo en el que se anunciaba el cierre de la fábrica—. El negocio cerró en agosto de 1960 —dijo. Clasificando más recortes, vio uno titulado INDUSTRIA PESQUERA LOCAL AL BORDE DEL COLAPSO y otro donde se describían las quejas por el hedor de los productos de desecho de la conservera—. Aquí está la nota necrológica del dueño de la fábrica —dijo Alex—. Weston Stewart. Murió menos de un año después de que cerrara la conservera. No dice la causa. Dejó viuda, Jane, y tres hijas: Susannah, Lorraine y Emmaline.

—Emmaline —repitió el fantasma como si el nombre fuera un talismán.

Una pequeña fotografía de una joven encabezaba el último recorte de prensa. Llevaba el pelo rubio hasta los hombros marcado en ondas y los labios rojos de carmín. Era el tipo de mujer que resultaba hermosa a pesar de no serlo técnicamente hablando. Tenía unos ojos claros y curiosos y melancólicos, como si contemplara un futuro desconocido sin ninguna esperanza.

—Ve a echarle un vistazo a esto —dijo Alex.

El fantasma se precipitó a mirar por encima de su hombro.

En cuanto vio la foto emitió un sonido ahogado, como si le hubieran dado un puñetazo en las tripas.

Emmaline Stewart y James Hoffman contraerán matrimonio el 7 de septiembre de 1946.

Tras renunciar a su puesto en el *Bellingham Herald*, la señorita Emmaline Stewart ha vuelto a su casa, en isla

San Juan, para preparar su próximo matrimonio con el teniente James Augustus *Gus* Hoffman, que sirvió como piloto de transporte del teatro de operaciones en China, Birmania, India.* A lo largo de los dos últimos años de la guerra, el teniente Hoffman voló en cincuenta y dos misiones, recorriendo la ruta de soporte aéreo, por encima del Himalaya. Se darán el sí ante el altar a las 3.30 horas de la tarde, en un servicio religioso en la iglesia presbiteriana de la calle Spring.

Mientras Alex leía el artículo por segunda vez, se sintió acorralado por una emoción tan fuerte y tan asfixiante que cuanto más intentaba vadearla o salir trepando de ella más profundamente y a mayor velocidad se hundía.

—Para —logró decir.

El fantasma se alejó con la cara desencajada y cubierta de lágrimas.

—Eso procuro —dijo, pero no lo intentaba y ambos lo sabían. Su pena era su modo de estar cerca de Emma, la única conexión disponible hasta que estuviera de nuevo con ella.

—¡Tranquilízate! —le dijo Alex lacónicamente—. No te seré de utilidad... —Hizo una pausa para coger aire y prosiguió—: Si me provocas un maldito infarto.

El fantasma siguió con la mirada el descolorido recorte que se le había escapado a Alex de los dedos. El papel amarillento cayó dando vueltas, como una hoja de árbol, al suelo.

* Nombre dado por el Ejército estadounidense a las fuerzas que operaban conjuntamente con las de tierra y aire de los aliados británicos y chinos en China, Birmania e India durante la Segunda Guerra Mundial. (*N. de la T.*)

—Así te sientes cuando amas a alguien a quien no puedes tener.

Allí en cuclillas, entre montañas de recuerdos metidos en cajas, polvo y tinieblas, Alex pensó que si alguna vez era capaz de sentir aquello por alguien —cosa que dudaba— se saltaría la tapa de los sesos.

—Te pasará —le dijo el fantasma, como si le leyera el pensamiento—. Te golpeará un día como un hacha. Hay cosas en la vida de las que uno no puede escapar.

—Tres cosas —dijo Alex—. La muerte, los impuestos y Facebook. Pero de enamorarme seguro que puedo librarme.

El fantasma resopló, divertido. Para alivio de Alex, el agónico anhelo empezó a disminuir.

—¿Y si pudieras conocer a tu alma gemela? —le preguntó el espectro—. ¿Querrías evitarlo?

—Demonios, sí. La idea de que haya un alma por ahí esperando a fundirse con la mía como un programa para compartir datos me deprime cantidad.

—No es así. No se trata de perder uno su propia identidad.

—Entonces ¿de qué se trata? —Alex le escuchaba sin prestarle demasiada atención, todavía ocupado con la mordaza que le atenazaba el pecho.

—Es como si toda la vida hubieras estado cayendo hacia el suelo hasta el momento en que alguien te atrapa. Entonces te das cuenta de que en cierto modo tú la has atrapado a ella al mismo tiempo. Juntos, en lugar de caer, sois capaces de volar. —El fantasma se acercó al recorte caído y miró la foto, fascinado—. Es una belleza, ¿verdad?

—¡Y tanto! —dijo mecánicamente Alex, aunque en la foto no había nada del chispeante atractivo de Zoë, solo un ínfimo parecido.

—Cincuenta y dos misiones sobrevolando el Himalaya

—dijo el fantasma, leyendo en voz alta el artículo. Miró a Alex—. Lo llamaban «el montículo». Los pilotos de transporte tenían que volar con el avión cargado hasta los topes. Mal clima, una tremenda altitud, aparatos enemigos... Mortalmente peligroso.

—¿Eras... eres ese tal *Gus* Hoffman? —Alex recogió el recorte del suelo.

El fantasma reflexionó sobre la posibilidad.

—Pilotaba un P-40, de eso estoy seguro, no un avión de carga.

—Eras un piloto que plantaba cara al enemigo —dijo Alex—. ¿Qué diferencia hay?

El fantasma parecía ofendido.

—¿Cuál es la diferencia entre un caza y un transporte? Si estás en un caza, estás solo. No vuelas bajo y lento, no hay café ni bocadillos, no tienes a nadie para hacerte compañía. Vuelas solo, te enfrentas solo al enemigo y mueres solo.

A Alex en el fondo le hacían gracia el orgullo y la arrogancia de su tono.

—Así que ibas en un P-40. Los hechos son que eras piloto, que estabas enamorado de Emma y que recuerdas cosas de la casa en la que ella creció así como de la casa de Dream Lake. Todo eso concuerda con que seas *Gus* Hoffman.

—Tendría que haber vuelto con ella —dijo distraídamente el fantasma—. Tendría que haberme casado con ella. Pero eso significa... —Le lanzó a Alex una mirada penetrante—. Eso significa que Zoë podría ser mi nieta.

Alex se restregó la frente y se frotó los ojos.

—¡Oh, estupendo!

—Eso quiere decir que, de ahora en adelante, las manos quietas.

—Eras tú quien me empujaba a ir tras ella. —Alex estaba indignado.

—Eso era antes de que me enterara de esto. No quiero que formes parte de mi árbol genealógico.

—¡Alto, amigo! No voy a acercarme siquiera al árbol genealógico de nadie.

—Yo no soy tu amigo. Soy... Gus.

—En teoría. —Alex lo miró con ferocidad mientras se levantaba y se quitaba el polvo de los vaqueros. Dejó aparte el artículo y cerró la gran bolsa de basura.

—Quiero saber qué aspecto tenía y cuándo fallecí y cómo. Quiero ver a Emma y...

—Yo quiero un poco de paz y tranquilidad. Ya no digamos pasar cinco minutos a solas. Me muero porque encuentres el modo de desaparecer un rato.

—Puedo intentarlo —admitió el fantasma—, pero temo que si lo hago no pueda volver a hablar contigo.

Alex lo miró burlón.

—Tú no sabes lo que es estar solo y ser invisible para todo el mundo —dijo el fantasma—. Era tan espantoso que incluso ponerme a hablar contigo fue un alivio. —Miró desdeñoso la expresión de Alex—. No se te había ocurrido pensarlo, ¿verdad? ¿Alguna vez has intentado ponerte en el lugar de otro? ¿Alguna vez te has tomado la molestia de preguntarte qué siente otra persona?

—No. Soy un sociópata. Pregúntaselo a mi ex.

Muy a su pesar, una ligera sonrisa iluminó el rostro del fantasma.

—Tú no eres un sociópata. No eres más que un gilipollas.

—Gracias.

—Está bien que os hayáis divorciado —dijo el fantasma—. Darcy no era la mujer adecuada para ti.

—Lo supe en cuanto la conocí. Precisamente por eso me casé con ella.

Cavilando acerca de aquello, el fantasma sacudió la cabeza, asqueado, y apartó la mirada.

—Da igual. Eres un sociópata.

13

En cuanto estuvieron firmados los contratos y se hubo llegado a un acuerdo sobre el calendario de pagos, hubo que tomar rápidamente muchas decisiones. Zoë había aprobado enseguida los muebles de serie color crema para la cocina y que las encimeras fueran de madera de arce. Sin embargo, todavía tenía que elegir los grifos, los tiradores y las piezas de baño, así como las baldosas, la moqueta, los electrodomésticos y las lámparas. «Ahora es cuando ayuda tener un presupuesto limitado —le había dicho Alex—. Algunas decisiones se tomarán por sí solas en cuanto veas los precios.»

Habían acordado mantener el estilo de bungaló de la casa lo más posible, con revestimientos sencillos, maderas nobles, tonos sutiles y algún que otro toque de color.

A Justine no le interesaban las gamas de color ni mirar muestras de azulejos, así que Zoë tendría que escoger la decoración y los acabados.

—Además —le había dicho Justine—, tú eres quien vivirá en la casa, así que decide tú qué aspecto va a tener.

—¿Y si luego no te gusta?

—No tengo gusto —le había respondido Justine alegremente—. Me gusta todo. Adelante.

A Zoë le parecía bien, porque le gustaba ir a los almacenes de materiales de construcción y mirar catálogos. Además quería poder pasar más tiempo con Alex. Aunque ya supiera muchas cosas de él, seguía siendo para ella un desconocido fascinador. No era un encanto como su hermano Sam, ni intentaba serlo. Tenía algo de inalcanzable, una lejanía intolerante que en cierto modo solo le hacía más atractivo.

Aunque Zoë no tenía ninguna duda de que Alex bebía demasiado (desde luego él no había intentado fingir lo contrario), de momento había estado a la altura de su reputación de ser de confianza. Llegaba pronto a donde hubieran acordado encontrarse. Le gustaban los horarios y las listas y usaba más notas adhesivas que nadie que hubiera conocido ella. Estaba segura de que tenía que comprarlas al por mayor. Las pegaba en las paredes y las ventanas, a los cables y a las muestras de suelo y a los catálogos, las usaba como tarjeta de visita, para recordar las citas y para las listas de la compra. Cuando Zoë no sabía dónde estaba un sitio del que él le hablaba, le dibujaba un pequeño mapa y se lo pegaba al bolso. Cuando iban a una tienda de electrodomésticos, pegaba cuadrados azules de papel en todos los modelos de nevera, lavavajillas y horno de las medidas adecuadas para la cocina.

—Estás malgastando árboles —le dijo Zoë en un momento dado—. ¿Alguna vez se te ha ocurrido anotar las cosas en el teléfono o llevar una tableta digital?

—Los Post-it son más rápidos.

—¿Y por qué no escribes una lista en un papel grande?

—A veces lo hago. En Post-it Jumbo, esos tamaño gigante.

Tal vez por lo controlado que era, descubrir una arbitrariedad en él fue un alivio para Zoë. Le hubiera gustado aprender más sobre él, encontrar sus debilidades. Enterarse de si ella podía ser una de esas debilidades.

Sin embargo, no había fisuras en la armadura. Alex la trataba con estudiada cortesía y ella se preguntaba si no habría soñado la escena en la cocina de Artist's Point.

Alex le preguntó muchas cosas de su familia y de su abuela. Incluso le preguntó acerca de su abuelo Gus, a quien ella no había conocido y apenas sabía nada, aparte de que había sido piloto durante la guerra y después trabajado como ingeniero en la Boeing. Había muerto de cáncer de pulmón antes de que Zoë naciera.

—Así que era fumador —había dicho Alex en un tono de ligera censura.

—Creo que en aquella época todo el mundo fumaba —había respondido Zoë con pesar—. Upsie me contó que el médico de mi abuelo decía que fumar probablemente era bueno para su estado nervioso.

A Alex aquello le había interesado bastante.

—¿Su estado nervioso?

—Sufría estrés postraumático. Por aquel entonces lo llamaban trauma de guerra. Creo que el abuelo Gus estaba bastante mal. Su avió fue derribado sobre la jungla birmana, detrás de las líneas japonesas. Tuvo que ocultarse un par de días, solo y herido, antes de que pudieran rescatarlo.

Después de haberle hablado del pasado de su familia, Zoë esperaba que Alex hiciera lo mismo. Pero cuando intentó enterarse de más cosas sobre él, haciéndole preguntas sobre el divorcio o sus hermanos o incluso algo como por qué se había dedicado a ser contratista, él se cerró y se volvió distante. Aquello la ponía frenética. Lo único que podía hacer para afrontar sus evasivas era ser paciente, darle ánimos, y esperar que con el tiempo se abriera a ella.

Zoë tenía una tendencia innata a cuidar de la gente. Seguramente aquella era una característica de los Hoffman, porque Justine también. A las dos les encantaba acoger a los viajeros cansados o a los huéspedes quemados en la posada, muchos de los cuales estaban pasando por alguno de los interminables problemas inherentes al ser humano. Les resultaba gratificante poder ofrecerles una habitación tranquila, una cama cómoda y un buen desayuno por la mañana. A pesar de que nada de aquello arreglaba los problemas de nadie, era una liberación.

—¿Nunca te hartas de esto? —le había preguntado un día Justin, guardando los platos limpios mientras Zoë preparaba galletas—. De tanto hornear y cocinar y cosas por el estilo.

—No. —Zoë amasó la pasta para las galletas hasta dejarla completamente plana—. ¿Por qué lo preguntas?

—Por nada. Simplemente intento adivinar lo que te gusta de esto. Ya sabes lo que opino de la cocina. Si no fuera por el microondas, me habría muerto de hambre mucho antes de que empezaras a trabajar aquí.

Zoë había sonreído.

—Yo me he preguntado lo mismo acerca de tu gusto por practicar *jogging* e ir en bicicleta. Para mí hacer ejercicio es lo más aburrido del mundo.

—Estar fuera, en la naturaleza, es diferente cada día. Varía el tiempo, cambia el paisaje, se suceden las estaciones... todo cambia constantemente, mientras que en la cocina... Te he visto preparar galletas un centenar de veces y no es muy emocionante que digamos.

—Cuando quiero emociones, cambio la forma de las galletas.

Justine había sonreído.

Zoë cogió moldes de cortar galletas en forma de flor, mariquita y mariposa.

—Me encanta hacer esto. Me recuerda mi infancia, cuando la mayoría de mis problemas tenían solución con una galleta.

—Para mí sigue siendo así. No tengo problemas. Bueno, no tengo verdaderos problemas. He aquí la clave de la felicidad: apreciar lo que tienes mientras todavía lo tienes.

—Yo podría ser más feliz... —dijo Zoë pensativa.

—¿Cómo?

—Me gustaría tener a alguien especial. Me gustaría saber cómo es enamorarse de verdad.

—No, no te gustaría. Lo mejor es la soltería. Así eres independiente y puedes vivir aventuras sin que nadie te frene. Puedes hacer lo que te dé la gana. Disfruta de tu libertad, Zoë. El mundo es hermoso.

—La disfruto la mayoría del tiempo, pero a veces la libertad me parece un término que describe no tener a nadie junto a quien acurrucarse el viernes por la noche.

—No te hace falta estar enamorada para acurrucarte contra alguien.

—No es lo mismo hacerlo con alguien a quien no amas.

Justine sonrió.

—¿Estamos utilizando el término «acurrucarse» metafóricamente? Porque eso me recuerda la necrológica que leí de Ann Landers, donde decía que una de sus columnas más populares fue una encuesta en la que preguntaba si las mujeres escogerían los abrazos o el sexo. Como tres cuartas partes de sus lectoras dijeron que los abrazos. —Hizo una mueca.

—Tú habrías escogido el sexo —afirmó Zoë.

—Pues claro. Los abrazos están bien durante treinta segundos, pero a partir de ahí son irritantes.

—¿Irritantes física o emocionalmente?

—Física y emocionalmente. Y si abrazas a un tío demasiado a menudo, lo animas a pensar que tenéis una relación y eso le da sentido.

—¿Qué tiene de malo que tenga sentido?

—Una relación con sentido es lo mismo que una relación seria. Y lo serio es lo contrario de lo divertido. Mi madre mi dijo que la vida debería ser siempre divertida.

Aunque Zoë llevaba años sin ver a la madre de Justine, su tía Marigold, recordaba lo hermosa y excéntrica que había sido. Marigold había educado a su única hija para que fuera un espíritu libre como ella. A veces se llevaba a Justine a fiestas con nombres raros, como la de Beltane o la Reunión de la Vieja Tierra. Preparaba platos de los que Zoë no había oído hablar jamás, cosas como pan de aquelarre con miel y limón, pastel del Día de la Marmota o coliflor de la medialuna. Tras visitar a unos parientes lejanos, Justine había vuelto con historias acerca de que había participado en círculos de tambores y rituales en el bosque, a medianoche, bailando a la luz de la luna.

Zoë se preguntaba a menudo por qué Marigold nunca visitaba la posada y por qué ella y Justine parecían prácticamente enemistadas. Cuando había intentado preguntárselo a su prima, esta se había negado rotundamente a hablar del tema.

—La mayoría de los padres les dicen a sus hijos que la vida no es siempre divertida. ¿Estás segura de que no fue eso lo que te dijo? —se atrevió a sugerir Zoë.

—No. Estoy segura de que debería ser divertida. Por eso la posada es perfecta para mí. Me gusta encontrarme con gente nueva, llegar a conocerla superficialmente y dejar que siga su camino. Esto me aporta un suministro continuo de amistades breves.

A diferencia de Justine, Zoë quería algo duradero en su vida. Le había gustado la estabilidad del matrimonio y el compañerismo, y esperaba volver a casarse algún día. Sin embargo, la próxima vez tendría que escoger con cuidado. Aunque el divorcio de Chris había sido cordial, no quería tener que volver a pasar por algo así de nuevo.

En cuanto a Alex Nolan, no era la clase de hombre que encajaba en sus planes. Zoë decidió que se centraría en cultivar una amistad con él, nada más. Se conocía lo bastante bien como para estar segura de que no le iban las aventuras fugaces. Tendría que creer a Alex cuando decía que ella no sería capaz de tenerlo como amante. «Debo tener todo el control», le había dicho él con aquella voz aterciopelada. También le había dicho: «Yo no soy agradable.» Se lo había dicho con intención de prevenirla contra él, pero al mismo tiempo había despertado en ella una viva curiosidad por saber a qué se refería.

Alex se sintió aliviado cuando empezó el trabajo físico de la reforma. Empezó derribando el tabique de la cocina. Él y dos hombres de su equipo, Gavin e Isaac, prepararon la zona con plásticos y quitaron los aparatos y las tomas de corriente. Tanto Gavin, carpintero de oficio, como Isaac, que estaba en trámites de obtener la certificación LEED para trabajos de construcción ecológicos, se tomaban en serio su trabajo. Alex podía confiar en que terminarían a tiempo y lo harían todo del modo más seguro y eficiente. Con gafas protectoras y mascarillas para no respirar el polvo, los tres desmantelaron el tabique con palancas. Arrancaron pedazos de yeso, echando mano de vez en cuando a la sierra de vaivén para cortar los clavos rebeldes.

El duro trabajo físico le sentó bien a Alex, porque lo

ayudó a gastar parte de la frustración acumulada durante los días pasados con Zoë. Aquella mujer tenía cosas que lo sacaban de quicio. Por la mañana temprano estaba excesivamente llena de vida y siempre quería alimentarlo. Leía libros de cocina como si fueran novelas y repetía menús de restaurantes con asombroso detalle, como si esperara que él encontrara el tema tan fascinante como ella. Alex nunca había sido aficionado a la gente que lo ve todo por el lado bueno, y Zoë había hecho de aquello un arte.

Se olvidaba de cerrar las puertas. Confiaba en los comerciantes. Iniciaba una conversación con el vendedor de electrodomésticos diciéndole exactamente cuánto iba a gastar.

Adondequiera que iba con ella, ya fuera a la ferretería o a la empresa de pavimentos o a la tienda de bocadillos para comprar un par de bebidas frías, los hombres la repasaban con los ojos. Algunos intentaban hacerlo con discreción, pero otros no se molestaban en ocultar su fascinación por la belleza de Zoë, que los dejaba con la boca abierta, y su planta. El hecho era que Zoë era un bombón y, salvo desfigurarse, no había nada que pudiera hacer para remediarlo. En la tienda de bocadillos, cuatro o cinco tipos la habían mirado con lascivia hasta que Alex se había puesto delante de ella y les había lanzado una mirada asesina. Entonces se habían dado media vuelta. Había hecho lo mismo otras veces, en otros lugares, manteniendo a los hombres a raya sin decir nada aunque no tenía ningún derecho. Ella no le pertenecía pero, de todos modos, él la vigilaba.

Ahuyentar a los moscones era un trabajo a tiempo completo. Hasta conocer a Zoë, Alex se había mofado de la idea de que la belleza pudiera ser para alguien un problema. Sin embargo, tenía que ser difícil para cualquier mujer verse sometida a esa implacable atención. Aquello explicaba la timidez innata de Zoë: lo asombroso era que se atreviera siquiera a salir de casa. Ahora que las reformas en la casa de Dream Lake habían empezado, Alex no tendría que ver a Zoë al menos durante un mes, a no ser de pasada. Sería un alivio, se dijo. Se aclararía las ideas.

Recibiría el primer pago al día siguiente. Justine le había ofrecido mandárselo por correo, pero Alex le había pedido recogerlo en la posada por la mañana. Le hacía falta llevarlo directamente al banco. Había puesto su propio dinero para los gastos iniciales y, desde su divorcio, no tenía demasiada liquidez que digamos.

Tras trabajar hasta tarde en la casa con Gavin e Isaac, Alex se marchó a casa. Estaba tan cansado por el esfuerzo que no se molestó en comer alguna lata para cenar. Ni siquiera cogió la botella. Se dio una ducha y se acostó.

Cuando sonó la alarma del despertador a las seis y media de la mañana, Alex se sentía fatal. A lo mejor había pillado algo. Tenía la boca reseca y la cabeza le dolía terriblemente. El esfuerzo de sostener el cepillo de dientes era como levantar pesas. Se dio una larga ducha y se puso unos vaqueros y una camiseta con una camisa de franela encima, pero seguía teniendo frío y temblaba. Llenó un vaso de plástico con agua del lavabo y bebió hasta que una oleada de náuseas lo obligó a parar.

Sentado al borde de la bañera, hizo un esfuerzo por tragarse el agua y se preguntó qué le pasaba. Gradualmente fue dándose cuenta de que el fantasma estaba de pie en la puerta del baño.

—No invadas mi espacio personal —le recordó—. Sal de ahí.

El fantasma no se movió.

—Anoche no bebiste.

—¿Y?

—Pues que tienes síndrome de abstinencia.

Alex lo miró sin decir nada.

—Te tiemblan las manos, ¿verdad? —prosiguió el fantasma—. Eso es por la abstinencia.

—En cuanto me haya tomado un café estaré bien.

—Deberías tomar un trago. Los que beben tanto como tú es mejor que se desenganchen despacio en vez de dejarlo de golpe.

Alex se sentía ultrajado. El fantasma estaba exagerando. Bebía mucho, pero sabía lo que podía tolerar. Solo los borrachos sufrían delírium trémens, como los sin techo de los callejones o los bebedores empedernidos que se pasaban la noche entera empinando el codo. O como su padre, que había muerto de un infarto mientras hacía submarinismo en un complejo turístico de México. Tras toda una vida abusando del alcohol, las arterias coronarias de Alan Nolan estaban tan obstruidas que, según los médicos, le habría hecho falta un quíntuple *bypass* para sobrevivir.

—No necesito desengancharme de nada —dijo Alex.

Habría sido más fácil de aceptar si el fantasma se hubiera estado burlando o mostrándose superior o incluso disculpándose. Sin embargo, el modo en que lo miraba, con una seriedad teñida de piedad, era demasiado ofensivo para ser soportable.

—Deberías tomarte un día de descanso —le dijo el espectro—, porque no vas a poder trabajar mucho.

Alex lo fulminó con la mirada y se levantó, tambaleándose. Por desgracia, el movimiento fue demasiado para su sistema digestivo y se vio obligado a inclinarse sobre el váter, sacudido por las arcadas.

Tardó un buen rato en volver a incorporarse. Se enjuagó la boca y se echó agua fría en la cara. Cuando se miró en el espejo vio una cara pálida, demacrada, con los ojos hinchados. Retrocedió horrorizado, porque había visto a su padre con aquel aspecto mil veces de niño.

Se agarró a los bordes del lavabo y se obligó a levantar la cabeza y mirarse al espejo una vez más.

No era quien quería ser, pero en eso se había convertido.

De haberle quedado lágrimas, habría sollozado.

—Alex —oyó que le decía el fantasma desde la puerta con voz tranquilizadora—. A ti no te amedrenta el trabajo. Estás acostumbrado a demoler cosas y a recontruirlas.

A pesar de lo enfermo que se sentía, a Alex no se le escapó la metáfora.

—Las casas no son como las personas.

—Todos tenemos algo que necesita arreglo. —El fantasma hizo una pausa y luego añadió—: En tu caso resulta que es tu hígado.

Alex luchó por sacarse la camisa y la camiseta, empapadas de sudor.

—Por favor —logró decir—. Si te queda algo de piedad... no hables.

El fantasma le hizo el favor de marcharse.

Para cuando Alex estuvo otra vez vestido, los temblores habían remitido, pero seguía teniendo la húmeda sensación de calor y frío y los nervios tensos como cuerdas. La dificultad para encontrar las botas de trabajo que quería, las mismas que llevaba el día anterior, lo enfureció. En cuanto puso las manos sobre ellas, lanzó una contra la pared con tanta fuerza que estropeó la pintura y dejó una marca en el yeso.

—Alex. —El fantasma reapareció—. Te estás comportando como un loco.

Lanzó la otra bota, que atravesó la cintura del fantasma y dejó otra marca en la pared.

—¿Ahora te sientes mejor? —le preguntó el espectro.

Ignorándolo, Alex recogió la botas y se las calzó con violencia. Intentó pensar a pesar del martilleo de su cabeza. Tenía que recoger el cheque de Justine e ingresarlo en el banco.

—No vayas a Artist's Point —oyó que le decía imperiosamente el fantasma—. No estás en condiciones. No quieres que nadie te vea en este estado.

—Cuando dices «nadie» te refieres a Zoë.

—Sí. Vas a disgustarla.

Alex apretó los dientes.

—Me importa un bledo. —Cogió las llaves del coche, la cartera y unas gafas negras de sol, se subió a la furgoneta y la sacó del garaje. En cuanto se incorporó a la calle, fue como si la luz le partiera el cráneo con la precisión de un instrumento quirúrgico. Gimió y viró bruscamente, buscando un sitio para detenerse en caso de tener que vomitar.

—Conduces como si estuvieras en un videojuego —le dijo el fantasma.

—¿A ti qué te importa? —le espetó Alex.

—Me importa porque no quiero que mates a nadie, ni que te mates.

Cuando llegaron a Artist's Point, Alex había sudado otra camiseta y temblaba como si tuviera fiebre.

—¡Por el amor de Dios! —le dijo el fantasma—. No entres por la puerta principal. Vas a asustar a los huéspedes.

Por mucho que a Alex le hubiera gustado desafiarlo, el fantasma tenía razón. Exhausto como estaba por el esfuerzo de conducir, rodeó el edificio y aparcó en la parte posterior de la posada, junto a la puerta de la cocina, de la que salía olor a comida. Aquel olor le dio náuseas. Las gafas se le escurrieron por el sudor. Se las quitó de un manotazo y las arrojó a la gravilla, maldiciendo.

—Contrólate —oyó que le decía el fantasma lacónicamente.

—Que te jodan.

Una puerta de rejilla cubría la entrada trasera de la cocina. A través de la malla, Alex vio que Zoë estaba sola en la cocina preparando el desayuno. Había ollas hirviendo en los fogones y algo se estaba horneando. El olor de mantequilla y queso casi hizo retroceder a Alex.

Dio unos golpecitos en la jamba y Zoë levantó los ojos de una tabla de cortar en la que había un montón de fresas. Vestía una falda corta de color rosa y sandalias planas, con un top blanco y el delantal atado a la cintura. Tenía las piernas tonificadas, con los músculos de la pantorrilla desarrollados. Se había recogido los rizos rubios en la coronilla y unos cuantos se le habían soltado y le caían sobre las mejillas y el cuello.

—Buenos días —le dijo sonriente—. Entra. ¿Cómo estás?

Alex evitó mirarla a los ojos cuando entró en la cocina.

—He estado mejor.

—Te apetece un poco de...

—He venido a recoger el cheque —la cortó él.

—Vale. —Aunque no era desde luego la primera vez que había sido brusco con ella, Zoë lo interrogó con la mirada.

—El primer pago —dijo Alex.

—Sí, lo recuerdo. Justine es quien lleva el papeleo, así que ella te extenderá el cheque. Yo no estoy segura de en qué cuenta hacértelo.

—Bien. ¿Dónde está?

—Acaba de salir para hacer un recado. Volverá dentro de cinco o diez minutos. La cafetera grande está rota, así que ha ido a recoger una cuantas garrafas de un bar de la zona. —Sonó un cronómetro de cocina y Zoë fue a sacar una fuente del horno—. Si quieres esperarla, voy a servir un poco de café y puedes...

—No quiero esperar. —Necesitaba el cheque. Necesitaba irse. El calor y la luz de la cocina lo estaban matando, y tenía que apretar los dientes para que no le castañetearan como una de esas calaveras de plástico de una tienda de bromas—. Sabía que tenía que darme el cheque hoy. Le mandé un mensaje de texto.

Zoë puso la fuente de guiso sobre un par de salvamanteles. Había dejado de sonreír y habló con más suavidad de lo usual cuando le respondió.

—No creo que supiera que vendrías tan temprano.

—¿Cuándo si no, demonios? Estaré todo el día trabajando en la casa. —La rabia lo invadió en oleadas cada vez más intensas sin que pudiera evitarlo.

—¿Qué te parece si te lo llevo después del desayuno? Iré en coche hasta la casa y...

—No quiero interrupciones mientras trabajo.

—Justine llegará de un momento a otro. —Zoë sirvió café en una taza de porcelana blanca—. No tienes... buen aspecto.

—He dormido mal. —Alex se acercó a la encimera y tiró de un rollo de papel de cocina. El papel se desenrolló sin control y él soltó unas cuantas ordinarieces mientras caía en cascada.

—No pasa nada. —Zoë se le acercó enseguida—. Yo lo arreglaré. Ve a sentarte.

—No quiero sentarme. —Cogió un pedazo de papel y se secó el sudor de la cara mientras ella volvía a enrollar hábilmente el cilindro blanco. Aunque intentaba mantener la boca cerrada, las palabras se le escaparon, cortantes como cuchillas de afeitar; estaba furioso y nervioso, tenía ganas de arrojar algo, de patear algo.

—¿Es así como llevas un negocio? ¿Haces un trato y luego no lo cumples? Vamos a tener que rehacer el calendario de pagos. Puede que mi tiempo no tenga importancia para ti, pero yo debo contar con que las cosas se harán cuando se supone que tienen que hacerse. Tengo que irme a trabajar. Mis muchachos seguramente ya habrán llegado.

—Lo siento. —Zoë dejó una taza de café en la encimera, junto a él—. Tu tiempo es importante para mí. La próxima vez me aseguraré de que tengas el cheque preparado a primera hora de la mañana.

Alex odiaba que le hablara de aquella manera, como si estuviera siguiéndole la corriente a un lunático o tranquilizando a un perro furioso. En cualquier caso, funcionó. La rabia se le pasó tan repentinamente que se mareó. Además, estaba tan cansado que apenas podía mantenerse en pie. ¡Dios! Estaba verdaderamente mal.

—Volveré mañana —consiguió decir.

—Antes tómate esto. —Zoë empujó la taza hacia él.

Alex miró el café. Le había puesto nata. Él siempre tomaba el café solo, pero cogió la taza con ambas manos. Para su mortificación, la taza se sacudió violentamente y el contenido rebosó el borde.

Zoë lo miraba fijamente. Hubiera querido insultarla y dejarla allí plantada, pero su mirada lo retuvo, no lo dejó marchar. Aquellos ojos azules veían demasiado, veían cosas que él llevaba toda la vida ocultando. Zoë no podía evitar ver lo cerca que estaba de desmoronarse pero, por su expresión, no lo juzgaba; solo había en ella bondad, compasión.

Sintió la repentina necesidad de arrodillarse y apoyar la cabeza contra ella, suplicante, pero de algún modo logró mantenerse de pie, balanceándose sobre sus piernas tiesas.

Con cuidado, Zoë puso sus manos sobre las de él, de

modo que los dos sostenían la taza. Aunque las tenía mucho más pequeñas, lo agarraba con sorprendente firmeza, conteniendo el temblor.

—Venga —le susurró.

Le llevó la taza a los labios, impidiendo que le temblaran las manos. Tomó un sorbo. El líquido, caliente y suave, fue un bálsamo para su reseca garganta y se fundió con el frío de sus entrañas. Era ligeramente dulce y el toque de nata suavizaba el sabor amargo. Fue tan inesperadamente bueno que se bebió el resto de un trago. Sus venas le zumbaron con una gratitud rayana en la adoración.

Zoë apartó las manos.

—¿Más?

Él asintió con un murmullo ronco.

Ella sirvió otra taza y le añadió nata y azúcar, mientras el sol entraba por las persianas de la ventana y le iluminaba el pelo. Cayó en la cuenta de que estaba preparando el desayuno para un montón de huéspedes que pagaban por él. Todavía se estaban cociendo cosas sobre los fogones y en el horno. No solamente la había interrumpido mientras trabajaba, sino que se había quedado allí despotricando sobre su horario como si fuera mucho más importante que el de ella.

—Estás ocupada —murmuró, como preludio de una disculpa—. No tendría que...

—No pasa nada —le respondió ella amablemente.

Dejó la taza en la mesa y retiró una silla. Era evidente que pretendía que se sentara en ella.

Alex miró cauteloso a su alrededor, preguntándose lo que el fantasma sacaría de aquello, pero, afortunadamente, no se lo veía por ninguna parte. Se sentó a la mesa y se tomó el café despacio, sin ayuda aunque con cuidado.

Zoë trabajaba en la encimera. El tintineo de los utensilios, el sonido de cacharros y platos manejados con destreza era extrañamente relajante. Podía quedarse allí sentado y nadie lo molestaría. Cerró los ojos y se zambulló en una momentánea sensación de paz, de estar a salvo.

—¿Otro? —la oyó preguntar.

Él asintió con un gesto.

—Antes prueba esto. —Le puso delante un plato de comida. Cuando se inclinó hacia él percibió el perfume de su piel, fresco y dulce, como empapada en té dulce.

—No creo que pueda...

—Inténtalo. —Puso los cubiertos en la mesa y volvió a los fogones.

El tenedor era tan pesado como un mazo de plomo. Alex miró el plato, que contenía una ordenada porción de capas de pan, ligeramente hinchada y dorada por encima.

—¿Qué es? —le preguntó.

—Una cazuela de desayuno.

Alex tomó un cauteloso bocado y descubrió que la cazuela poseía una ligera suavidad cremosa. Era como una quiche pero mucho más delicada, con la textura perfecta para liberar una insinuación de tomate maduro y queso suave. Notó el sabor de la albahaca en la lengua al final, una nota limpia y penetrante.

—¿Te gusta? —oyó que le preguntaba Zoë.

Ni siquiera pudo responder. Se le había despertado un hambre atroz y estaba enteramente dedicando a comer.

Zoë le trajo un vaso de agua fría. Cuando hubo vaciado el plato, Alex dejó el tenedor y se la bebió, evaluando su estado físico. El cambio era poco menos que milagroso. El dolor de cabeza se le estaba pasando y los temblores habían desaparecido. Estaba saciado de sabor y de calidez... era como estar borracho de comida.

—¿Qué lleva esto? —le preguntó con la voz distante, como si hablara en sueños.

Zoë, que había vuelto a llenarle la taza de café, apoyó la cadera en la mesa y lo miró. Tenía las mejillas satinadas por el calor de los fogones.

—Pan francés que yo misma horneo. Tomates que compro en el mercadillo de los granjeros. El queso se hace en la isla Lopez y los huevos los han puesto esta mañana las gallinas Wyandotte. La albahaca es del huerto de hierbas de ahí fuera. ¿Te apetece otra porción?

Alex podría haberse comido una bandeja entera, pero negó con un gesto de cabeza, decidiendo que sería mejor no forzar su suerte.

—Debería dejar un poco para tus huéspedes.

—Hay de sobra.

—Estoy bien. —Tomó un sorbo de café y la miro fijamente—. Nunca habría pensado... —Calló, incapaz de describir lo que acababa de sucederle.

Zoë pareció entenderlo. Una leve sonrisa le iluminó la cara.

—A veces mi cocina surte una especie de... efecto sobre la gente.

A Alex le cosquilleó la nuca de un modo agradable.

—¿Qué clase de efecto?

—No pienso demasiado en ello. No quiero estropearlo. Pero a veces parece que hace que la gente se sienta mejor de un modo... mágico. —Su sonrisa se volvió atribulada—. Estoy segura de que tú no crees en esas cosas.

—Estoy sorprendentemente abierto a todo —dijo Alex, consciente de que el fantasma deambulaba al fondo de la cocina.

—Mírate. —El fantasma parecía aliviado—. No te va a dar un patatús, ni vas a morirte.

Los maullidos del gato en la puerta posterior, a través de cuya malla se veía la bola peluda, habían llamado la

174

atención de Zoë. En cuanto lo dejó entrar, *Byron* se sentó y se la quedó mirando, moviendo la cola impaciente.

—Pobre pequeño monstruo peludo —zureó Zoë, poniendo una cucharada de algo en un plato que dejó luego en el suelo.

El gato engulló aquella delicia con ferocidad. Parecía la clase de mascota capaz de comerse a su dueño.

—¿No va contra las normas sanitarias dejarlo entrar aquí? —preguntó Alex.

Byron no puede acercarse al comedor ni a las zonas donde se prepara la comida. Además solo pasa en la cocina unos minutos al día. Se pasa casi todo el tiempo durmiendo en el porche o en la casa de atrás. —Fue a recoger el plato de Alex. El peto del delantal dejaba ver lo bastante del exuberante escote como para darle mareos. Hizo un esfuerzo para apartar los ojos y mirar a Zoë a la cara.

—Estás así porque bebiste demasiado —le dijo con dulzura.

—No —repuso Alex—. Estoy así porque no bebí.

Lo miró atentamente.

—¿Lo dices en serio?

Alex hizo un breve gesto de asentimiento. Tenía incontables razones para marcharse, pero la más importante era que no quería tener tanta necesidad de nada. Lo había pillado con la guardia baja porque acababa de darse cuenta de lo mucho que dependía de la bebida. Le había resultado fácil justificarse diciéndose que no era un problema porque no estaba sin hogar ni iba desgreñado, porque nunca lo habían detenido. Seguía siendo un hombre capaz de valerse. Pero después de lo que le había pasado aquella mañana, no podía negar que tenía un problema.

Una cosa era ser aficionado a beber y otra ser alcohólico.

Zoë fue a dejar sus platos en el fregadero.

—Por lo que he oído —le dijo por encima del hombro—, no es un hábito fácil de dejar.

—Ya lo estoy viendo. —Alex se levantó de la mesa—. Vendré mañana por la mañana a recoger el cheque.

—Ven temprano —le dijo Zoë con aplomo—. Estoy preparando harina de avena.

Se miraron de una punta a la otra de la cocina.

—No me gustan las gachas —repuso Alex.

—Las mías te gustarán.

Alex no podía dejar de mirarla. Era tan suave, estaba tan radiante, que se permitió pensar, solo por un instante, cómo sería tenerla debajo. La magnitud de la atracción que sentía por ella era abrumadora. Quería cosas de ella que no había querido jamás de nadie, cosas que iban más allá del sexo y ninguna de las cuales era posible. Era como estar al borde de un precipicio, luchando por no caer al vacío mientras el viento lo empujaba por detrás.

Zoë le devolvió la mirada al mismo tiempo que se ruborizaba intensamente. El rubor contrastaba con el dorado brillante de su pelo.

—¿Cuál es tu plato preferido? —le preguntó, como si aquella pregunta fuera tremendamente íntima.

—¿No tengo ningún plato preferido?

—Todo el mundo tiene uno.

—Yo, no.

—Tiene que haber algo... —El temporizador interrumpió su diálogo—. Son las siete y media. Tengo que servir el café a los primeros huéspedes. No te vayas, vuelvo enseguida.

Sin embargo, cuando volvió Alex se había ido. Encontró una nota pegada a la pared del fregadero, escrita con tinta negra: GRACIAS.

Cogió la nota y la acarició con el pulgar. Un dulce dolor, terrible, le atenazó el pecho.

A veces, pensó, puedes resolver el problema de alguien, pero hay ciertos problemas de los que tiene que salir uno mismo.

Todo lo que podía hacer por Alex era tener esperanza.

14

Las pesadillas atormentaron a Alex toda la noche. Su cuerpo se sacudía como si estuviera sometido a descargas eléctricas. Sus demonios se sentaban a los pies de la cama, aguardando para hacerlo pedazos con sus largas zarpas o el suelo se abría a sus pies y caía en una oscuridad sin fin. En uno de los sueños lo atropelló un choche a medianoche en una carretera oscura y el impacto lo arrojó hacia atrás, al duro asfalto. Se quedó flotando sobre el cuerpo inconsciente en la carretera, mirando su propio rostro. Estaba muerto.

Se despertó sobresaltado y se sentó en la cama. Estaba sudado y tenía las sábanas pegadas. Miró con los ojos legañosos el reloj y vio que eran las dos de la madrugada.

—Hijo de puta... —murmuró.

El fantasma estaba allí.

—Ve a beber un poco de agua —le dijo—. Estás deshidratado.

Alex se levantó con dificultad de la cama para ir al baño. Bebió agua, abrió el grifo de la ducha y se quedó debajo un buen rato, con el chorro caliente en la nuca. Deseaba un trago. Se sentiría mejor. Se llevaría los sueños, el espantoso sudor. Deseaba el sabor del alcohol, la sensación dulce de ardor en la boca. Pero el hecho de desearlo tan desesperadamente era suficiente para hacerse fuerte y no ceder.

Cuando salió de la ducha se puso unos pantalones de pijama y quitó la manta de la cama. Demasiado agotado para cambiar las sábanas, se fue a la sala de estar. Jadeando por el esfuerzo, se dejó caer en el sofá.

—A lo mejor deberías ir al médico —le comentó el fantasma desde un rincón—. Algo habrá que pueda darte para que esto te resulte más fácil.

Alex movió despacio la cabeza sin levantarla del brazo del sofá, negando.

—No quiero que sea más fácil. —Le pesaba la lengua—. Quiero acordarme exactamente de lo que me está sucediendo.

—Corres un riesgo intentando hacer esto por tu cuenta. Tal vez no lo logres.

—Lo haré.

—¿Cómo estás tan seguro?

—Porque si no lo consigo voy a ponerle fin a esto.

El fantasma lo atravesó con la mirada.

—¿Vas a poner fin a tu vida?

—Sí.

El otro se quedó callado, pero flotaban en el aire la preocupación y el enojo.

La respiración de Alex fue calmándose y los recuerdos aparecieron a pesar del dolor de cabeza.

—Cuando mis hermanos y mi hermana se marcharon de casa —dijo al cabo de un rato, con los ojos cerrados—, tanto mi padre como mi madre bebían constantemente. Cuando convives con un borracho, tu infancia se acaba en media hora. Los días buenos eran aquellos en los que se olvidaban de que yo estaba allí. Pero cuando cualquiera de los dos se acordaba de que seguía habiendo un niño en casa, malo. La convivencia con ellos era como un campo de minas. Nunca sabías si habías dado un mal paso. A veces bastaba con pedirle comida a mamá o intentar que firmara un permiso escolar para que estallara. Una vez cambié de canal de televisión cuando mi padre dormía en el sillón y se despertó el tiempo justo para darme una bofetada. Aprendí a no pedir nunca nada. A no necesitar nada.

Era lo más que Alex le había contado jamás a nadie acerca de cómo se había criado. Nunca le había dicho tanto ni siquiera a Darcy. No estaba seguro de por qué había intentado que el fantasma lo comprendiera.

No hubo ningún ruido, ningún movimiento, pero tuvo la impresión de que el espectro, trasladándose en la noche, poblaba la sombra de un rincón.

—¿Qué me dices de tus hermanos, de tu hermana? ¿Nadie intentó ayudarte?

—Tenían sus propios problemas. La familia de un borracho no es normal y sana. El problema va con todos.

—¿Ni tu padre ni tu madre intentaron cortar con esto alguna vez?

—¿Te refieres a dejar de beber? —Alex bufó levemente, divertido—. No. Los dos habían perdido completamente el control.

—Y tú seguías a bordo del barco.

Alex cambió de postura, pero no sirvió para que se sintiera más cómodo en su propia piel. Tenía los nervios de punta y los sentidos aguzados. Las pesadillas estaban listas para apoderarse de él en cuanto se durmiera. Las notaba al acecho como una manada de lobos.

—He soñado que estaba muerto —dijo de repente.

—¿Esta noche, hace un rato?

—Sí. Estaba de pie, mirando mi propio cuerpo.

—Una parte de ti está muriendo —dijo el fantasma con pragmatismo. Viendo que Alex, horrorizado, guardaba silencio, añadió—: Muere la parte de ti que bebe para evitar el dolor. Pero evitar el dolor solo lo alimenta.

—Pues ¿qué demonios se supone que tengo que hacer? —le preguntó con hartazgo, con hostilidad.

—En algún momento —repuso el fantasma al cabo de un momento— tendrás que parar de correr y permitir que te alcance.

Al cabo de unas cuantas horas de sueño agitado en un sofá que parecía un potro de tortura, Alex se dio una ducha, se vistió y se marchó a Artist's Point como un muerto viviente.

Tenía la viva esperanza de no tener que ver a Justine... porque no iba a ser capaz de soportarla aquel día.

Para su alivio, Zoë estaba sola. Lo hizo entrar en la cocina e insistió para que se sentara enseguida a la mesa.

—¿Cómo te encuentras esta mañana?

La miró con hosquedad.

—Midiendo el dolor de cabeza con la escala Fujita, he alcanzado el nivel F-5.*

—Te serviré un café.

El atroz latido en la frente le daba ganas de arrancarse los ojos. Con cuidado, la apoyó en los brazos e intentó pensar a pesar de los temblores.

—¿Por qué no me sirves un pack de seis cervezas Old

---

* Del 1 al 5, esta escala mide la intensidad de los tornados según su capacidad de destrucción. *(N. de la T.)*

Milwaukee para soportarlo? —le dijo con voz un tanto apagada.

Zoë puso una taza en la mesa.

—Antes tómate esto.

Alex intentó cogerla sin éxito.

—Déjame... —Zoë quiso sujetarle las manos.

—No me hace falta ayuda —gruñó él.

—De acuerdo... —convino ella tranquilamente, y se apartó.

Su paciencia lo sacaba de quicio. El papel pintado de cerezas le hería la vista. Tenía la cabeza como un bombo.

Cuando se hubo llevado la taza a los labios bebió como si la vida le fuera en ello y pidió otra.

—Antes toma un poco de esto. —Le puso delante un cuenco poco profundo.

El cuenco contenía un cuadrado de algo parecido a un pastel espolvoreado con fruta confitada cortada en tiritas no más anchas que el bigote de un gato. Le llegó el aroma de la canela. Zoë echó un chorrito de leche entera en el cuenco y le dio una cuchara.

Aquellas gachas horneadas eran tiernas y untuosas, tostadas por los bordes, la quebradiza dulzura aromatizada con limón. Cuando la leche las empapaba, la textura se hacía más suave y cada cucharada era más húmeda y deliciosa que la anterior. Era todo lo opuesto al engrudo gris que solían ser las gachas de su infancia.

Mientras comía, la sensación de malestar lo abandonó. Se relajó y empezó a respirar profundamente. Algo semejante a la euforia lo invadió, una calidez apacible.

Zoë se movía por la cocina, removiendo cazuelas, llenando jarras de leche y hablando de cualquier cosa sin necesidad de respuesta. Alex no tenía ni idea de lo que decía: era algo que tenía que ver con la diferencia entre una tarta de fruta y un budín de pan, nada de lo cual tenían para él ningún sentido. Sin embargo, tenía ganas de que el sonido de su voz lo envolviera como una manta limpia de algodón.

Se hizo una costumbre: todas las mañanas, antes de ir a trabajar, se pasaba por la cocina de Artist's Point y se tomaba lo que fuera que Zoë le servía. La media hora que pasaba con ella era el tiempo alrededor del cual organizaba todo lo demás. Cuando se iba, el bienestar iba disminuyendo hora tras hora hasta que llegaba a las crudas noches.

Su sueño estaba poblado de pesadillas. A menudo soñaba que volvía a beber y se despertaba avergonzado. A pesar de saber que no había sido más que un sueño, que no había cedido a la tentación, se adueñaba de él el pánico. Si sobrevivía a las noches era porque sabía que a la mañana siguiente vería a Zoë.

Ella siempre le decía «buenos días» como si realmente lo fueran. Le servía hermosos platos. Cada bocado era una explosión de color y fragancia, los sabores se sucedían en oleadas. Suflés tan ligeros que parecían inflados por arte de magia, huevos a la benedictina con crema holandesa del color de girasoles. Zoë creaba sinfonías de huevos y carne, poemas de pan, melodías de fruta.

La cocina era más personal de Zoë que su habitación. Era su espacio artístico, ordenado exactamente como ella quería. La despensa abierta, cubierto del suelo al techo por estantes que contenían hileras de especias de colores intensos en botes cilíndricos de cristal y anticuados tarros de caramelos llenos de harina, azúcar, cereales, polenta de un amarillo intenso o gordas mitades beige de pacana. Había botellas de aceite de oliva ligeramente verdoso de España, vinagre balsámico oscuro como tinta, jarabe de arce de Vermont, miel de flores silvestres, tarros de jamón casero y conservas relucientes como joyas. Zoë era tan puntillosa con la calidad de los ingredientes como Alex con que los ángulos de una casa fueran perfectos tanto vertical como horizontalmente, o con usar el clavo adecuado en cada caso.

Le encantaba verla trabajar. Se movía por la cocina como una bailarina, con movimientos elegantes que solían acabar abruptamente cuando levantaba con ambas manos una pesada cazuela o cerraba con decisión la puerta del horno. Empuñaba una sartén para saltear como si fuera un instrumento musical, agarrándola por el mango y sacudiéndola con un movimiento rápido del codo, de modo que el contenido saltaba y se daba la vuelta.

A la séptima mañana que Alex desayunaba en la posada, Zoë le sirvió un plato de sémola con queso y trocitos de chorizo frito. Había mezclado parte del chorizo con la sémola, que había adquirido un rico sabor salado.

Mientras comía, Zoë se sentó a la mesa, a su lado, tomándose un café. Su proximidad le resultó un tanto incómoda. Solía trabajar mientras él desayunaba. Le echó un vistazo furtivo a la piel extremadamente delicada de la cara interior del brazo y vio la marca de la quemadura, casi curada. Le dieron ganas de besársela.

—Han llegado los armarios —le dijo—. Empezaremos a instalarlos esta semana, y a construir la isla de cocina.

—¿A construirla? Tenía entendido que ibas a encargar una prefabricada.

—No. Será un poco más barato, y parecerá más hecha a medida, si juntamos unos cuantos muebles de serie, modificamos los acabados y les añadimos la encimera. —Sonrió al ver su expresión—. Quedará estupendo. Te lo prometo.

—No lo pongo en duda. Es que estoy impresionada.

Alex sumergió la sonrisa en la taza de café.

—No estoy haciendo nada fuera de lo normal. Es carpintería elemental.

—Es especial, porque se trata de mi casa.

—Dentro de una semana tendré que saber qué colores quieres.

—Ya los tengo decididos casi todos. Blanco roto para las molduras y mantequilla para las paredes. Los baños, rosa.

Alex la miró escéptico.

—Es un rosa bonito —dijo ella, riendo—. De un tono pálido. Lucy me ayudó a escogerlo. Dice que el rosa es un color estupendo para los baños porque su reflejo es favorecedor.

La imagen le vino a la mente antes de que pudiera impedirlo: Zoë saliendo de la bañera, rodeada de paredes rosa, sus curvas húmedas reluciendo en espejos empañados.

Zoë se incorporó para comprobar algo que tenía en el horno.

—¿Quieres un poco de agua?

Tenía un calentón.

—Sí, gracias. —Cogió el móvil y lo miró fijamente, recordándose desesperadamente que debía mantenerse a distancia de Zoë.

Ella se detuvo a su lado y le puso un vaso de agua fría junto al plato. Estaba lo bastante cerca como para que respirara su fragancia algodonosa y floral, con un puntito del ahumado del chorizo. No podía pensar más que en lo mucho que deseaba darse la vuelta y apoyar la cara en la suya y abrazarla por la cadera. Siguió mirando fijamente el móvil, pasando sin verlos los mensajes de textos que ya había leído antes.

Zoë siguió a su lado.

—Tendrías que cortarte el pelo —murmuró de un modo que se notaba que sonreía.

Alex notó el ligero toque en la nuca de sus dedos, que ella le pasaba suavemente por las greñas. Apretó tanto el teléfono que la carcasa amenazó con romperse y se encogió bruscamente de hombros, esquivándola, de modo que ella apartó la mano y volvió a los fogones. Oyó que batía algo en un cazo. Hablaba desenfadadamente de sus planes para ir al mercado flotante de pescado del muelle principal de Friday Harbor, porque acababan de traer halibut recién pescado.

En un esfuerzo para apaciguar su arrebato de lujuria, Alex resolvió mentalmente problemas matemáticos y, cuando esto le falló, apretó el tenedor de modo que los pinchos se le clavaran en la palma. Aquello atajó su deseo lo bastante para que pudiera caminar. Se apartó de la mesa y se levantó, murmurando algo acerca de ir a trabajar.

—Hasta mañana, entonces —le dijo Zoë con demasiada viveza—. Haré crepes de calabaza y jengibre.

—Mañana no podré venir —dijo Alex y luego, dándose cuenta de lo brusco que había estado, añadió—: Tendré que ir a trabajar más pronto ahora que estamos poniendo el cartón-yeso.

—Te prepararé algo para que te lo lleves. Pásate por aquí y te lo llevo a la puerta. Ni siquiera tendrás que entrar.

—No. —Exasperado, no se le ocurría nada para suavizar su negativa.

El fantasma entró en la cocina.

—¿Nos vamos?

—Sí —dijo Alex mecánicamente.

—Entonces, ¿vendrás? —le preguntó Zoë confusa.

—¡No! —le espetó.

Zoë fue tras él hasta la puerta trasera, tensa y abatida.

—Lo siento. No pretendía molestarte.

El fantasma parecía perplejo e indignado.

—¿A qué se refiere? ¿Qué ha pasado? Ya te dije...

—No empieces —le advirtió Alex, iracundo. Vio la cara de preocupación de Zoë y se corrigió—. No empieces a sacar conclusiones. No tienes de qué preocuparte.

—Sí que hay de qué preocuparse —insistió el fantasma—. Porque, por lo que veo, las hormonas flotan en el aire como una plaga bíblica.

Zoë miraba a Alex como si intentara leerle el pensamiento.

—Entonces ¿por qué has reaccionado así cuando te he tocado?

Alex sacudió la cabeza, perplejo y enojado.

—Es evidente que no te ha gustado —añadió Zoë, enrojeciendo vivamente.

—¡Maldita sea, Zoë! —El único modo que tenía de evitar agarrarla era plantando una mano a cada lado de ella sobre la encimera.

Zoë dio un respingo y se le dilataron las pupilas.

—Me ha gustado —le dijo Alex ásperamente—. Si me hubiera gustado más te habría tumbado en la encimera y no te habría quedado otra que extender la masa de las galletas.

El fantasma gimió.

—No quiero oírlo —dijo, y puso pies en polvorosa.

Zoë se puso colorada por su ordinariez.

—Entonces ¿por qué... —fue a preguntarle.

—No me hagas esto —la interrumpió Alex con irritación—. Sabes por qué. Soy un alcohólico que se está desenganchando. Acabo de divorciarme y estoy al borde de la ruina. No sé qué combinación peor de condiciones puede tener un hombre, aparte de ser impotente como colofón.

—Tú no eres impotente —protestó ella. Tras una breve vacilación, le preguntó—: ¿Lo eres?

Alex se tapó los ojos con una mano y se echó a reír.

—¡Dios bendito! —exclamó de corazón—. ¡Ojalá lo fuera! —Al cabo de un momento, viendo la confusión de ella, dejó de reírse y suspiró—. Zoë... yo no me hago amigo de las mujeres, y la única opción que queda es el sexo, cosa que no vamos a tener. —Hizo una pausa cuando le vio una mancha blanca de harina en la mejilla. Incapaz de resistirse, se la quitó cariñosamente con el pulgar—. Gracias por esta semana. Estoy en deuda contigo. Así que lo mejor que puedo hacer por ti a cambio es mantenerme lo bastante lejos como para que tú y yo veamos esto con cierta perspectiva.

Zoë, en silencio, lo miraba fijamente, valorando lo que decía. El temporizador del horno sonó y sonrió con tristeza.

—Todos los instantes de mi vida están controlados por un temporizador de cocina —dijo—. Por favor, no te vayas aún.

Se quedó, mirando cómo sacaba una bandeja de galletas del horno. El olor del pan caliente flotaba en la cocina.

Zoë volvió a su lado y se quedó muy cerca de él.

—Sé que tienes razón —le dijo—. Sé lo que me espera. Probablemente más de lo que podré soportar. Mi abuela llegará dentro de un mes y luego... —Se encogió levemente de hombros con impotencia—. Por tanto, conozco mis límites y creo que conozco los tuyos. El problema es que... —Soltó una risita triste—. A veces conoces a un tipo verdaderamente agradable pero, por mucho que lo intentas, no consigues que te guste. Eso, sin embargo, no es ni con mucho tan terrible como cuando conoces al tipo que no te conviene y no logras evitar que te guste. Notas un abismo interior, esperando y deseando y soñando. Te sientes como si cada instante te llevara hacia algo tan asombroso que no hay modo de describirlo, y si llegaras a ello con él sería un verdadero... alivio. Sería todo lo que siempre has necesitado. —Se le escapó un suspiro tembloroso—. No quiero distanciarme de ti. A lo mejor no debería habértelo dicho tan directamente, pero quiero que sepas lo mucho que...

—Ya lo sé —le dijo él con frialdad, muriéndose por dentro—. Dale un descanso, Zoë. Tengo que irme.

Zoë asintió. Ni siquiera parecía ofendida. De algún modo sabía que no podía dejarla de ningún otro modo, que algunas cosas no deben condimentarse para que resulten más fáciles de tragar.

Alex fue a coger el picaporte, pero ella lo detuvo poniéndole una mano en la muñeca.

—Espera —le dijo—. Una cosa más.

Aunque ya no lo tocaba, la piel de la muñeca le cosquilleaba de ansia. Aquello iba de mal en peor, pensó con desesperación: el anhelo amenazaba con apoderarse por completo de él.

—De ahora en adelante nunca volveré a mencionar esto —le dijo Zoë—, ni volveré a hablarte de mis sentimientos, ni intentaré siquiera que seamos amigos. A cambio, quiero un favor.

—La gatera —dijo Alex resignado.

Ella negó con la cabeza.

—Quiero que me beses. Una sola vez.

—¿Qué? No. —Estaba horrorizado—. No.

—Me debes un favor.

—¿Por qué demonios quieres eso?

Zoë no parecía dispuesta a rendirse.

—Solo quiero saber cómo es.

—Ya te besé una vez. Aquí mismo.

—Esa no cuenta. Te estabas conteniendo.

—Tú querías que me contuviera —le aseguró él, forzadamente.

—No, no quería.

—Maldita sea, Zoë, eso no va a cambiar nada.

—Ya lo sé. No espero que cambie nada. —Estaba prácticamente temblando de nerviosismo—. Lo quiero simplemente como una especie de... *amuse-bouche*.

—¿Qué es un *amuse-bouche*? —le preguntó, temeroso de la respuesta.

—Es un término francés para un detalle que el camarero te sirve de parte del chef al principio de una comida. No lo pides ni lo pagas, simplemente... te lo dan. —Como él guardaba silencio, pasmado, añadió—: La traducción sería algo como «para complacer el paladar».

La mirada de Alex era torva.

—Si quieres un favor mío, va a tener que ver con las molduras del techo o con que añada ojos de buey. Complacer tu boca es ir demasiado lejos.

—¿Un beso es imposible? ¿Veinte segundos con los labios sobre los míos te asustan tanto?

—¿Ahora vas a cronometrarlo? —dijo él con sorna.

—No voy a cronometrarlo —protestó ella—. No era más que una sugerencia.

—Bueno, olvídalo.

Parecía ofendida.

—No entiendo por qué estás enfadado.

—Estoy furioso. Los dos sabemos que intentas probar algo.

—¿Qué intento probar?

—Quieres asegurarte de que sé a lo que renuncio. Quieres que me arrepienta de no ir por ti.

Zoë abrió la boca para negarlo, pero dudó.

—Si te besara —dijo Alex—, la única razón por la que

lo haría sería para que lamentaras profundamente habérmelo pedido. —La miró con dureza para que se arredrara—. ¿Sigues queriéndolo?

—Sí —respondió de inmediato ella, cerrando los ojos y levantando la cara.

Alex tenía razón, por supuesto. Cualquier tipo de relación entre ambos era una mala idea, por muchas razones. Pero ella seguía queriendo que la besara.

Permaneció con los ojos cerrados, preparada para lo que él quisiera hacerle. Los rodeaba un silencio electrificante. Notó que Alex se acercaba y que la abrazaba con tanta lentitud que tembló de pies a cabeza, como alcanzada por un rayo. Ahí estaba la curiosa sensación que recordaba de antes: la sensación de ser absorbida, tragada, como si él estuviera captándola con los cinco sentidos, como si estuviera sorbiendo cada aliento suyo, cada rubor, cada latido.

Alex le puso una mano en la cara y le levantó la barbilla, resiguiendo con los dedos la frágil mandíbula. Un suave roce en la boca, y otro... besos efímeros que le hincharon los labios. Perdió el equilibrio, pero él la sostuvo contra su cuerpo, evitando que cayera; bajó más la cabeza y le recorrió con la boca la fina piel del cuello. Luego Zoë notó la punta de su lengua en la carótida y le flaquearon las piernas, y le clavó los dedos en los hombros. Despacito, él fue cubriéndola de besos hasta la barbilla mientras con una mano le sostenía la nuca. Finalmente notó la presión de la boca de Alex sobre la suya, mareándola de absouto alivio, con lo que de su garganta salieron gemidos plañideros y le cogió la cabeza entre las manos para que no siguiera besándola... pero el beso se transformó en una risita ahogada y

Alex la miró con una tierna alegría burlona que nunca había visto en él.

—Alex... por favor... —luchó por hablar, entre jadeos.

—Ssss. —Tenía las pestañas bajas sobre unos ojos relucientes en la cara morena. Con manos impacientes le tocó el pelo, el cuerpo, la espalda.

—Quiero... —intentaba decir ella, pero el acaloramiento le impedía pensar. Volvió a intentarlo—: Quiero...

—Sé lo que quieres. —Sonrió fugazmente y agachó nuevamente la cabeza.

Le abrió los labios con los suyos y la besó con la lengua. El beso se volvió más violento, más húmedo, adquirió un ritmo sutilmente erótico. Para su mortificación, Zoë adelantó las caderas, buscando la dureza de Alex. No podía detenerse. Si hubiera podido estar en cualquier otra parte con él, en algún lugar tranquilo y oscuro donde nada los molestara... Los dos alejados del resto del mundo. El placer se intensificó y dejó de pensar. Sensaciones mezcladas con un dulce dolor que parecía proceder de fuera y de dentro al mismo tiempo. Se arqueó febrilmente, intentando apretarse más contra él.

Alex apartó la boca y le sujetó la cabeza contra su pecho.

—Basta —dijo, y parecía agitado—. Zoë... no... quieta.

Ella se estremeció mientras la sujetaba respirando agitadamente contra su pelo. Enlazándole la cintura con los brazos, se permitió una tímida incursión con los dedos en sus bolsillos traseros, mientras los latidos del corazón de Alex se fundían con los suyos. Se sentía como si fuera a hacerse pedazos si él la soltaba.

—Ahora estamos en paz —le oyó susurrar.

Logró asentir con la cara oculta en su pecho.

—No tenía intención de que fuera así. —Le mordisqueó

con suavidad el lóbulo de la oreja—. Quería que te doliera, solo un poco.

—¿Por qué no has hecho que fuera así?

—Simplemente, he sido incapaz —respondió por fin asombrado, tras dudarlo un rato.

La apartó de sí. Zoë hizo un esfuerzo para mirarlo a los ojos y vio que estaba recurriendo a la misma fuerza de voluntad que lo había empujado a dejar de beber. Aquello no volvería a suceder porque él no lo permitiría.

Sonó un temporizador y su agudo sonido le hizo dar un respingo.

Alex sonrió levemente, apartó los ojos y se dio la vuelta.

Zoë se acercó al horno sin mirar atrás. Oyó abrirse y cerrarse la puerta trasera.

Ninguno de los dos había dicho nada.

A veces el silencio era lo más fácil si la única palabra que quedaba por pronunciar era «adiós».

15

Pasó un mes y de algún modo el nuevo rumbo de la vida de Alex aguantó. El fantasma no había esperado aprender nada de Alex durante su asociación forzosa, pero resultó que algo aprendió. Alex tuvo que luchar contra su adicción hora a hora, a veces minuto a minuto, pero era tan testarudo como pueda ser un hombre. Al fantasma le parecía que dejar de beber era bastante similar a saltar al agua y esperar haber aprendido a nadar de algún modo antes de sumergirte.

Alex se distraía con el trabajo, y trabajaba muchísimo. Hacía un trabajo tan meticuloso en la casa de Dream Lake que cualquier maestro carpintero habría estado orgulloso de que se lo atribuyeran. Alex trabajaba hasta muy tarde por la noche lijando, puliendo, tiñendo y pintando. Mientras comía tantas barras de caramelo para inducir un *shock* diabético a una persona normal.

Gracias a la insistencia del fantasma, comía de forma regular a lo largo del día, aunque habría tenido que comer mucho más para compensar el déficit de calorías, dado que estaba acostumbrado a consumir muchas en forma de alcohol.

Alex vio a Zoë en dos ocasiones. Una para recoger muestras de pintura: habían tardado cerca de un minuto y medio y luego él se había ido. La segunda vez, Zoë había ido a la casa para que Alex le enseñara los progresos de la reforma. Él se había comportado con profesionalidad. Ella había estado comedida. Gavin e Isaac, por su parte, se habían quedado tan fascinados por Zoë que ninguno de los dos había clavado ni un clavo hasta que se fue.

Por lo que parecía, la visita de Zoë apenas había afectado a Alex. Sabía levantar un muro y reforzarlo para que nada pudiera atravesarlo. Ella ya no tenía modo de llegar hasta él y seguramente era lo mejor. Aun así, el fantasma no podía dejar de lamentarlo. Alex, por su parte, se negaba a hablar de lo que todavía sentía por Zoë, en caso de que sintiera algo. El tema era tabú.

El fantasma lo entendía.

Una mujer puede hacerte eso: llegar al lugar de tu alma donde está lo mejor y lo peor de ti. Una vez allí, ese lugar es suyo y no lo deja nunca.

Por eso no le había contado a Alex sus recuerdos recién recuperados de Emmaline Stewart, las escenas que se desarrollaban ante él como una película.

Emma era la más joven y vivaracha de las tres hijas de Weston Stewart; un ratón de biblioteca, divertida y lo bastante miope como para tener que usar gafas para leer: unas bonitas gafas de ojo de gato con la montura negra que le encantaba ponerse para fastidiar a Jane, su madre. Emma nunca atraparía a un hombre con aquellas gafas, le había dicho esta, y Emma le había asegurado que usándolas atraparía al hombre adecuado.

El fantasma recordaba haber estado a solas con ella en la casa de Dream Lake, después de compartir un picnic junto al lago. Emma le había leído un artículo que había escrito sobre los institutos de la zona, que habían prohibido a las chicas que se pintaran la cara, refiriéndose al uso de pintalabios, colorete o maquillaje en polvo. Las alumnas del condado de Whatcom se habían opuesto a la norma, y Emma había entrevistado a los directores de tres centros distintos acerca de la controversia.

«El uso de lápiz de labios da al traste con la primera barrera para la naturaleza de una chica —había citado Emma a uno de los directores, con los ojos relucientes de regocijo detrás de los cristales de las gafas—. Luego vendrán los cigarrillos, después el licor y al final se cometerán actos innombrables.»

—¿Qué clase de actos innombrables? —le había preguntado él, besándole la mejilla, el cuello, la suave y minúscula zona de detrás de la oreja.

—Ya lo sabes.

—No. Descríbeme uno.

Emma soltado una tremenda carcajada.

—No.

Él había insistido, sin embargo, besándola y burlándose, intentando atraerla hacia sí tirando de sus manos. Ella había reído y fingido oponerse, sabiendo cómo despertar su deseo.

—Dime solo qué partes del cuerpo están implicadas —le había dicho y, cuando ella se había seguido negando, le había hecho sugerencias acerca de qué podía constituir un acto innombrable.

—Diciendo cochinadas no conseguirás nada —le había dicho ella remilgada.

Él había sonreído.

—Ya he conseguido pasar de los cuatro primeros botones de tu blusa.

Emma se había puesto colorada y se había quedado quieta mientras él le susurraba, desabrochándole todos los botoncitos...

El recuerdo de la intimidad física con Emma era embriagador. El deseo y el placer que un alma podía experimentar eran mucho más intensos y profundos que la mera sensación física.

El día en que volvería a verla se acercaba, pero atemperaba la viva expectativa la sensación de que algo no estaba bien, de que había algo que necesitaba saber y debía corregir. Agradecía el tiempo que Alex pasaba en la casa del lago, que le habían aportado bastantes hilos de telaraña para tejer con ellos uno o dos recuerdos. Sin embargo, con eso no le bastaba. Le hacía falta volver a Rainshadow Road: allí había sucedido algo que tenía que recordar.

Tras revisar el almacén donde ella y Justine guardaban piezas de mobiliario desparejadas, cuadros enmarcados y otras cosas para las que no habían encontrado ningún uso, Zoë había reunido una colección de objetos para la casa de Dream Lake. Entre ellos había unas taquillas metálicas antiguas de bolera con cada puerta cuadrada pintada de un color diferente, un reloj de pared en forma de taza de café y una estructura de cama victoriana verde azulada de hierro forjado. También había conseguido varios muebles del antiguo apartamento de Emma que habían sido enviados a Friday Harbor: cosas como un conjunto de sillas de cuero, una mesa hecha con un baúl de mimbre y una colección de teteras que expondría en una librería empotrada. La mezcla extravagante quedaría bien en las líneas limpias de la casa reformada y Zoë sabía que a su abuela siempre le habían gustado los toques banales a su alrededor.

Hacía seis semanas que Alex había empezado a reformar la casa. Fiel a su palabra, la cocina estaba terminada, así como el dormitorio principal y el baño. Como el suelo original había resultado estar demasiado estropeado, Zoë había permitido que Alex instalara uno laminado de arce, de un tono miel, y tenía que admitir que quedaba muy bonito y sorprendentemente natural. Faltaban por terminar el segundo dormitorio y el aseo, y el garaje todavía estaba por empezar, lo que significaba que Alex pasaría tiempo en la casa una vez que Zoë y Emma se hubieran mudado a ella. Zoë no estaba segura de qué le parecía eso. Las últimas veces que lo había visto, la tensión de la mutua incomodidad los había hecho comportarse con torpeza.

Alex parecía más saludable, más descansado, y ya no tenía ojeras. Pero sus contadas sonrisas habían sido tan afiladas como la hoja de un cuchillo y en la boca se le notaba la amargura de un hombre que sabe que nunca tendrá lo que realmente quiere. Su distanciamiento no habría molestado tanto a Zoë de no haber visto su otra cara.

Con ayuda de Justine, Zoë iba pasar un par de días dejando lista la casa con platos, ropa de cama, cuadros y otras cosas para hacerla acogedora. Luego iría a Everett a recoger a su abuela para llevarla a la isla.

Las enfermeras de Emma la habían ido poniendo al corriente acerca de la terapia física y la medicación que le daban. También le habían advertido que Emma había empezado a mostrar síntomas de agitación nocturna, lo que significaba que a última hora de la tarde o por la noche podía estar agitada y preguntar cosas repetidamente con más frecuencia de la usual.

Durante el curso de varias conversaciones, Colette Lin, la asistenta social, había ayudado a Zoë a entender qué podía esperar en un futuro: que cuando Emma perdiera una capacidad, no era probable que la recuperara; que tendría dificultades para secuenciar y haría las cosas en el orden incorrecto, hasta que algo tan sencillo como preparar una cafetera o hacer la colada le resultaría imposible. Al final, su estado se deterioraría hasta el punto en que empezaría a vagar de un lado a otro y a perderse. Entonces habría que internarla en una institución cerrada por su propia seguridad.

Costaba descifrar el humor de Emma, sobre todo por teléfono, pero parecía estar afrontando su enfermedad con la misma mezcla de pragmatismo y sentido del humor que había demostrado toda su vida. «Di a todo el mundo que mi demencia es de inicio temprano —le dijo a Zoë con una risita traviesa—. Así creerán que soy más joven.» En otra ocasión le soltó: «Todas las noches, prepares lo que prepares para cenar, dime que es mi plato favorito. No me acordaré de si lo es o no.» Cuando Zoë le había dicho a Emma que había encontrado una enfermera para que la cuidara en casa por las mañanas, mientras ella estuviera trabajando, Emma se había limitado a preguntarle: «¿Sabe hacer la manicura?»

—Sé que en el fondo tiene que estar asustada —le dijo Zoë a Justine la noche antes de que empezaran el traslado a la casa del lago—. Es como si la estuvieran deshaciendo a trocitos y nadie puede hacer nada para detener el proceso.

—Pero sabe que estará segura. Sabe que tú estarás a su lado.

—Ahora lo sabe. —Zoë se puso a acariciar a *Byron*, que acababa de acurrucarse en su regazo—. Pero puede que no siempre lo sepa.

Después de ofrecerle una copa de vino a Zoë, Justine sirvió otra y se sentó en el otro extremo del sofá.

—Es extraño, cuando lo piensas —dijo—. Cuando piensas en lo que eres, quitando los recuerdos y los deseos.

—No eres nada... —sugirió Zoë.

—No. Eres un alma. Un alma que viaja... y la vida en este mundo no es más que parte de ese viaje.

—¿Qué crees que sucede cuando morimos?

—Según mi familia, o al menos de mi familia materna, algunas almas son lo bastante afortunadas como para subir a la suprema fuerza vital. El cielo o como te guste llamarlo. —Justine cruzó las piernas y se puso más cómoda en la esquina del sofá—. Pero otras almas, que han cometido errores durante su vida terrenal, tienen que ir a una especie de zona de espera.

—¿Qué clase de zona de espera?

—No estoy segura. Pero es su ocasión para entender lo que han hecho mal y aprender de sus errores. El aquelarre lo llama Summerland.

Byron se enroscó sombre sí mismo en el regazo de Zoë y se puso a ronronear. Zoë tomó un sorbo de vino y estudió a su prima con una sonrisa perpleja.

—¿Acabas de referirte a un aquelarre? ¿Uno de los de brujería?

—¡Oh! ¡No es más que una broma de mi madre y sus amigas! —dijo Justine, quitándole importancia con un gesto de la mano—. Llamaban a su grupo un aquelarre para siempre. Incluso le pusieron nombre: El círculo de cristal.

—¿Tú formabas parte de él?

Justine ahogó una risita.

—¿Me has visto alguna vez montada en el palo de una escoba?

—Ni siquiera te he visto pasar la aspiradora. —Zoë sonrió con los labios en la copa, pero levantó la cabeza en cuanto se le ocurrió algo—: ¿Qué me dices de esa vieja escoba que hay en tu armario?

—Mi madre me la dio: un elemento rústico de decoración. Me gusta guardarla con la ropa porque huele a canela. —Puso una mueca cómica cuando vio la expresión de Zoë—. ¿Qué?

—¿Cómo se llama una persona que abandona su religión?

—No practicante.

—Me parece que tú debes de ser una bruja no practicante.

Aunque Zoë lo dijo en broma, Justine la miró de un modo extrañamente penetrante antes de preguntarle con una sonrisa:

—¿Supondría para ti alguna diferencia si lo fuera?

—Pues sí. Querría que lanzaras un hechizo para que mi abuela mejorara.

La expresión de la cara de su prima se dulcificó.

—Me temo que los hechizos no pueden sacarla del camino que lleva. Si lo intentara, las cosas solo empeorarían. —Estiró una larga pierna y frotó el pelaje de *Byron* con el pie—. Todo lo que puedo hacer es ser vuestra amiga —dijo—. Valga eso lo que valga.

—Vale muchísimo.

A la mañana siguiente, después de preparar el desayuno en la posada, Zoë llamó a Emma.

—¿Qué crees que voy a hacer hoy? —le preguntó alegremente.

—Vienes a verme —aventuró su abuela.

—Casi. Hoy y mañana estaré ocupada dejando lista la casa y, pasado mañana, tú y yo nos mudaremos a ella juntas. Como en los viejos tiempos.

—Ven a buscarme ahora y te ayudaré.

Zoë sonrió. Sabía que aunque su oferta era sincera, Emma no sería de ninguna utilidad.

—No puedo cambiar mi programa —le dijo—. Justine

y yo ya lo hemos programado todo. Su novio, Duane, vendrá a ayudarnos y...

—¿El tipo de la banda de moteros?

—Bueno, de hecho no es una banda, es una hermandad de moteros.

—Las motos son ruidosas y peligrosas. No me gustan quienes las conducen.

—A nosotras nos gustan los que tienen unos buenos músculos para ayudarnos a trasladar muebles.

—¿Duane es el único que os ayuda? Esas sillas de cuero son muy pesadas.

—No, Alex también estará allí.

—¿Quién es?

—El contratista. Tiene una furgoneta con remolque.

—¿También tiene unos buenos músculos? —le preguntó su abuela con regocijo.

—Upsie —la reprendió Zoë, notando que se ruborizaba al recordar la dureza del cuerpo de Alex contra el suyo—. Sí, de hecho, los tiene.

—¿Es atractivo?

—Mucho.

—¿Está casado?

—Divorciado.

—¿Por qué se divorció?

—No te hagas ideas —le dijo Zoë riendo—. Por ahora no me interesa una vida amorosa. Quiero dedicarme a cuidar de ti.

—Me gustaría que encontraras a un buen hombre antes de morirme —dijo Emma, melancólica.

—Entonces será mejor que te lo tomes con calma porque voy a tardar bastante. —Oyó abrirse la puerta trasera de la cocina y se dio la vuelta. Alex entraba. Le sonrió y se le aceleró el pulso.

—¿Cuándo vendrás a buscarme? —le preguntó Emma.

—Pasado mañana.

Su abuela parecía perturbada.

—¿Ya te lo había preguntado?

—Sí —le dijo Zoë con dulzura—. No pasa nada. —Con el rabillo del ojo vio que Alex miraba una bandeja de bollos que había en la encimera y le indicó por gestos que cogiera uno. Él obedeció sin dudarlo un instante. Zoë fue a servirle café mientras decía por teléfono—: Será mejor que me ponga a trabajar.

Sin embargo aquel error sin importancia había puesto ansiosa a Emma.

—Llegará el día en que te miraré y pensaré: «Esta es la chica que me prepara la cena», y no sabré que eres mi nieta —dijo.

Al oír aquello se le hizo un nudo en el pecho a Zoë. Tragó con esfuerzo y sirvió un poco de nata en el café de Alex.

—Yo seguiré sabiendo quién eres —le respondió—. Seguiré queriéndote.

—Eso es espantosamente unidireccional. ¿Para qué sirve una abuela que no se acuerda de nada?

—Para mí eres algo más que tus recuerdos. —Zoë le dedicó una mirada de disculpa a Alex, sabiendo lo que le molestaba que le hicieran esperar, pero parecía relajado y paciente. Se estaba comiendo el bollo sin mirarla.

—No seré yo misma —dijo Emma.

—Seguirás siendo tú. Solo te hará falta un poco más de ayuda. Estaré a tu lado para recordarte las cosas.

Como su abuela no decía nada, Zoë fue quien habló.

—Tengo que dejarte, Upsie. Te llamaré más tarde. Mientras, será mejor que empieces a hacer el equipaje. Vendré a buscarte pasado mañana.

—Pasado mañana —repitió su abuela—. Adiós, Zoë.

—Adiós. Te quiero.

Zoë dio por acabada la conversación, se metió el móvil en el bolsillo, echó azúcar en el café de Alex y se lo tendió.

—Gracias. —Su expresión era indescifrable cuando la miró.

Zoë tenía un nudo en la garganta tan apretado que no estaba segura de poder hablar.

Como si lo comprendiera, Alex llenó el silencio.

—Ya he cargado las cajas en la furgoneta. Os llevaré a ti y a Justine a la casa y puedes ponerte a ordenar la vajilla y los libros y esas cosas. Cuando llegue Duane, engancharemos el tráiler y trasladaremos los muebles desde el almacén—. Calló para tomar un sorbo de café y aprovechó para echarle un fugaz vistazo.

Zoë se había puesto unos vaqueros, una camiseta ancha y un par de zapatillas de deporte. A diferencia de Justine, flaca y esbelta se pusiera lo que se pusiese, Zoë no tenía el tipo adecuado para la ropa holgada. Para una mujer con un pecho y una cadera como los suyos, todo lo que no fuera ceñido era poco favorecedor.

—Con esto parezco rechoncha —dijo, e inmediatamente se enfadó consigo misma—. Olvida lo que acabo de decirte —le dijo antes de que él tuviera tiempo de responderle—. No busco cumplidos. Es que me siento insegura... en todos los aspectos.

—Es normal que te sientas así, afrontando como estás haciendo un montón de retos. Pero yo nunca te habría llamado «regordeta». —Apuró la taza de café y la dejó—. Si necesitas un cumplido... eres una cocinera estupenda.

—¿Puedes hacerme alguno que no tenga que ver con mi manera de cocinar? —le rogó.

Alex tenía ganas de sonreír, Zoë vio cómo se le elevaban las comisuras de la boca.

—Eres la persona más amable que he conocido jamás —le dijo al cabo de un momento y, antes de que Zoë se recuperara, fue hacia la puerta—. Coge el bolso —le dijo en tono distraído—. Te llevo a Dream Lake.

La casa de Dream Lake estaba impecable y era luminosa y hermosa. Las nuevas hileras de ventanas destellaban al sol. Olía agradablemente a pintura y madera lijada.

Entraron las cajas y Alex llevó dos pesados cajones de platos a la nueva isla de la cocina. Yendo tras él, Zoë se quedó sorprendida cuando vio la antigua mesa de cocina con las sillas recién cromadas y tapizadas de vinilo azul verdoso muy parecido al original. Dejó la caja que sostenía y se quedó mirando el conjunto, asombrada.

—Lo has restaurado —dijo, pasando los dedos por la brillante superficie blanca del tablero de la mesa.

Alex se encogió de hombros.

—Le he dado unos toques de pintura cromada, nada más.

No se dejó engañar por su despreocupación.

—Has hecho mucho más que eso.

—Le he dedicado un poco de tiempo de vez en cuando; me hacía falta distraerme. No tienes por qué usarlo. Si quieres, lo vendes y con el dinero te compras otro conjunto.

—No. Este me encanta. Es perfecto.

—Combina con tus taquillas de bolera —convino él.

Zoë sonrió.

—¿Te estás burlando de mi estilo de decoración?

—No. Me gusta. —Vio su expresión dudosa y añadió—: De veras. Es muy mono.

Ella siguió sonriendo.

—Supongo que tienes mucho gusto decorando.

—Tengo un estilo impersonal. Darcy solía decir que nadie sería capaz de deducir nada acerca de nosotros dos viendo nuestra casa. Creo que me gustaba así.

Zoë vio un par de objetos en el centro de la mesa y cogió uno. Era un pequeña correa de plástico con hebilla y algo que parecía un transmisor en miniatura.

—¿Qué es?

—Es para el gato. —Cogió el otro objeto de la mesa, un pequeño control remoto de algún tipo, se lo enseñó—. Va con esto.

Ella sacudió la cabeza, perpleja.

—Gracias, pero... *Byron* no necesita un collar de descargas.

Alex sonrió brevemente al oír aquello.

—No es un collar de descargas. —Sujetándola por los hombros, la dirigió hacia la puerta que daba al patio trasero—. Es para esto.

Había instalado un cuadradito de plexiglás en un marco, en la pared, al lado de la puerta. Alex pulsó un botón del control remoto y el panel transparente se deslizó hacia arriba con un susurro suave.

Zoë se quedó con la boca abierta.

—¿Has... has instalado la gatera?

—El collar la activará automáticamente, pero solo cuando Byron se acerque a ella directamente. Así no podrá entrar ningún otro animal, incluidas las arañas. —Puesto que Zoë no decía nada, añadió—: Es un regalo. He supuesto que estarías lo suficientemente ocupada con tu abuela para encima tener que ir a abrirle la puerta al gato una docena de veces. —Señaló hacia una nota adhesiva pegada al mueble de al lado—. Aquí están las instrucciones de uso. El manual está en... —Se calló cuando Zoë se le acercó. Instintivamente, la agarró por las muñecas antes de que pudiera echársele al cuello. El control remoto cayó al suelo.

—Solo iba a abrazarte —dijo Zoë sofocando la risa. Ningún regalo le había gustado tanto como aquel. Estaba demasiado encantada para ser precavida.

Alex le sujetaba las muñecas sin brusquedad pero con firmeza. Tenía la cara tensa, la expresión sombría, como si se encontrara en peligro mortal.

—Un abrazo —le susurró ella sonriendo.

Alex sacudió ligeramente la cabeza.

Zoë observó, fascinada, cómo el rubor le teñía las mejillas y el puente de la nariz. Vio cómo le vibraba la garganta al tragar. ¡Qué extraordinarios eran sus ojos, con estrías en el iris azul grisáceo como rayos de luz de las estrellas! La miraba como si quisiera devorarla y, en lugar de ponerse nerviosa, notó una excitación vertiginosa.

Como seguía sujetándola por los brazos, se puso de puntillas y se inclinó más hacia él, hasta apoyar los labios en su boca con dulzura. Permitió que siguiera sujetándoles las muñecas, comprendiendo que él libraba una batalla interior. Supo en qué momento se dio por vencido. Lentamente le llevó las manos hacia atrás y se las apretó en la base de la espalda hasta que elevó el pecho. La besó en la boca. La sostuvo de modo que a ella le resultaba imposible moverse: solo podía responderle con la boca, pegando mucho los labios a los de él.

Sin dejar de besarla, le soltó las muñecas y le puso las manos en las mejillas. Parecía decidido a atraer cualquier sensación y hacerla durar para siempre. Nada era racional, no había espacio para pensar. Solo lo había para sentir. Solo lo había para desear. Zoë metió las manos debajo de la camiseta de Alex para sentir en las palmas la piel de su espalda. Se las pasó despacio por la musculatura de ambos lados de la columna. Él reaccionó con un leve gruñido, la empujó contra el borde de la encimera de madera y le levantó la parte delantera de la camiseta. Respiraba con agitación, pero sus manos fueron delicadas con sus pechos, acariciándoselos y apretándoselos mientras la besaba profundamente. Deslizó los dedos por debajo del borde superior del sujetador y le frotó con los nudillos el sensible pezón. La carne tierna se endureció y Zoë notó el dulce dolor de aquel contacto. Alex le pellizcó el pezón y tiró de él con suavidad, hasta que el placer la hizo retorcerse. Intentó desesperadamente pegarse más a él, poniéndose de puntillas mientras él la besaba como si estuviera bebiendo de su boca.

Alguien abrió la puerta principal.

Demasiado sobresaltada para reaccionar, Zoë notó que Alex le bajaba la camiseta de un tirón. Agarró una caja de la isla de la cocina y la llevó hasta la encimera, cerca del fregadero.

—Ya estamos aquí —anunció Justine, entrando en la casa con una caja en los brazos—. Duane viene detrás. ¡Caray! ¡Mira! ¡Esto es fantástico!

A Zoë le costaba pensar más allá de la nube de calor que como en sueños la rodeaba.

—¿Verdad que es bonita? —preguntó, sintiéndose como mareada y poco firme mientras recogía el control remoto del suelo.

—Es bonita y una gran inversión —repuso Justine—. No tendré ningún problema para alquilarla cuando deba hacerlo. Buen trabajo, Alex.

—Gracias —murmuró él, abriendo la caja con una navaja.

—¿Ya te has quedado sin aire, vejestorio? —le preguntó Justine sonriente—. Menos mal que ha venido Duane para ayudarte a levantar lo más pesado.

—Mira esto, Justine —dijo Zoë antes de que Alex pudiera decir ni pío—. Alex ha instalado una puerta especial para *Byron*.

Estuvieron admirando debidamente la puerta electrónica para la mascota mientras Duane entraba en la casa con otro par de cajas.

Duane era un buenazo que asistía a su iglesia de moteros con regularidad. Tendía a ser impulsivo y escandaloso, pero era leal con sus amigos y siempre estaba dispuesto a ayudar a quien lo necesitara. Tenía un aspecto que intimidaba, con unos brazos musculosos que llenaban a reventar sus chaquetas de cuero, tatuados de la muñeca al hombro, y patillas negras en forma de bota. Zoë había tardado cierto tiempo en sentirse cómoda estando él cerca, pero por lo que parecía adoraba a Justine, con quien había salido casi un año.

—No soy de las que se enamoran —le había dicho en una ocasión Justine alegremente cuando Zoë le había preguntado si su relación con Duane podía convertirse en algo permanente.

—¿Quieres decir que temes enamorarte o que Duane tiene algo que...?

—¡No temo enamorarme! Y Duane es estupendo. Sencillamente, no quiero amar a nadie.

—Si tú eres muy cariñosa —había argüido Zoë.

—Con los amigos y con la familia, sí. Pero no puedo amar a alguien del modo romántico al que tú te refieres.

—Tienes relaciones sexuales, sin embargo —le había dicho Zoë, perpleja.

—Sí, claro. Las relaciones sin amor son posibles, ¿no los sabías?

—No estaría mal que algún día probaras las dos cosas al mismo tiempo —le había dicho Zoë con nostalgia.

Fueron entrando más cajas, incluidas las que contenían las cosas de Emma. Cuando Alex y Duane se fueron a buscar los muebles del almacén, Justine y Zoë desembalaron zapatos y bolsos. Los pusieron en el zapatero y los estantes del armario del dormitorio principal.

—No recuerdo que hubiera todos estos elementos empotrados en la factura —comentó Justine—. Parece que Alex ha estado haciendo algunos trabajos extra. ¿Le has pagado tú algo aparte?

—No. Lo ha hecho sin siquiera preguntar —dijo Zoë—. Quiere que la casa sea verdaderamente cómoda para Emma.

Justine sonrió son regocijo.

—No creo que haya hecho todo esto para Emma precisamente. ¿Hay algo entre tú y el iceberg humano?

—No, nada de nada —negó Zoë categóricamente.

Justine arqueó las cejas.

—Te habría creído si me hubieras dicho que «algún que otro flirteo» o «nos estamos haciendo amigos», pero... ¿«nada de nada»?, ni hablar, no me lo trago. He visto cómo te mira cuando cree que nadie se da cuenta.

—¿Cómo?

—Como un escalador hambriento que acaba de ser rescatado tras tres días sin alimentos y tú fueras un pastel de crema.

—No quiero hablar de esto.

—Vale. —Justine siguió ordenando zapatos.

—La cosa no va a pasar de los besos. Lo ha dejado muy claro —saltó Zoë al cabo de un momento.

—Me alegro de oírlo, porque ya sabes lo que opino. —Abrió otra caja.

—Es mejor hombre de lo que tú crees —no pudo evitar decirle Zoë—. Es mejor hombre de lo que él cree que es.

—No lo hagas, Zoë.

—¿A qué te refieres?

—Lo sabes perfectamente. Te estás planteando hacerlo y buscas cualquier cosa para justificar tu atracción por los hombres emocionalmente inabordables.

—El otro día me dijiste que tú eras emocionalmente inabordable para los hombres. ¿Quiere decir eso que nadie debería acostarse contigo?

—No. Significa que solo determinado tipo de hombre puede acostarse conmigo o va a salir mal parado y que, si le pasa, es por su culpa.

—Muy bien. Si yo salgo mal parada por liarme con Alex o con quien sea, no te pediré que me compadezcas.

El tono irritado de Zoë sorprendió a Justine, que la miró con curiosidad.

—¡Eh, que yo estoy de tu parte!

—Ya lo sé, y estoy bastante segura de que tienes razón, pero sigue pareciéndome que intentas darme órdenes.

Justine iba sacando zapatos de la caja.

—De todos modos no importa —dijo al cabo de un momento—. Vas a estar muy ocupada con Emma, así que no tendrás tiempo para tontear con Alex.

Más tarde, Duane y Alex transportaron los muebles y los colchones al interior de la casa y colocaron varias piezas allí donde les indicó Zoë. El sol estaba ya bajo cuando el trabajo duro estuvo hecho. Ya solo quedaba colocar algunas cosas pequeñas en su lugar, cosa que Zoë podría hacer al día siguiente.

Alex llevó el maniquí de modista de Zoë al dormitorio pequeño, que estaba todavía sin pintar, y quitó la sábana que lo cubría. Estaba completamente cubierto de un sinfín de broches de cristal, piedras semipreciosas, esmalte o laca.

—¿Dónde lo quieres?

—En esa esquina está bien. —Había dejado la mayor

parte de su colección de broches en el maniquí y solo había quitado una media docena, los de más valor. Los sacó del bolso y fue a clavarlos con los demás.

—Siento que esta habitación no esté terminada todavía. —Miró a su alrededor con el ceño fruncido. La moqueta era nueva, pero había que repintar y cambiar las lámparas viejas. Aunque ya estaba instalado el marco de un nuevo armario empotrado que iba de pared a pared, no tenía puertas y faltaba enlucirlo.

—Has hecho una cantidad de trabajo asombrosa —le dijo Zoë—. Lo más importante eran la cocina y el dormitorio de mi abuela, y son preciosos. —Observando atentamente el maniquí, clavó un broche en un hueco—. Tendré que dejar de coleccionarlos o conseguir otro maniquí.

Alex estaba de pie a su lado, mirando todas aquellas joyas.

—¿Cuándo empezaste la colección?

—Cuando tenía dieciséis años. Mi abuela me regaló este por mi cumpleaños —le enseñó una flor de pequeños cristales—. Me compré este para celebrar mi graduación en la escuela de cocina. —Sostuvo en alto un broche de esmalte en forma de langosta con las antenas de oro antes de clavarlo en el pecho del maniquí.

—¿Y este? —le preguntó Alex mirando un antiguo camafeo de marfil antiguo con el borde de oro.

—Fue el regalo de boda de Chris. —Sonrió—. Me dijo que si posees un camafeo durante siete años, se convierte en un amuleto.

—Mereces un poco de suerte.

—Me parece que la gente no siempre sabe cuando le está ocurriendo algo afortunado, que solo se da cuenta después. Mi divorcio de Chris, por ejemplo, ha resultado ser lo mejor para los dos.

—Eso no es suerte. Eso es recuperar la libertad tras cometer una equivocación.

Zoë le hizo una mueca.

—Intento no plantearme el matrimonio como un error, sino como algo que el destino puso en mi camino para ayudarme a aprender y crecer.

—¿Qué has aprendido? —le preguntó él con un brillo burlón en los ojos.

—A ser más indulgente. A ser más independiente.

—¿No te parece que podrías haberlo aprendido sin que un poder superior te hiciera pasar por un divorcio?

—Seguramente tú ni siquiera crees en la existencia de un poder superior.

Alex se encogió de hombros.

—El existencialismo siempre ha tenido para mí mucho más sentido que el destino, Dios o la suerte.

—Nunca he sabido exactamente en qué consiste el existencialismo —le confesó ella.

—En saber que el mundo es una locura sin sentido y que debes encontrar tu propia verdad, tu propio sentido, porque nada más lo tiene. No hay poder superior sino solo seres humanos a trompicones por la vida.

—Pero... ¿te hace más feliz no tener fe? —le preguntó ella sin convicción.

—Para los existencialistas, uno solo puede ser feliz si logra vivir en un estado de negación de lo absurdo de la existencia humana. Así que... la felicidad queda fuera de la ecuación.

—Eso es espantoso —dijo Zoë riendo—. Y demasiado profundo para mí. Me gustan las cosas de las que puedo estar segura, como las recetas. Sé que la cantidad justa de levadura hace que el pastel suba, que los huevos dan cohesión a los demás ingredientes y que la vida es básicamente buena, como la mayoría de la gente, y que el chocolate es la prueba de que Dios quiere nuestra felicidad. ¿Lo ves? Mi cerebro trabaja al nivel más superficial de todos.

—Me gusta como trabaja tu mente. —La miró a los ojos y en los suyos hubo un destello de pasión—. Llámame si tienes algún problema —le dijo—. Si no me llamas, nos veremos dentro de un par de días.

—Ni se me ocurriría molestarte en tu tiempo libre. Has estado trabajando prácticamente sin parar desde que empezaste con el proyecto.

—Trabajar no es tan duro cuando me pagan bien.

—De todos modos, te lo agradezco.

—Vendré el lunes. De ahora en adelante, no empezaré a trabajar hasta las diez de la mañana, para que tu abuela tenga tiempo de levantarse y desayunar antes de que empiece el ruido.

—¿Vendrán contigo Gavin e Isaac?

—No. La primera semana, solo yo. No quiero apabullar a Emma con demasiadas caras nuevas.

A Zoë la conmovió y la sorprendió un poco que Alex hubiera tenido tan en cuenta los sentimientos de su abuela.

—¿Qué harás este fin de semana? —le preguntó, obligándolo a detenerse en el umbral.

La miró con los ojos opacos.

—Viene Darcy. Quiere arreglar la casa para que se venda más rápido.

—¿No habías dicho que era impersonal? ¿No es el objetivo de arreglarla que lo sea?

—Por lo visto, no siempre. Darcy se trae a un experto. En teoría hay que llenar la casa de colores y objetos que hagan que el comprador potencial conecte emocionalmente con ella.

—¿Crees que funcionará?

Alex se encogió de hombros.

—Opine lo que opine yo, la casa es de Darcy.

Así que Alex iba a pasar parte del fin de semana, si no todo, en compañía de su ex. Zoë recordó que una vez le había dicho que él y Darcy se habían acostado tras el divorcio por pura conveniencia. Probablemente volvería a hacerlo, se dijo, deprimida. No había razón para que Alex rechazara una oferta de sexo si Darcy estaba dispuesta a hacérsela.

A lo mejor no estaba deprimida. Se sentía peor que deprimida. Se sentía como si hubiera hecho un pastel de fruta envenenada y se lo hubiera comido entero.

No. Definitivamente aquello no era depresión. Aquello eran celos.

Intentó sonreír a pesar de lo que sentía, como si no le importara. La boca le dolió.

—Buen fin de semana —logró decirle.

—Lo mismo digo. —Se marchó.

Siempre se iba sin mirar atrás, pensó Zoë, y pinchó otro broche en el reluciente maniquí.

—¿De qué iba todo ese rollo? —le preguntó el fantasma con hosquedad, caminando a su lado—. Existencialismo... la vida no tiene sentido... No puedes creer todo eso de verdad.

—Sí que lo creo. Y deja de escuchar todo lo que digo.

—No lo haría si tuviera otra cosa que hacer. —Lo miró con mala cara—. Mírate. Te acecha un espíritu. Eso es lo más poco existencialista que puedas echarte en cara. El hecho de que esté contigo significa que no todo acaba con la muerte y también que alguien o algo me puso en tu vida por alguna razón.

—A lo mejor no eres un espíritu —murmuró Alex—. Puedes ser un producto de mi imaginación.

—No tienes imaginación.

—A lo mejor eres un síntoma de depresión.

—Entonces ¿por qué no tomas Prozac, a ver si desaparezco?

Alex se detuvo junto a la puerta de la furgoneta y miró al fantasma meditabundo, con el ceño fruncido.

—Porque no quieres —dijo por fin—. Estoy atado a ti.

—Pues no eres un existencialista. No eres más que un gilipollas —le dijo el fantasma con aire de suficiencia.

16

—Tienes buen aspecto —fue lo primero que Darcy dijo cuando Alex le abrió la puerta. Parecía un tanto sorprendida, como si hubiera esperado encontrarlo tumbado entre un montón de botellas vacías de jarabe para la tos y cosas para drogarse.

—Tú también —repuso Alex.

Darcy vivía y se vestía como si fuera la protagonista de una revista de moda, lista para que la fotografiaran desde todos los ángulos. Externamente era un modelo de maquillaje y elegancia. Llevaba la blusa desabotonada un poco más de lo necesario, el pelo planchado y marcado con manos hábiles. Si tenía algún objetivo más profundo que conseguir dinero por cualquier medio, nunca se lo había dicho. Alex no se lo reprochaba. Sabía perfectamente que volvería a casarse pronto, con algún hombre rico y bien relacionado de quien al final cosecharía un acuerdo de divorcio más que generoso. Alex tampoco se lo reprochaba. Ella nunca había fingido ser lo que no era.

Darcy le presentó a la decoradora e intercambiaron las

cortesías de rigor. Era una mujer muy maquillada de edad indefinida, con el pelo escalonado y tieso de laca. Se llamaba Amanda. Darcy y la decoradora recorrieron la casa apenas amueblada, haciéndole de vez en cuando preguntas a Alex que lo obligaron a seguir su estela. Todo estaba escrupulosamente limpio, la pintura de las paredes retocada, la iluminación y las cañerías en perfecto estado y el jardín pulcro, con una capa nueva de mantillo.

Darcy había dejado un bolso de viaje Vuitton en la entrada. Alex lo miró y frunció el ceño, porque esperaba que ella no se quedara cuando se fuera la decoradora. La perspectiva de tener que hablar con su ex le resultaba deprimente. Se habían quedado sin nada que decirse incluso antes de divorciarse.

La perspectiva de acostarse con ella era incluso más deprimente. Daba igual que su cuerpo estuviera pidiéndole una alegría, daba igual que Darcy fuera atractiva y estuviera dispuesta... Eso no iba a suceder, porque el problema de haber probado algo nuevo e increíble es que no puedes volver a obtener el mismo placer de lo que antes solía gustarte. No puedes borrar la conciencia de que en alguna parte hay una experiencia mejor que la que estás teniendo. Sabes que te estás comiendo un producto de bollería industrial después de haber probado un esponjoso y tierno pastel casero recubierto de glaseado crujiente, abierto por la mitad y untado con miel.

—Tienes que decírselo a Darcy antes de que decida quedarse —le dijo el fantasma, inclinándose hacia él.

—¿Decirle qué?

—Que no vas a acostarte con ella.

—¿Por qué piensas que no lo haré?

El fantasma tuvo el descaro de sonreír.

—Porque estás mirando esa bolsa como si estuviera llena de cobras vivas. —Su sonrisa se suavizó—. Y Darcy no encaja en el camino que has tomado.

El fantasma había estado de un humor extraño los últimos días, preocupado, impaciente y sintiendo casi siempre la alegría abrasadora de saber que vería a Emma pronto. Ponía nervioso a Alex estar en el vórtice de esas emociones tan intensas, porque ya tenía bastante con mantener las suyas a raya. Seguramente lo que más echaba de menos de beber era cómo lo anestesiaba de esa agitación emocional.

Alex apreciaba que el fantasma hubiera hecho un esfuerzo para dejarle tanto espacio como era posible, intentando no entrometerse. El comentario que acababa de hacerle sobre Darcy era la única cosa con intención vagamente manipuladora que le había dicho desde hacía días. No había dicho ni una palabra acerca del modo en que había besado a Zoë en la casa del lago. De hecho, había fingido no darse cuenta. Por su parte, Alex había intentado con toda el alma olvidarlo.

Una parte de su cerebro, sin embargo, se aferraba a aquel recuerdo como una abrazadera y no lo soltaba. Los ojos azules y relucientes de Zoë mirándolo, el modo provocativo en que se había puesto de puntillas y se había pegado a él. Nunca nadie lo había abrumado tanto. Nunca lo había apabullado tanto la idea de que podía haber hecho realmente feliz por un instante a una mujer. Se había acoplado a él con tanta facilidad, permitiéndole hacer lo que quisiera... Estaría así en la cama, abierta a todo. Confiando en él.

«Dios mío.»

Si eso llegaba a suceder, en poco tiempo la habría convertido en alguien completamente diferente, en una persona cínica, furiosa, cauta. En alguien como Darcy. Eso era lo que les pasaba a las mujeres que se liaban con él.

Tras un par de horas de intercambiar ideas y mirar fotos

y diseños en una tableta, Amanda dijo que debía marcharse. No quería perder el último ferry de la tarde.

—Llevaré a Amanda a Friday Harbor y cenamos algo —le dijo Darcy—. ¿Qué te parece comida italiana?

—¿Te quedas a pasar la noche? —le preguntó Alex, sin ocultar su desagrado.

—Ya has visto mi bolsa —le dijo Darcy con sorna y un punto de enfado—. Supongo que no tienes ningún inconveniente, teniendo en cuenta que esto es mi casa.

—Yo la mantengo y pago las facturas hasta que se venda. No es un mal trato.

—Es verdad. —Sonrió, con una mirada provocativa en los ojos—. A lo mejor luego puedo darte una bonificación.

—No hace falta.

Al cabo de poco más de una hora, Darcy volvió con envases de pasta y ensalada. Sirvieron la comida en platos y se sentaron a la mesa de la cocina, exactamente como hacían cuando estaban casados. Como ninguno de los dos cocinaba, habían vivido de platos congelados y comida para llevar o yendo a restaurantes.

—He traído una botella de chianti —dijo Darcy, buscando en un cajón el sacacorchos.

—Para mí no, gracias.

Ella le lanzó una mirada de sorpresa por encima del hombro.

—Bromeas, ¿verdad?

El fantasma, que estaba sentado en una de las encimeras, con las piernas colgando, formuló una pregunta retórica:

—¿Desde cuándo bromea él acerca de algo?

—Simplemente, esta noche no me apetece —le dijo Alex a Darcy, mirando con dureza al fantasma.

—Vale —dijo este, bajándose de la encimera y alejándose con paso despreocupado—. Os dejo solos, tortolitos.

Darcy sacó dos copas de vino de la alacena, las llenó y las llevó a la mesa.

—Amanda dice que tenemos que hacer que la casa tenga más calidez. Será fácil, porque ya está bastante vacía y todo lo que hay es de un tono neutro. Traerá almohadones de colores para el sofá, algunas *Albizias*, centros de mesa y cosas así.

Alex miraba la copa de chianti, el líquido rojo granate que relucía. Recordaba su sabor, seco, como de violetas. Llevaba semanas sin beber. Un vaso de vino no podía perjudicarle. La gente bebe vino con las comidas muchas veces.

Se acercó la copa pero no la cogió, sino que pasó las yemas de los dedos por la base circular. Luego la apartó un poco.

Arrastró la mirada hacia la cara de Darcy y se concentró en lo que decía. Estaba hablando acerca de su último ascenso. Era gerente de marketing de una gran empresa de software y acababan de ponerla al frente del boletín interno de noticias del grupo, que llegaba a miles de personas.

—Me alegro por ti —le dijo Alex—. Me parece que lo harás estupendamente.

Ella le sonrió.

—Parece casi como si lo creyeras.

—Lo creo. Siempre te he deseado el éxito.

—Eso es nuevo para mí. —Tomó un buen trago de vino. Extendió una larga pierna y le puso un pie en el muslo. Con delicadeza, le hundió los dedos en la entrepierna—. ¿Has estado con alguien desde nuestro último encuentro? —le preguntó.

Él negó con la cabeza y le agarró el pie para que se estuviera quieta.

—Necesitas liberar presión —le dijo Darcy.

—No. Estoy bien.

Darcy sonrió, incrédula.

—No estarás rechazándome, ¿verdad?

Alex se acercó otra vez la copa y cerró los dedos alrededor del brillante contenido. Miró con desconfianza a su alrededor, pero el fantasma no estaba en la cocina. Levantó la copa y tomó un sorbo. El aroma del vino le llenó la boca. Cerró un instante los ojos. Fue un alivio. Se prometió que pronto se sentiría mejor. Quería más. Quería bebérselo todo sin respirar.

—He conocido a una mujer —dijo.

Darcy achicó lo ojos.

—Te interesa.

—Sí. —Era la verdad, aunque en su vida se había quedado tan corto al definir algo; claro que no tenía intención de corregirse.

—No tiene por qué enterarse —le dijo Darcy.

—Yo lo sabría.

Darcy fue descaradamente burlona.

—¿Quieres serle fiel a una mujer con la que ni siquiera te has acostado todavía?

Alex le apartó el pie con cuidado. La miró. Realmente la miró por primera vez desde hacía tiempo. Vio en ella un destello de algo... de soledad, de tristeza. Le recordó la compasión que había sentido a su pesar por Zoë cuando le había contado lo que había sido que su marido la dejara. A Darcy también la había dejado un marido. La había dejado él.

Alex se preguntaba cómo le había sido tan fácil pronunciar unos votos que nunca había tenido intención de cumplir. Ninguno de los dos había tenido intención de cumplirlos y no parecía que a Darcy le hubiera importado más que a él. «Tendría que habernos importado», pensó.

Haciendo un esfuerzo, vació la copa en el fregadero y la dejó en el escurridor. La fragancia perfumó el aire, una fragancia de taninos e inconsciencia.

—¿Por qué haces eso? —oyó que le preguntaba Darcy.

—He dejado la bebida.

Parecía incrédula. Frunció el ceño.

—¡Por el amor de Dios! ¡Una copa no le hace daño a nadie!

—No me gusta cómo soy cuando bebo.

—A mí no me gusta cómo eres cuando no lo haces.

Alex sonrió sin ganas.

—¿Qué pasa? —le preguntó Darcy—. ¿Por qué finges ser quien no eres? Te conozco como nadie. He vivido contigo. ¿Quién es esa mujer con la que sales? ¿Es mormona o cuáquera o algo así?

—Eso da lo mismo.

—¡Menuda estupidez! —exclamó Darcy, pero en la tensión de su voz, él notó cierto desconcierto. Sintió más compasión por ella en aquel momento que en todo su matrimonio. En una ocasión había leído u oído algo acerca de que nunca era demasiado tarde para salvar una relación, pero no era cierto. A veces el daño es irreparable. Hay una línea invisible, un momento en que es «demasiado tarde» para un matrimonio. Cuando se ha cruzado esa línea, la relación nunca prospera.

—Lo siento —le dijo, mirándola apurar su copa del mismo modo que él había querido hacerlo un momento antes—. Hiciste un mal negocio casándote conmigo.

—Me he quedado con la casa —le recordó.

—No me refiero al divorcio. Me refiero al matrimonio. —Algo le advertía que no bajara la guardia, pero Darcy se merecía la verdad—. Podría haber sido mejor marido. Podría haberte preguntado cómo te había ido el día y prestado atención a lo que me dijeras. Podría haber comprado un maldito perro y procurado que esta casa pareciera un hogar en lugar de una suite del Westin. Siento haberte hecho perder el tiempo. Te merecías mucho más de lo que te di.

Darcy se levantó y se le acercó. Se había puesto colorada y, para su asombro, vio que tenía los ojos cuajados de lágrimas. Le temblaba la barbilla. Cuando se le acercó más, tuvo la desagradable idea de que iba a intentar abrazarlo, algo que no deseaba lo más mínimo. Pero ella abrió la mano y el bofetón resonó en la cocina. La mejilla se le quedó primero entumecida y luego le ardió.

—No lo lamentas —le espetó Darcy—. Eres incapaz. —Antes de que pudiera decir nada, Darcy continuó con vehemencia, casi susurrando—: No te atrevas a tenerme por la pobre pequeña esposa maltratada, consumida de amor. ¿Crees que alguna vez he esperado amor de ti? No era estúpida? Me casé contigo porque podías hacer dinero y eras bueno en la cama. Ahora no puedes hacer lo primero ni eres lo segundo. ¿Qué problema tienes, ya no se te levanta? No me mires como si fuera una zorra. Si lo soy es por tu culpa. Cualquier mujer lo sería, después de haber estado casada contigo. Agarró la botella de vino y la copa y salió en tromba hacia el dormitorio de invitados. Toda la casa vibró con el portazo.

Masajeándose la cara, Alex fue a apoyarse en la encimera, reflexionando sobre el comportamiento de Darcy. Había esperado de ella cualquier reacción menos la que había tenido.

El fantasma se colocó a su lado. En sus ojos oscuros había un destello de lástima.

Alex inspiró profundamente y soltó el aire despacio.

—¿Por qué no has dicho nada?

—¿Cuando has empezado a beber vino? No soy tu con-

224

ciencia. Esa es tu lucha. No estaré para siempre rondando a tu alrededor, ya lo sabes.

—Dios mío, espero que tengas razón.

El otro sonrió.

—Has hecho lo correcto diciéndole todo eso.

—¿Te parece que le ha sido de ayuda? —le preguntó Alex con escaso convencimiento.

—No —aseguró el fantasma—, pero creo que te ha sido de ayuda a ti.

A la mañana siguiente, Darcy se marchó sin decir ni una palabra. Alex se pasó casi todo el fin de semana trabajando en la casa de Rainshadow Road, ordenando el resto de la buhardilla y aislando un tabique. El domingo por la noche le mandó un mensaje de texto a Zoë para preguntarle si Emma estaba en la casa del lago y si todo había ido bien.

«Aquí estamos —le respondió por mensaje ella de inmediato—. Le encanta la casa.»

«¿Necesitáis algo?», no pudo resistirse él a preguntarle.

«Sí. Preparo pastel de manzana. Necesitaré ayuda mañana.»

«¿Desayunamos?

«¿x q no?»

«ok.»

«*bn.*»

«bn.»

A Alex le vinieron a la mente imágenes de la ropa de Zoë cayendo al suelo y lo invadió una oleada de deseo.

Aquella sensación fue rápidamente sustituida por un estremecimiento nervioso del fantasma.

—Cálmate —le dijo Alex, cortante—. Escucha, cuando

lleguemos allí mañana, si no te tranquilizas, me iré cagando leches. Así no puedo trabajar.

—Vale. —Pero era evidente que ni siquiera le estaba escuchando.

«Así se siente uno cuando ama a alguien...», le había dicho una vez el fantasma. Alex no quería saber cómo se sentía uno ni siquiera de rebote.

—Sigue durmiendo —le dijo Zoë en voz baja, abriéndole la puerta para que entrara—. Creo que debería dejar que descansara todo lo posible.

Alex se paró en la entrada, mirándola. Tenía ojeras de cansancio y no se había lavado el pelo. Llevaba unos pantalones cortos color caqui y una camiseta sin tirantes. Estaba cansada y era luminosa, con la cara sin maquillar. Lo único que quería Alex era abrazarla y consolarla.

Pero no lo hizo.

—Volveré luego —le dijo.

El fantasma, que estaba detrás de él, protestó.

—Nos quedamos.

—Desayuna conmigo —dijo Zoë, cogiéndolo de la mano y tirando de él para que entrara.

El aire olía a mantequilla y azúcar y manzanas calientes. Se le hizo la boca agua.

—En lugar de una tarta he preparado manzana frita. Siéntate en la isla y serviré para los dos.

La seguía a la cocina, pero se detuvo cuando vio que el fantasma se había parado delante de una estantería del salón. Aunque no le veía la cara, su inmovilidad alertó a Alex. Se acercó como si nada a la estantería para ver qué había llamado la atención del fantasma.

En un estante había varias fotos enmarcadas, algunas en

tonos sepia y desteñidas por los años. Alex sonrió levemente cuando vio unas instantáneas de Emma con un querubín rubio en brazos que solo podía ser Zoë. Al lado había una foto en blanco y negro de tres chicas de pie delante de un sedán de 1930. Emma y sus dos hermanas.

Se fijó luego en la foto de un hombre con un corte de pelo de los años setenta, patillas y chupado de cara. Era la clase de hombre que lleva su dignidad como un terno.

—¿Quién es? —preguntó Alex cogiendo la fotografía.

Zoë echó un vistazo desde la cocina.

—Es mi padre. James Hoffman Jr. Le he pedido una foto más reciente, pero nunca se acuerda de mandármela.

—¿No hay ninguna foto de tu madre?

—No. Mi padre se deshizo de ellas cuando nos dejó. —Como Alex la miraba fijamente, forzó una sonrisa—. No me hacen falta fotos, porque por lo visto soy igualita que ella. —La frágil sonrisa no logró disimular el dolor de haber sido abandonada.

—¿Nunca has sabido por qué se marchó? —le preguntó Alex con dulzura.

—La verdad es que no. Mi padre nunca quería hablar del tema, pero Upsie me dijo que mi madre se había casado demasiado joven y que la responsabilidad de criar a una hija la había superado. —Ahogó una risita—. Cuando era pequeña, creía seguro que se había marchado porque yo lloraba demasiado. Así que me pasé la infancia intentando comportarme como si estuviera permanentemente alegre, incluso cuando no lo estaba.

«Sigues haciéndolo», pensó Alex. Tuvo ganas de acercársele, abrazarla y decirle que con él nunca tendría que fingir algo que no sintiera. Tuvo que hacer un esfuerzo sobrehumano para quedarse donde estaba.

El fantasma le habló con brusquedad.

—Pregúntale por esta.

La última foto del estante era un retrato de boda. Emma, joven, atractiva y adusta. El novio, James Augustus Hoffman Sr., fiel y de cara chupada. El parecido con su hijo era inconfundible.

—¿Este es tu abuelo Gus? —le preguntó Alex.

—Sí. Después llevaba gafas y parecía Clark Kent.

—¿Soy yo? —preguntó el fantasma muy bajito, mirando fijamente el retrato.

Alex negó con la cabeza. El fantasma, de rostro enjuto y belleza morena, no se parecía en absoluto a *Gus* Hoffman.

El espectro se parecía a un caballo entre el alivio y la frustración.

—Entonces ¿quién demonios soy?

Alex colocó las fotos con cuidado en el estante. Cuando apartó los ojos de lo que estaba haciendo, el fantasma se había ido a la habitación de Emma.

Preocupado, Alex fue a sentarse en un taburete de la cocina. Tenía la ferviente esperanza de que el fantasma no asustara tanto a Emma que le provocara un infarto.

—¿Quién ha preparado el desayuno en la posada esta mañana? —le preguntó a Zoë.

—Justine y yo tenemos un par de amigos a los que les gusta echar una mano y ganarse algún dinero de vez en cuando, así que dejé unas cuantas cosas preparadas en la nevera con instrucciones de cómo calentarlas.

—Acabarás reventada —le dijo Alex mirando cómo servía la manzana frita en dos cuencos—. Tienes que descansar.

Ella le sonrió.

—Mira quién habla.

—¿Cuánto has dormido?

—Probablemente más que tú.

Al cabo de un momento estaban sentados, uno al lado del otro, en la isla de la cocina. Zoë le estaba contando cómo había traído a su abuela en el ferry y lo mucho que le había gustado la casa y la cantidad de medicamentos que tomaba. Mientras ella hablaba, Alex comía. La costra de avena crujía al morderla y rápidamente se volvía maravillosamente untuosa y se deshacía: una ácida ambrosía de manzanas con aroma de canela y un puntito de naranja.

—En el corredor de la muerte pediría esto —le dijo Alex, y aunque no pretendía ser gracioso ella se rio.

El sonido de la gatera precedió la entrada de *Byron* en la cocina, paseándose tranquilamente como si fuera el dueño del lugar.

—La gatera funciona perfectamente —le dijo Zoë—. Ni siquiera he tenido que enseñarle cómo funciona a *Byron*: supo exactamente lo que hacer. —Miró con cariño al persa, que fue hacia el salón y se subió de un salto al sofá—. Si el collar no fuera tan feo... ¿Habría algún problema si lo decoro?

—No. Pero no lo hagas. No le arrebates la dignidad.

—Solo unas cuantas lentejuelas.

—Es un gato, Zoë, no una *vedette*.

—A *Byron* le gustan los perifollos.

Alex la miró aprensivo.

—No le pones nunca esos trajes, ¿verdad? Tú no eres de esas.

—No —repuso ella inmediatamente.

—Bien.

—Puede que algo de Papá Noel por Navidad. —Calló—. Y este último Halloween le puse...

—No me lo digas. —Alex intentaba no reírse—. Por favor.

—Estás sonriendo.

—Aprieto los dientes.

—Eso es una sonrisa —insistió Zoë alegremente.

Alex no se acordó del fantasma ni de Emma hasta que iba por la mitad de la segunda ración. La puerta del dormitorio principal estaba cerrada y no se oía ningún ruido ni se notaba movimiento alguno. Sin embargo, Alex captó una dulzura flotando libremente en el aire, una euforia que lo rodeó hasta que no pudo evitar respirarla y absorberla por los poros. El sentimiento era incluso más intenso por su complejidad, al igual que una pizca de sal realza el sabor de un pastel. El torbellino de alegría le dejó el pecho molestamente tenso, como si se lo estuvieran abriendo con una palanca. Bajó los ojos, concentrándose desesperadamente en el grano de la madera de la encimera.

«No», dijo mentalmente, sin saber siquiera a quién.

Emma.

El fantasma se acercó a la figura dormida de la cama, la delicadeza de cuya piel iluminaba un rayo de luz matutina que se colaba por las ventanas entrecerradas. Seguía siendo hermosa. Su estructura ósea, la piel marcada por miles de alegrías y disgustos que él no había compartido porque no estaba. Si hubiera podido compartir la vida con ella, su cara habría estado marcada por los mismos acontecimientos, por las mismas marcas del tiempo. Que tu cara sea un espejo de tu vida... ¡qué regalo tan maravilloso!

—¡Hola! —le susurró.

Emma pestañeó. Se frotó los ojos y se sentó. Por un instante creyó que podía verlo.

—¿Emma? —dijo, en voz baja.

Ella se levantó, delgada y frágil, con un pijama adornado de encaje. Fue a mirar por la ventana. Se llevó las manos a los ojos y un sollozo escapó entre sus dedos. El sonido le habría roto el corazón de haberlo tenido. Ver el brillo de sus lágrimas estuvo a punto de hacer añicos el alma que era.

—No llores —le rogó, aunque no podía oírlo—. No estés triste. Dios mío, te quiero. Siempre te he...

Emma empezó a respirar agitadamente, sobrecogida por el pánico. Corrió hacia la puerta gritando más fuerte a cada paso.

—Emma, ten cuidado, no te caigas...

Arrasado por la pena y la preocupación, el fantasma la siguió hasta el salón.

Alex y Zoë estaban sentados en los taburetes de la isla de la cocina y levantaron la cabeza al mismo tiempo cuando Emma entró a trompicones.

Zoë se puso pálida del susto. Saltó del taburete y corrió hacia su abuela.

—¿Qué pasa, Upsie? ¿Has tenido una pesadilla?

—¿Por qué estamos aquí? —sollozó Emma, temblorosa—. ¿Cómo he llegado aquí?

—Viniste conmigo ayer. Vamos a vivir juntas. Ya hablamos de eso, Upsie...

—No puedo. Llévame a casa, por favor. Quiero irme a casa. —Emma apenas podía hablar entre sollozos.

—Esta es tu casa —le dijo con dulzura Zoë—. Todas tus cosas están aquí. Deja que te lo enseñe...

—¡No me toques! —Emma retrocedió hacia la esquina, más desconsolada por momentos.

Alex miró duramente al fantasma.

—¿Qué le has hecho?

Aunque se lo había susurrado al fantasma, fue Zoë quien le respondió.

—No se ha tomado la medicina esta mañana. A lo mejor no debería haber esperado a...

—No, tú no —le dijo Alex con impaciencia, y Zoë parpadeó, confusa.

—No me ve ni me oye —le dijo el fantasma—. No sé por qué se ha puesto sí. Ayúdala. ¡Haz algo!

—Upsie, por favor. Ven, siéntate —le rogó Zoë, intentando cogerla, pero Emma la apartó de un manotazo, negando con la cabeza, desesperada.

Alex avanzó para acercarse a Emma.

—Ten cuidado —le espetó el fantasma—. No te conoce.

Alex lo ignoró.

El contraste entre Alex, físicamente tan poderosos y Emma, temblorosa y frágil, alarmó al fantasma. Por un momento pensó que Alex iba a sujetar a Emma o a hacer algo que la asustaría. Puede que Zoë pensara lo mismo, porque le puso una mano en el brazo y le dijo algo.

Alex, sin embargo, solo estaba pendiente de la anciana.

—Señora Hoffman... Soy Alex. Tenía ganas de conocerla.

Aquella voz desconocida llamó la atención de Emma, que lo miró con los ojos llorosos, muy abiertos, y el pecho agitado por los sollozos.

—He trabajado en la casa para que estuviera todo a punto para usted —prosiguió Alex—. Soy el carpintero. También estoy ayudando a mi hermano a restaurar la casa victoriana de Rainshadow Road. Usted vivió allí, ¿verdad? —Hizo una pausa, sonriéndole—. Suelo poner música mientras trabajo. ¿Quiere oír una de mis canciones favoritas?

Para asombro del fantasma, y de Zoë, Emma asintió y se secó las lágrimas.

Alex se sacó el móvil del bolsillo, jugueteó con él un segundo y subió el volumen del altavoz. La voz de barítono de Johnny Cash se difundió en una melancólica versión de *We'll Meet Again.*

Emma miraba asombrada a Alex. Las lágrimas habían cesado y los sollozos cedían. Alex le sostuvo la mirada mientras escuchaban los primeros compases de la canción. Luego, sorprendentemente, se puso a cantar, en voz baja pero firme: «*Keep smiling through, just like you always do/'til the blue skies chase the dark clouds far away...*»

Zoë cabeceó mirando la escena, como hipnotizada.

Alex, sonriendo, le tendió una mano a Emma. Ella la aceptó como si estuviera en un sueño. Él la atrajo hacia sí y le puso una mano en la espalda. La música flotaba en el aire mientras la pareja bailaba un foxtrot arrastrando los pies y Alex tenía todo el cuidado con la pierna izquierda de Emma, más débil.

«*Would you please say hello, to folks that I know/ tell 'em I won't be long...*»

Un hombre joven intentando olvidar su pasado y una anciana intentando desesperadamente recordar el suyo, pero de algún modo había encontrado una conexión en aquel *in pass.*

«*We'll meet again / don't know where / don't know when...*»

El fantasma estaba embobado. No podía creerlo. Había llegado a conocer a Alex tan bien que habría jurado que no podía sorprenderlo con nada. Pero aquello jamás lo hubiera esperado.

Alex apoyó la mejilla en el pelo de Emma, sosteniéndola con una ternura que tenía que haber guardado en algún rincón oculto de su corazón. Emma se dejó llevar por la vibración de su canturreo.

«*... but I know we'll meet again, some sunny day...*»

El fantasma se acordó de haber bailado con Emma en una velada al aire libre. La pista de baile estaba iluminada con hileras de farolitos metálicos.

—Esta canción no me gusta demasiado —le había dicho Emma.

—Dijiste que era tu favorita.

—Es bonita, pero siempre me pone triste.

—¿Por qué, cariño? —le había preguntado él—. Trata acerca de encontrarse de nuevo, de volver a casa.

Emma había levantado la cabeza de su hombro y lo había mirado muy seria.

—Va de perder a alguien y tener que esperar hasta reunirse en el cielo.

—La letra no dice nada del cielo.

—Pero se refiere a eso. No soporta la idea de verme separada de ti toda la vida, o un año, ni siquiera un día. Así que no puedes irte al cielo sin mí.

—Claro que no —le había susurrado él—. Sin ti no sería el cielo.

¿Qué les había sucedido? ¿Por qué no se habían casado? No alcanzaba a entender cómo se había ido a luchar en la guerra sin haberse casado con Emma. Tenía que habérselo propuesto. De hecho, estaba seguro de que lo había hecho. A lo mejor lo había rechazado. A lo mejor su familia se había interpuesto. Emma y él se amaban tanto que parecía imposible que nada en el mundo pudiera haberlos separado. Algo había salido increíblemente mal y tenía que descubrir qué.

La canción terminó con un coro espectral. Alex levantó la cabeza despacio y miró a Emma.

—Él solía cantármela —le dijo.

—Lo sé —le susurró Alex.

Emma le apretó los dedos hasta que se le marcaron las venas en el dorso de la mano como un delicado encaje azul.

Zoë se adelantó para pasarle un brazo por los hombros a su abuela, deteniéndose apenas para decirle a Alex en tono distraído:

—Gracias.

—Está bien.

Mientras Zoë llevaba a Emma a una silla de la mesa del comedor, esta le comentó:

—Tenías razón, Zoë. Tiene unos buenos músculos.

Zoë miró avergonzada a Alex.

—Yo no le dije eso —protestó—. Es decir... se lo dije, pero...

Él arqueó las cejas, burlón.

—Lo que quiero decir es que... —dijo Zoë, violenta—. No voy por ahí hablando del tamaño de tus... —Calló de golpe, roja como un tomate.

Alex apartó la cara para que no lo viera sonreír.

—Voy a la furgoneta por las herramientas —dijo.

El fantasma salió detrás de él.

—Gracias por ocuparte de Emma —le dijo, mientras Alex sacaba un par de cajas de herramientas de la trasera de la furgoneta.

Alex dejó las cajas de herramientas en el suelo y lo miró.

—¿Qué ha pasado?

—Se ha despertado desconsolada. No sé por qué.

—¿Estás seguro de que no te ve ni te oye?

—Lo estoy. ¿Por qué le has puesto esa canción?

—Porque es tu canción preferida.

—¿Cómo lo sabes?

Alex lo miró burlón.

—No paras de cantarla. ¿Por qué estás tan cabreado?

El fantasma tardó en responder.

—La has tenido en los brazos.

—Ah. —Alex cambió de cara. Miró al fantasma con lástima, como si comprendiera la tortura de estar tan cerca de una persona a la que amas más que nada en el mundo sin poder tocarla, sabiendo que eres solo una sombra, un esbozo del ser de carne y hueso que un día fuiste.

En el clamoroso silencio, Alex dijo:

—Huele a agua de rosas y a laca y como el aire después de llover.

El fantasma se le acercó más, pendiente de cada una de sus palabras.

—Tiene las manos más suaves que haya visto —prosiguió Alex—; un poco frías, como las de algunas mujeres, y unos huesos como de pajarillo. Diría que era una buena bailarina. De no ser por su pierna débil, seguiría moviéndose bien. —Hizo una pausa—. Tiene una sonrisa preciosa. Los ojos se le iluminan. Apostaría a que cuando la conociste era divertidísima.

El fantasma asintió, consolado.

Zoë le sirvió el desayuno a su abuela y fue al baño a buscar su medicación. Se vio en el espejo, con las mejillas demasiado encendidas y los ojos brillantes. Se sentía como si tuviera que reaprender a respirar.

Treinta y dos compases, la duración media de una canción. Nada más que eso había tardado la tierra en salirse de su órbita y caer dando tumbos en una red de estrellas.

Amaba a Alex Nolan.

Lo amaba por todas las razones y por ninguna.

«Eres todo lo que siempre he preferido —deseaba decirle—. Eres mi canción de amor, mi tarta de cumpleaños, el sonido de las olas del mar y de las palabras en francés y de la risa de un bebé. Eres un ángel de nieve, crema quemada, un caleidoscopio lleno de purpurina. Te quiero y nunca me alcanzarás, porque te llevo ventaja y mi corazón va a la velocidad de la luz.»

Algún día le diría cómo la hacía sentirse y él la dejaría. Le rompería el corazón como hacen aquellos a quienes les han roto el corazón hace mucho. Pero eso no cambiaría nada. El amor seguiría su curso.

Zoë cuadró los hombros y le llevó la medicina a Emma, que ya se había comido la mitad de su ración de manzana frita.

—Aquí están tus pastillas, Upsie.

—Tiene manos de carpintero —le dijo Emma—. Fuertes, llenas de callos. Yo quería a un hombre con unas manos así.

—¿De verdad? ¿Cómo se llamaba?

—No me acuerdo.

Zoë sonrió.

—Yo creo que sí.

Alex entró en la casa y fue con las cajas de herramientas hasta la puerta de la habitación de Zoë.

—¿Puedo entrar? —preguntó—. Quiero trabajar en el armario.

A Zoë le costó mirarlo, porque había vuelto a ponerse colorada.

—Sí, está bien.

Alex se dirigió a Emma.

—Tengo que poner unas placas de yeso, señora Hoffman. ¿Le parece que podrá soportar los martillazos un ratito?

—Llámame Emma. Cuando un hombre me ha visto en pijama, ya es demasiado tarde para formalidades.

—Emma —repitió él con una fugaz sonrisa que mareó a Zoë.

—¡Oh, Dios! —murmuró Emma cuando Alex hubo entrado en el cuarto y cerrado la puerta—. ¡Qué hombre tan guapo! Aunque tendría que engordar un poco.

—Eso intento —dijo Zoë.

—Si tuviera tu edad ya habría perdido la cabeza por él.

—Puedo perder mucho más que la cabeza, Upsie.

—Tranquila —le dijo Emma—. Hay cosas peores que el hecho de que te rompan el corazón.

—¿Como cuáles...? —le preguntó Zoë, escéptica.

—Que nunca te lo rompan. Nunca entregarte al amor.

Zoë reflexionó sobre aquello.

—Entonces ¿qué te parece que debería hacer?

—Me parece que deberías prepararle la cena una de estas noches y decirle que el postre eres tú.

Zoë no pudo evitar reírse.

—Tú quieres que me meta en un lío.

—Ya estás metida —puntualizó su abuela—. Así que adelante y disfruta.

17

—Usa la mano izquierda —le ordenó con paciencia Zoë.

Estaban de pie en el lavadero que había junto a la despensa y ella leía un folleto que le había dado la fisioterapeuta de Emma, acerca de las tareas domésticas corrientes que podían fortalecer los músculos debilitados por una apoplejía.

Emma abrió la puerta de la secadora con la mano izquierda y miró a Zoë.

—Ahora agáchate, saca una prenda y métela en la cesta de la colada. Agárrate a mi mano para mantener el equilibrio...

—Me apoyaré en el borde de la secadora —dijo Emma con irritación.

Alex se paró en la puerta de la habitación de Zoë, donde había instalado un aseo en un pequeño espacio que antes era un armario. Se entretuvo mirando a las dos mujeres sin decir nada, mientras el fantasma estaba sentado encima de la lavadora con las piernas colgando.

—No cojas dos a la vez —le advirtió Zoë cuando su abuela echó un par de camisas en la cesta.

—Así acabo antes —protestó Emma.

—No se trata de ser eficiente, se trata de que abras y cierres los dedos tantas veces como sea posible.

—Y después, ¿qué tengo que hacer?

—Pasar la ropa húmeda a la secadora, prenda por prenda, y luego quitaremos el polvo para que trabajes un poco la muñeca.

—Ahora ya sé por qué querías que viviera contigo —dijo Emma.

—¿Por qué?

—Tienes criada gratis.

Alex se rio por lo bajo.

Zoë lo oyó y le hizo una mueca.

—No la animes. Los dos habéis pasado demasiado tiempo juntos. No sé cuál de los dos es peor influencia para cuál.

—Para «quién» —la corrigió Emma, metiendo el brazo en la secadora para sacar más ropa—. «Cual» es un pronombre relativo y equivale a «que»; «quién» es un pronombre interrogativo.

Zoë sonrió cariñosamente.

—Gracias, policía de la gramática.

La voz de Emma resonó en el tambor de la secadora.

—No sé por qué me acuerdo de algo así pero no del periódico para el que escribía.

—Era el *Bellingham Herald.* —Zoë intercambió una mirada con Alex mientras este cruzaba la habitación e iba al fregadero de la cocina para servirse un vaso de agua. Ya estaba acostumbrado a aquellas miradas, a la preocupación mal disimulada, a la necesidad de consuelo que nadie podía darle.

En las dos semanas que Emma llevaba viviendo en Dream Lake Road había pasado por momentos de olvido, de confusión, de agitación. Algunos días tenía la mente despejada, otros neblinosa. Era siempre impredecible cómo se sentiría o qué recordaría de un día para otro.

—No estés encima de mí —le dijo a Zoë irritada una tarde—. Déjame ver el programa de televisión en paz.

Zoë se disculpó y se marchó a la cocina, desde donde siguió con un ojo puesto en Emma, preocupada.

—Sigues encima de mí —le dijo Emma.

—¿Cómo puedo estar encima de ti si estoy a seis metros de distancia? —protestó Zoë.

—Alex, ¿puedes llevarte a mi hija a dar un paseo?

—No puedo dejarte sola —dijo Zoë—. Jeannie no está.

Jeannie, la enfermera a tiempo parcial, iba todas las mañanas a cuidar de Emma y solía marcharse a la hora de comer. Era imperturbable, así que la anciana no tenía reparos en aceptar su ayuda para cosas tan íntimas como vestirse, bañarse o la fisioterapia.

—Solo quince minutos —insistió Emma—. Sal a tomar un poco el aire con Alex, o ve sola si él no quiere aguantarte.

Alex cogió el móvil de Emma de la isla de la cocina y le apuntó su número.

—Me voy a pasear con Zoë, Emma, siempre y cuando prometas no moverte mientras estemos fuera. —Le entregó el teléfono—. Si tienes algún problema, me llamas. ¿Entendido?

—Entendido —convino Emma satisfecha.

Observando la escena, el fantasma puso mala cara.

—No me gusta la idea.

—Estará bien —dijo Alex, y miró bruscamente a Zoë. Con más amabilidad, añadió—: Ven conmigo. A Emma no le pasará nada.

Ella seguía reacia a marcharse.

—Están en pleno trabajo.

—Puedo hacer una pausa —le tendió la mano, mirándola expectante.

Zoë le ofreció la suya despacio.

Algo tan superficial como notar los dedos de ella en los suyos lo puso a cien. Saboreaba cada pequeño contacto accidental entre ambos: el roce de su brazo, el cosquilleo sedoso de su pelo en la oreja cuando se inclinaba a ponerle el plato delante. Percibía todos los detalles: el morado en su piel donde se había golpeado contra algo, el aroma floral del nuevo jabón que había comprado en el mercadillo.

No había una palabra que definiera aquella clase de relación, el modo en que se sentía. En sus manos unidas había más que calidez compartida, más que piel contra piel... era como si estuvieran sosteniendo algo entre los dos, manteniéndolo a salvo.

Incluso cuando se obligó a soltarla, siguió sintiendo sus manos juntas y la invisible huella de aquel misterioso «algo» que había entre ambos.

Emma se retrepó en el sofá para mirar la tele, con aspecto de estar más que satisfecha. *Byron* se subió de un salto y se acomodó en su regazo.

El fantasma se quedó plantado mirándola.

—Intrigante... —dijo, divertido—. Quieres que estén juntos. Se te ha estropeado el gusto en cuestión de hombres, ¿sabes?

Aunque quería quedarse con ella más que nada en el mundo, al final notó el ineludible tirón de su conexión con Alex y se vio obligado a salir de la casa.

—No puedo evitarlo —dijo Zoë mientras caminaba con Alex por el borde de la carretera, bajo un dosel de arces y madroños. El suelo del bosque estaba cubierto de helechos de varios tipos y, allí donde penetraba suficiente luz solar, de zarzamoras—. Sé que me preocupo demasiado y que quiero controlarlo todo, pero no quiero que se haga daño. No quiero que le haga falta algo y no lo tenga.

—Lo que necesita, lo que las dos necesitáis, es estar separadas de vez en cuanto. Deberías salir por lo menos una noche por semana.

—¿Quieres ir a ver un película conmigo? —se atrevió a pedirle Zoë—. ¿Este fin de semana?

Alex negó con la cabeza.

—Mi hermano Mark se casa en Seattle.

—¡Oh, es verdad! Se me había olvidado. Lucy irá a la boda con Sam. ¿Tú irás con alguien?

—No. —Alex ya lamentaba su impulso de dar un paseo con Zoë. Estar a solas con ella era el modo más seguro de sentir aquella embriagadora sensación de vértigo que le daba pavor, ese júbilo que amenazaba con abrirle en dos el pecho.

—Lucy y Sam parecen felices estando juntos —dijo ella—. ¿Crees que lo suyo puede convertirse en algo serio?

—¿En matrimonio? —Alex negó con la cabeza—. No hay motivo para que se casen.

—Hay un motivo buenísimo.

—¿Las ventajas de la declaración de la renta conjunta?

—No —dijo Zoë exasperada pero riendo—. El amor. La gente se casa porque se quiere.

—La gente que quiere seguir estando enamorada haría mejor evitando el matrimonio. —Vio que la sonrisa desaparecía de su cara y se sintió vil y avergonzado—. Perdona —se disculpó—. Es que detesto las bodas... y esta es la primera en la que no podré... —La miró con el ceño fruncido y hundió las manos en los bolsillos.

Zoë lo entendió inmediatamente.

—¿Habrá barra libre en el banquete?

Él asintió brevemente.

—¿No le has dicho a nadie de la familia que has dejado de beber? —le preguntó con dulzura.

—No.

—A lo mejor deberías dejarles ayudarte, darte apoyo moral. Si supieran que...

—No quiero apoyo. No quiero que nadie me vigile esperando que fracase.

Notó que Zoë lo cogía del brazo, sus dedos en el antebrazo.

—No fracasarás —le dijo.

El día de la boda de Mark y Maggie, en un ferry en desuso del Lake Union de Seattle, fue soleado y despejado. Pero aunque hubiera llovido los novios habrían estado demasiado enamorados para notarlo. Después de que sirvieran el champán y Sam hiciera el brindis, los invitados se llenaron los platos en el sofisticado bufé. Alex se retiró a popa y se sentó en una de las sillas, junto a la borda. Nunca le había gustado la charla superficial, y sobre todo no quería estar en compañía de gente con una copa de champán o un cóctel en la mano. Afrontar aquella situación sin alcohol sin muletas se le hacía raro. Se sentía casi como si estuviera intentando suplantarse a sí mismo. Tendría que ir acostumbrándose.

Vio que Sam bailaba con Lucy Marinn, que todavía llevaba una férula en la pierna a consecuencia del accidente de bicicleta. Se balanceaban juntos, flirteando y besándose. Sam miraba a Lucy como nunca había mirado a nadie, manifestando la invisible alquimia que a veces hay entre las personas que están ocupadas haciendo otros planes. Se habían convertido en una pareja. Alex estaba bastante seguro de que Sam ni siquiera era consciente de ello. El tontorrón seguía considerándose un soltero manteniendo una relación libre de compromisos.

Alex se quedó en el rincón, bebiendo cola con hielo en un vaso de whisky. El fantasma se quedó a su lado, silencioso y meditabundo.

—¿En qué piensas? —le preguntó por fin Alex entre dientes.

—Sigo preguntándome si Emma amaba a su marido —dijo el fantasma.

—¿Querrías que lo hubiera amado?

El fantasma luchó por responderle.

—Sí —dijo finalmente—. Pero quisiera que me hubiera amado más a mí.

Alex sonrió, agitando los cubitos del vaso.

El fantasma miraba pensativo el agua bañada por el sol.

—Hice algo mal —dijo—. Herí a Emma. Estoy seguro.

—Te refieres a antes de morir, ¿no?

El otro asintió.

—Seguramente la cabreaste al alistarte —le dijo Alex.

—Creo que fue algo peor que eso. Necesito acordarme antes de que pase algo.

Alex lo miró escéptico.

—¿Qué crees que va a pasar?

—No lo sé. Tengo que pasar tanto tiempo como pueda con Emma. Recuerdo mejor cuando estoy con ella. El otro día... —Se interrumpió—. Mejor me callo. Maggie viene hacia aquí.

La pelirroja esposa de Mark, ahora cuñada de Alex, se acercaba. Llevaba una taza de café de porcelana blanca.

—Hola, Alex. —Estaba radiante de felicidad. Los ojos castaños le brillaban—. ¿Te lo estás pasando bien?

—Sí. Una boda muy bonita. —Fue a levantarse de la silla pero Maggie le hizo un gesto con la mano para que no lo hiciera.

—No te levantes. Solo quería tenerte localizado. Hay unas cuantas mujeres que se mueren por conocerte, por cierto. Incluida una hermana mía. Si la traigo aquí, ¿podrías...?

—No —repuso él inmediatamente—. Gracias, Maggie, pero no estoy de humor para charlar.

—¿Te traigo algo?

Él sacudió la cabeza.

—Ve a bailar con tu marido.

—Marido. Me gusta como suena. —Maggie sonrió y le entregó la taza que llevaba en la mano. Estaba llena de café solo y humeaba—. Ten. Me parece que te gustará.

—Gracias, pero yo... —Alex se interrumpió cuando vio que retiraba su vaso de cola a medio terminar de la mesita que había junto a su silla.

—Cree que estás borracho —dijo el fantasma amablemente—. Te has tomado cuatro vasos y ahora estás sentado aquí en un rincón hablando contigo mismo.

—Han sido cuatro vasos de una bebida sin alcohol.

—¡Oh, claro! —dijo Maggie alegremente.

El fantasma soltó un bufido.

—No se lo traga.

Con una sonrisa burlona, Alex tomó un sorbo de café negro y amargo. Dado su pasado, era completamente razonable pensar que se hubiera emborrachado en tal ocasión. Y Maggie, que era un encanto, intentaba manejar la situación de modo que su orgullo no saliera herido.

—Por cierto, no estoy hablando conmigo mismo —dijo—. Hay un tipo invisible sentado justo a mi lado.

Maggie soltó una carcajada.

—Me alegro de que me lo cuentes. Podría haberme sentado sin querer en su regazo.

—No te cortes —dijo el fantasma sin dudarlo un instante.

—No le importaría —le dijo Alex a Maggie—. Siéntate.

—Gracias, pero tengo que dejaros a ti y a tu amigo con vuestra conversación. —Se inclinó a besarle la mejilla—. Tómate todo el café, ¿vale? —Y se marchó, llevándose el refresco de cola.

18

Cuando Alex llegó a la casa de Dream Lake el lunes por la mañana, la enfermera, Jeannie, lo recibió en la puerta con una cara que inmediatamente le dijo que algo no iba bien.

—¿Qué pasa? —le preguntó.

—Ha sido un fin de semana difícil —repuso ella en voz baja—. Emma ha tenido una recaída.

—¿Qué significa eso?

—Ha tenido lo que se llama un AIT, un accidente isquémico transitorio. Consiste en la falta de aporte sanguíneo a una parte del cerebro. Los AIT son tan pequeños que pueden no dar ningún síntoma, pero el daño es acumulativo. Con la clase de demencia que Emma padece, estos pasos la llevarán a un declive progresivo.

—¿Tiene que verla un médico?

Jeannie sacudió la cabeza, negando.

—Tiene la presión bien y no siente ninguna molestia física. Muchas veces, después de un empeoramiento, el paciente muestra temporalmente signos de mejora. Hoy Emma está bien, pero a medida que pase el tiempo los momentos de confusión y de frustración serán más prolongados y frecuentes. Además, los recuerdos seguirán borrándose.

—Entonces ¿qué ha pasado exactamente? ¿Cómo puede decir que ha sufrido un AIT?

—Según Zoë, Emma se despertó el sábado con un ligero dolor de cabeza y un poco confusa. Cuando yo llegué, estaba decidida a prepararse ella misma el desayuno: insistía en freír un huevo. No le salió bien. Zoë intentó ayudarla y puso un poco de mantequilla en la sartén y bajó el fuego, pero Emma lo estaba pasando mal intentando hacer algo que había sabido hacer siempre y eso le dio miedo y la puso furiosa.

—¿Se lo hizo pagar a Zoë? —preguntó Alex, preocupado.

Jeannie asintió.

—Zoë es la persona ideal para que descargue su frustración y, aunque lo comprende, no por ello deja de ser estresante. —Jeannie hizo una pausa antes de proseguir—: Ayer, Emma pidió varias veces las llaves del coche, hizo un desastre en el ordenador de Zoë cuando intentó conectarse a internet y discutió conmigo para que le consiguiera cigarrillos.

—¿Fuma?

—Lleva cuarenta años sin hacerlo, según Zoë. Además, los cigarrillos son lo peor para alguien en el estado de Emma.

El fantasma, que estaba de pie justo detrás de Alex, murmuró:

—¡Maldita sea! ¡Dádselos!

La enfermera ponía cara de resignación. Alex no pudo evitar preguntarse cuántas veces habría acompañado a pacientes, observado su inevitable deterioro, asistido a las familias en el dolor y la confusión de ir perdiendo a alguien día a día.

—¿Alguna vez se hace más fácil? —le preguntó.

—Para el paciente o...

—Para usted.

La enfermera sonrió.

—Es usted muy amable por preguntarlo. He pasado por esto con muchos pacientes y, aun sabiendo lo que debo esperar... no, no resulta más fácil.

—¿Cuánto le queda?

—Ni siquiera los médicos con más experiencia pueden predecir..

—En su opinión. Ha estado usted en las trincheras, así que probablemente tiene cierta idea. ¿Cuál es su impresión acerca del modo en que va a progresar la enfermedad?

—Es cuestión de meses. Me parece que va a sufrir una embolia masiva o un aneurisma, y tal vez sea lo mejor, porque he visto lo que es un proceso prolongado, interminable. No querrá eso para Emma, ni para Zoë.

—¿Dónde está Zoë?

—Se ha ido a la posada como de costumbre y luego a la compra. —Jeannie retrocedió para que entrara—. Emma está despierta y vestida, pero me parece que hoy estará mejor sin tanto ruido.

—Me limitaré a enmasillar y pintar.

La enfermera pareció aliviada.

—Gracias.

Alex entró en el salón y encontró a Emma mirando la televisión con una manta doblada sobre el regazo, a pesar de que el día era cálido. El fantasma ya estaba a su lado.

Aunque Jeannie no le hubiera contado lo que había ocurrido durante el fin de semana, habría sabido que algo había cambiado. Emma tenía un aspecto más delicado; perfilaba su silueta un cierto fulgor, como si su alma ya no estuviera completamente encerrada en su cuerpo.

—Hola, Emma —la saludó, acercándosele—. ¿Cómo te sientes?

Ella le hizo señas para que se sentara. Alex se sentó en el taburete que había junto al sofá, de cara a ella, y se inclinó para apoyar los antebrazos en las rodillas. Le pareció que Emma tenía buen aspecto, con la mirada limpia y directa y una expresión de calma.

—Voy a ordenar un poco —dijo Jeannie yendo hacia el dormitorio—. ¿Necesita algo, Emma?

—No, gracias. —La anciana esperó hasta que la enfermera estuvo lo bastante lejos. Entonces miró a Alex.

—¿Está aquí, verdad? —le preguntó.

Sobresaltado, Alex se mantuvo inexpresivo. ¿Era capaz de notar la presencia del fantasma? ¿Por qué asumía que Alex tenía una conexión con él. Pensó frenéticamente. Emma era vulnerable en su estado. Debía tener cuidado, pero no iba a mentirle.

Así que Alex optó por mirar a Emma impávido.

—¿Quién? —le preguntó.

—¡Maldita sea, Alex! —explotó el fantasma—. No es momento de hacerse el sueco. Dile que estoy aquí, que estoy con ella ahora mismo y que la quiero y...

Alex lo miró con el ceño fruncido para que se callara.

La mirada de Emma era firme.

—El modo en que me sentía siempre que él estaba cerca... Sabía que si alguna vez volvía a sentirme así, sería porque había encontrado un modo de regresar. Y solo me pasa cuando tú estás aquí. Él está contigo.

—Emma —le dijo Alex con dulzura—. Por mucho que quiera hablarte de esto, no quiero alterarte.

Una sonrisita apareció en los contornos de sus labios secos y desdibujados.

—¿Temes provocarme un ataque? Tengo uno cada dos por tres. Créeme, nadie notará una trombosis extra. Yo menos que nadie.

—Tú lo has querido.

—Nunca le he hablado de él a nadie —dijo Emma—. Pero olvido cosas todos los días. Pronto ni siquiera recordaré su nombre.

—Entonces, dímelo.

Emma se llevó los dedos a los labios, que le temblaban con una sonrisa.

—Se llamaba Tom Findlay.

El fantasma se la quedó mirando, fascinado.

—No había pronunciado su nombre desde hace tanto... —El color le subió a las mejillas, como la luz atravesando un cristal rosa—. Tom era el tipo de chico acerca del que todas las madres advierten a sus hijas.

—¿Incluida la tuya? —preguntó Alex.

—¡Oh, claro!, pero no le hice caso.

Él sonrió.

—No me sorprende.

—Trabajaba en la fábrica de mi padre los fines de semana, cortando las planchas de latón y soldando latas. Cuando se graduó en el instituto se hizo carpintero: aprendió el oficio en los libros. Era inteligente y tenía mano para la carpintería. Como tú. Todo el mundo sabía que cuando él construía algo estaba bien hecho.

—¿De qué clase de familia procedía Tom? —le preguntó Alex.

—No tenía padre. Su madre ya había tenido a Tom cuando fue a vivir a la isla y corría el rumor de que... bueno, no decían nada bueno de ella. Era muy guapa. Mi madre me contó que era una mantenida. Tenía relaciones con hombres prominentes del pueblo. Creo que durante una temporada mi padre fue uno de ellos. —Suspiró—. El pobre Tom siempre se estaba metiendo en peleas. Sobre todo cuando los otros chicos decían algo de su madre. A las chicas les gustaba, porque era muy guapo, pero ninguna se atrevía a salir con él abiertamente, y nunca lo invitaban a las fiestas ni a las meriendas. Demasiado camorrista.

—¿Cómo lo conociste?

—Mi padre lo contrató para instalar una ventana de cristal emplomado que habían traído en barco desde Portland. Mi madre no estuvo de acuerdo: quería pagar a otro para que hiciera el trabajo. Mi padre, sin embargo, dijo que por salvaje que fuera Tom, era el mejor carpintero de la isla y que la ventana era demasiado valiosa para correr riesgos con ella.

—¿Cómo era esa ventana?

Emma estuvo tanto rato dudando antes de responder que Alex pensó que tal vez lo había olvidado.

—Era un árbol —dijo por fin.

—¿Qué clase de árbol?

Ella sacudió la cabeza y eludió la pregunta. No quería hablar de aquello.

—Cuando Tom hubo instalado la ventana mi padre le encargó que hiciera otras cosas en la casa. Construyó una estantería, unos cuantos armarios y una hermosa repisa para la chimenea. Como yo no era precisamente inmune a los encantos de un joven de mala reputación, hablaba con él mientras trabajaba.

—Coqueteabas conmigo —puntualizó el fantasma.

—Pero no quería salir con él porque sabía que mi madre nunca lo aprobaría —le dijo Emma a Alex—. Una noche le vi en un baile, en el pueblo. Se me acercó y me preguntó si era demasiado miedica para bailar con él. Por supuesto, acepté el reto.

—Si no, no hubieras bailado conmigo —dijo el fantasma.

—Le dije que la próxima vez tenía que preguntármelo como un caballero —siguió contando Emma.

—¿Lo hizo? —le preguntó Alex.

Ella asintió.

—Estaba tan avergonzado... Se puso colorado y tartamudeaba. Me enamoré de él en ese mismo instante.

—No tartamudeaba —refunfuñó el fantasma.

—Mantuvimos nuestra relación en secreto —dijo Emma—. Nos estuvimos viendo durante todo el verano. Esta casa era nuestro lugar de encuentro preferido.

—Te pedí que te casaras conmigo aquí —dijo el fantasma, recordando.

—¿Alguna vez hablasteis de casaros? —le preguntó Alex a Emma.

Una sombra cruzó el rostro de la anciana.

—No.

—Sí que lo hicimos —insistió el fantasma—. Lo ha olvidado, pero le propuse matrimonio.

—¿Estás segura, Emma? —le preguntó Alex, dudoso por aquella contradicción.

Ella lo miró directamente.

—Estoy segura de que no quiero hablar de ello.

—¿Por qué no? —imploró el fantasma—. ¿Qué sucedió?

Alex no estaba dispuesto a sacarle a Emma respuestas que ella no quería darle.

—¿Puedes contarme qué le pasó a Tom?

—Murió en la guerra. Su avión fue derribado en China. Habían asignado a su escuadrón la protección de los aviones de carga que sobrevolaban el Montículo y fueron atacados. —Tenía los hombros caídos y parecía cansada—. Posteriormente recibí la carta de un desconocido, un piloto del Montículo. Pilotaba uno de esos aviones barrigudos que transportan tropas y suministros.

—Un C-46 —murmuró el fantasma.

—Me escribía para decirme que Tom había muerto de manera heroica, que había derribado dos aviones enemigos y contribuido a salvar la vida de los treinta y cinco hombres que iban en el avión de carga. Su caza tenía buena capacidad de maniobra, pero los japoneses eran más ligeros y más ágiles que nuestros P-40... —Parecía afligida y estaba temblorosa; jugueteaba distraídamente con la manta.

Alex se inclinó hacia ella para cogerle las manos y darle calor.

—¿Quién te escribió la carta? —le preguntó, aunque ya creía saber la respuesta.

—*Gus* Hoffman. Me mandó un trozo de tela que había llevado cosido Tom en su cazadora.

—¿Una *blood chit*?

—Sí. Le escribí para darle las gracias. Nos estuvimos carteando durante dos años, simplemente por amistad. Pero Gus me escribió que, si volvía a casa, quería casarse conmigo.

—¡Por supuesto! —dijo el fantasma—. La atmósfera hervía de celos.

—¿Y le aceptaste? —le preguntó Alex a Emma.

Ella asintió con un gesto.

—Supongo que pensé que, si no podía tener a Tom, daba igual con quién me casara, y Gus escribía unas cartas muy bonitas. Luego su avión fue derribado. ¡Aquello me recordó tanto la pérdida de Tom! Cuando me enteré de que Gus había sobrevivido sentí un tremendo alivio. Tenía una herida en la cabeza... Lo operaron para sacarle la metralla y lo mandaron de vuelta a Estados Unidos con una baja médica. Cuando salió del hospital me casé con él... pero hubo problemas.

—¿Qué clase de problemas?

—Tenían que ver con la herida de la cabeza. Le cambió

la personalidad. Se volvió apático. Seguía siendo inteligente, pero carecía de emociones. Todo lo dejaba indiferente. Era como un robot. Su familia decía que no era el mismo.

—He oído que ciertas heridas en el cerebro causan eso —dijo Alex.

—Nunca mejoró. Nunca se preocupó verdaderamente de nada. Ni siquiera de nuestro hijo. —Se le cerraban los párpados como a un crío agotado, así que apartó las manos de Alex y se arrellanó en el sofá—. Fue un error. Pobre Gus. Ahora necesito descansar.

—¿Te llevo a tu habitación? —le preguntó Alex.

Ella sacudió la cabeza, negando.

—Me gusta estar aquí.

Él se levantó y se agachó para ponerle los pies en el taburete.

—Alex —dijo Emma mientras él le ponía bien la manta y la cubría hasta los hombros con ella.

—¿Sí?

—Deja que él te ayude —le susurró, cerrando los ojos—. Por su bien.

Alex sacudió levemente la cabeza, perplejo.

El fantasma parecía conmocionado.

—¡Dios mío, Emma! —dijo.

Oyendo que un coche aparcaba, Alex salió de la casa. Era Zoë, que volvía de la tienda de comestibles. Salió del vehículo y abrió el maletero para sacar un par de bolsas de lona llenas de comida.

—Deja que las lleve —dijo Alex, acercándosele.

Zoë se sobresaltó al oírle y lo miró, sorprendida.

—¡Hola! —exclamó alegremente. Estaba muy nerviosa, pálida y con los ojos cansados—. ¿Qué tal la boda?

—Estuvo bien. —Le cogió las bolsas—. Tú cómo estás.

—Estupendamente —repuso ella con excesiva precipitación.

Alex dejó las bolsas en el suelo y obligó a Zoë a mirarlo. Ella estaba a un paso, respirando agitadamente, tensa y con los músculos agarrotados.

—He oído que Emma os ha dado trabajo este fin de semana —le dijo sin rodeos.

Zoë rehuyó su mirada.

—Bueno, hemos tenido una mala racha, pero ahora todo va bien.

Alex se dio cuenta de que no podía aguantar que se cerrara a él. Le puso las manos en las caderas.

—Háblame.

Zoë se lo quedó mirando, aturullada. En el silencio, la atrajo hacia así poco a poco. Ella jadeó nerviosa, perdiendo la compostura. La abrazó y la rodeó con todo su calor y toda su fuerza. Estaban hechos el uno para el otro y Zoë tenía la cabeza apoyada en el hueco de su cuello y su hombro.

Alex le pasó la mano por el pelo, acariciándole con suavidad los rizos rubios.

—¿Qué le hizo Emma a tu ordenador?

Zoë habló contra su hombro.

—Aumentó tanto el tamaño que los iconos eran enormes y no puedo cerrar la lupa. Y no sé cómo pero hizo tantas copias de la barra de tareas que ahora tengo por lo menos ocho y no consigo eliminarlas. Para remate, se las arregló para dejar el escritorio patas arriba.

—Yo puedo arreglártelo.

—Creía que el genio de la informática era Sam.

—Créeme: nunca dejes que Sam se acerque a tu ordenador. Cuando se vaya habrá cambiado todas las contraseñas, entrado ilegalmente en la red del Departamento de Defensa y activado el *bluetooth* de todo lo habido y por haber, hasta el punto de que no podrás usar la tostadora porque no es visible para otros dispositivos. —Notó la sonrisa de Zoë en el cuello. Le retiró el pelo y le susurró al oído—: No te hace falta un genio, solo necesitas a un tío capaz de resolver los problemas.

—Estás contratado —dijo ella, con la cara todavía enterrada en su hombro.

Le besó el pelo.

—¿Qué más puedo hacer?

—Nada. —Sin embargo, lo había rodeado con los brazos.

—Piensa en algo —insistió él.

—Bueno... —Tenía la voz llorosa—. Esta mañana he llamado a mi padre para decirle que si va a venir a vernos será mejor que lo haga pronto o Emma ya no se acordará de él cuando aparezca.

—¿Qué te ha dicho? —Notando que volvía a envararse, Alex empezó a acariciarle la espalda.

—Vendrá este fin de semana con su novia, Phyllis. Se alojarán en la posada. No le hace demasiada gracia, pero lo hará. Voy a preparar una cena especial para ellos, Upsie, Justine y... —Dejó de hablar cuando le bajó la mano por la espalda, masajeándosela en pequeños círculos.

—¿Quieres que yo esté? —le dijo con dulzura.

—Sí.

—Vale.

—¿De veras?

—Estaré encantado.

—Estoy tan contenta de que... —Calló y se agarró a su camisa.

Él inmediatamente dejó de mover la mano.

—¿Te he hecho daño?

Zoë lo miró con las pupilas dilatadas y las mejillas encendidas. Negó despacio con la cabeza, como hipnotizada.

El deseo lo golpeó cuando se dio cuenta de que ella se había excitado por su modo de tocarla. Por un instante no pudo pensar en otra cosa que en su cuerpo desnudo atrapado bajo el suyo como una flor prensada entre las páginas de un libro.

—Hay otra cosa que necesito que hagas por mí —le dijo Zoë, y su voz fue un verdadero reclamo sexual.

Alex no podía soltarla. Tuvo que levantar dedo tras dedo para apartar las manos de su espalda.

—Ya hablaremos luego de eso —dijo bruscamente, y la llevó dentro.

19

Aunque Emma se estabilizó durante los días que siguieron, Zoë se daba cuenta de que se había vuelto notablemente más olvidadiza y distraída. Había que recordarle que siguiera la rutina matutina porque podía olvidarse de desayunar o de ducharse y, cuando estaba en la ducha, podía olvidar algún paso, como usar champú o acondicionador.

A finales de semana Justine pasó una tarde con Emma para llevarla a la peluquería. Luego comieron en los muelles. Zoë agradeció el descanso y, cuando Justine la devolvió a casa, Emma estaba de un humor estupendo.

—Me ha estado sermoneando al menos una hora sobre con qué clase de hombres debo salir —le contó Justine a Zoë a la mañana siguiente, mientras esta última lavaba los platos en la posada.

—Nada de moteros —aventuró Zoë.

—Exacto. Luego se le olvidó lo que acababa de decirme y volvió a empezar desde el principio.

—Lo siento.

—No, si da igual, pero ¡demonios!, si tuviera que convivir con ella, me volvería loca con esa clase de repeticiones.

—No hay para tanto. Tiene días peores que otros. Por alguna razón, está mejor cuando Alex anda cerca.

—¿En serio? ¿Y eso por qué?

—Le gusta. Hace verdaderos esfuerzos para estar centrada cuando él está aquí. Está alicatando el aseo que construyó en ese armario que había. El otro día me la encontré sentada en la cama, hablando por los codos mientras Alex ponía azulejos.

—Así que incluso las abuelas encuentran atractivos a los carpinteros.

Zoë se rio.

—Supongo. Además, Alex tiene mucha paciencia con ella. La trata con mucha dulzura.

—¡Toma ya! Es la primera vez en la vida que oigo que alguien encuentra dulce a Alex Nolan.

—Lo es —dijo Zoë—. No te imaginas lo distinto que es con Emma.

—¿Y contigo? —Justine la observaba atentamente.

—Sí. Vendrá a cenar el sábado por la noche. Le pedí apoyo moral, porque mi padre estará aquí.

—Me tendrás a mí para darte apoyo moral.

Zoë se puso a fregar una bandeja de horno en el fregadero.

—Necesitaré el apoyo de cuanta más gente mejor. Ya sabes cómo es mi padre.

Justine suspiró.

—Si te facilita las cosas el sábado, bienvenido sea Alex Nolan. Incluso seré amable con él. ¿Qué vas a preparar, por cierto?

—Algo especial.

Justine estaba expectante.

—Tu padre no merece la cena que vas a prepararle, pero me alegro de cosechar los beneficios.

Zoë no quiso decirle a su prima que, en realidad, no cocinaría para su padre, ni siquiera para Emma. Cocinaría para Alex. Le hablaría en el idioma de los aromas, los colores, las texturas, los sabores. Iba a servirse de toda su habilidad y todo su instinto para crear un plato que nunca olvidara.

Justine recibió a Alex en la puerta principal de la posada y le dio la bienvenida. Llevaba el pelo suelto en una cortina de seda negra en lugar de la habitual cola de caballo. Estaba sorprendentemente atractiva con zapato plano, pantalones pitillo y un top verde esmeralda con un escote muy pronunciado. Estaba un poco apagada esa noche, sin embargo: su usual vitalidad había mermado.

—Hola, Alex. —Se fijó en los botes de cristal que llevaba en las manos, llenos de sales de baño con perfume a lavanda y con un vaporoso lazo morado.

—¿Qué son?

—Regalos para las anfitrionas. —Le tendió uno—. Para ti y para Zoë.

—Gracias. —Parecía sorprendida—. Qué amable. El de lavanda es el perfume favorito de Zoë.

—Lo sé.

Justine lo estudió atentamente.

—Últimamente os habéis hecho muy amigos los dos, ¿eh?

Él se puso de inmediato a la defensiva.

—Yo no diría eso.

—No hace falta. Que hayas venido a esta cena lo deja bien claro. La relación de Zoë con su padre es un campo de minas emocional. Nunca ha hecho lo más mínimo por ella. Creo que él es la razón por la que siempre la atraen los hombres que seguro que la dejarán.

—¿Intentas decirme algo?

—Sí. Si le haces daño a Zoë, sea de la manera que sea, te echaré una maldición.

Justine parecía tan sincera que Alex no pudo evitar preguntarle:

—¿Qué clase de maldición?

—Alguna de por vida y que te deje impedido.

Alex estuvo tentado de decirle que se ocupara de sus asuntos, pero la preocupación de Justine por su prima lo conmovió.

—Entendido —le dijo.

Justine, al parecer satisfecha, lo llevó a la biblioteca privada de la posada.

—¿Está Duane esta noche? —le preguntó Alex.

—Hemos roto —murmuró Justine.

—¿Puedo preguntarte por qué?

—Lo he asustado.

—¿Cómo has podido tú...? Da igual, cambiemos de tema. ¿Cuándo llegó el padre de Zoë.

—Anoche, tarde —dijo ella—. Él y su novia, Phyllis, han pasado casi todo el día con Emma.

—¿Ella cómo está?

—Tiene un día bastante bueno: de vez en cuando se confunde un poco y pregunta quién es Phyllis. Pero Phyllis está siendo muy amable. Creo que te gustará.

—¿Qué me dices de James?

Justine soltó un bufido.

—James no le cae bien a nadie.

Entraron en la biblioteca, donde habían vestido una mesa larga de caoba con mantel de lino y cristalería y la habían decorado con una hilera de flores de hortensia flotando en cuencos de cristal. Emma estaba con su hijo y la novia de este junto a la chimenea, llena de velas encendidas en una variedad de candelabros de vidrio plateado.

Emma le sonrió radiante en cuanto lo vio. Llevaba un vestido de seda color ciruela y su pelo rubio claro relucía al resplandor de las velas.

—¡Aquí estás! —exclamó.

Alex se le acercó y se inclinó a besarle la mejilla.

—Estás muy guapa, Emma.

—Gracias. —Se volvió hacia la morena que estaba a su lado—. Phyllis, este guapo demonio es Alex Nolan. Él es quien está reformando la casa del lago.

La mujer era alta y de huesos anchos, con un corte de pelo práctico.

—Encantada —dijo, dándole a Alex un firme apretón de mano, sonriendo con simpatía.

—Y este es mi hijo James —prosiguió Emma, indicando con un gesto a un hombre de peso medio y bien plantado.

Alex le estrechó la mano.

El padre de Zoë lo saludó con la alegría de un maestro sustituto al que acaban de asignarle una clase de niños traviesos. Tenía una de esas caras aniñadas y envejecidas al mismo tiempo, los ojos sosos como peniques detrás de unas gafas de montura gruesa.

—Hoy hemos ido a ver la casa —le dijo—. Por lo que parece has hecho un buen trabajo.

—Eso ha sido la versión de James de un cumplido —terció rápidamente Phyllis. Sonrió a Alex—. Es una casa increíble. Según Justine y Zoë, la has transformado por completo.

—Todavía queda mucho por hacer —dijo Alex—. Empezaremos con el garaje esta semana.

Siguieron conversando y James le contó que era el gerente de un almacén de electrónica en Arizona y Phyllis veterinaria especializada en caballos. Estaban considerando la idea de comprar una granja de veinte mil metros cuadrados.

—Está en las afueras de un pueblo fantasmagórico —dijo Phyllis—. Hubo un tiempo en que la población tenía la mina de plata más rica del mundo, pero cuando la hubieron extraído toda, la gente se marchó.

—¿Está encantado? —preguntó Emma.

—Hay quien asegura que hay un fantasma en el antiguo café —le contó Phyllis.

—¿No es un poco raro que nunca haya fantasmas rondando por un lugar hermoso? —preguntó secamente James—. Siempre están en alguna casa derruida o en un viejo edificio abandonado y polvoriento.

El fantasma, que había estado paseando por delante de la librería, leyendo detenidamente los títulos, dijo con sarcasmo:

—No es que pueda elegir entre un ático y un Club Med.

Fue Emma quien respondió, con cara seria.

—Los fantasmas rondan normalmente por los lugares donde más han sufrido.

James soltó una carcajada.

—Madre... Tú no crees en fantasmas, ¿verdad?

—¿Por qué no?

—Nade ha probado jamás su existencia.

—Nadie ha probado tampoco que no existan —dijo Emma.

—Si crees en fantasmas, también puedes creer en los duendes y en Papá Noel.

Oyeron la voz risueña de Zoë desde la puerta cuando entraba con una jarra de agua.

—Papá siempre me decía que Papá Noel no era real.

—No se dirigía a nadie en particular—. Pero yo quería creer en él. Así que se lo pregunté a una autoridad superior.

—¿A Dios? —le preguntó Justine.

—No, a Upsie, y ella me dijo que podía creer en lo que quisiera.

—Muy propio del firme apego de mi madre a la realidad —comentó James con acidez.

—Yo me atengo a la realidad —dijo Emma, muy digna—, pero a veces me gusta someterla a golpes.

El fantasma la miraba con aprobación, sonriente.

—¡Qué mujer!

Zoë rio y miró a Alex.

—¡Hola! —le dijo bajito.

Alex se había quedado momentáneamente sin habla. Zoë estaba increíblemente hermosa con aquel vestido negro sin mangas. La tela elástica se le pegaba a las espectaculares curvas. De adorno solo llevaba un broche prendido en el nacimiento del escote, un semicírculo *art déco* con piedras de imitación blancas y verdes.

—He olvidado la música —le dijo Zoë—. ¿Tienes una lista de reproducción en el móvil? ¿Tal vez una de esas melodías antiguas que le gustan a Upsie? Hay un acoplador con altavoces en ese estante.

Alex tardaba en responder, así que el fantasma le dijo, impaciente:

—La lista de jazz. Pon un poco de música.

Alex sacudió la cabeza para despejársela y fue a insertar el teléfono en el aparato. Enseguida sonó la seductora melodía *Prelude To a Kiss*, de Duke Ellington.

Sentado a la mesa al lado de Emma, Alex observó cómo Zoë traía una bandeja de cucharas de porcelana blanca. Le puso una delante. Contenía una pequeña vieira perfectamente frita sobre un lecho de algo verde.

—Es una vieira con panceta sobre un puré de alcachofa —dijo Zoë sonriéndole—. Tómatelo de un solo bocado.

Alex se metió el contenido de la cuchara en la boca. La panceta salada crujía en contraste con la fragante vieira y el toque de pimienta negra templaba la suavidad de la alcachofa. Oyó unos cuantos susurros de placer en la mesa.

Zoë se quedó junto a Alex, con las pestañas bajas, observando su reacción.

—¿Te gusta? —le preguntó.

Era lo mejor que había probado nunca.

—¿Hay más? Porque puedo saltarme el resto de la cena y comer solo de esto.

Zoë negó con la cabeza, sonriendo, y recogió la cuchara vacía.

—Era un *amuse-bouche* —le dijo, y se fue a la cocina para traer el siguiente plato.

—Esta es mucho más alegre —exclamó Phyllis, balanceándose un poco en la silla cuando empezó *Sing Sing Sing*, de Benny Goodman. Sostuvo en alto la botella de vino, ofreciéndoselo.

—¿Un poco de vino?

—No, gracias —repuso Alex.

—La abstinencia es al amor lo que el aire al fuego —murmuró Emma, dándole unas palmaditas en el hombro.

A pesar de que estaba al otro lado de la mesa, James la había oído.

—Madre, el refrán no es así exactamente.*

—De hecho —dijo Alex, sonriéndole a Emma—, ha sido más que exacta.

El siguiente plato consistía en una pequeña porción de brotes de helecho. Después de blanquearlos en agua caliente hasta que se habían vuelto de un color verde intenso,

---

* El refrán es: «La ausencia es al amor como el aire al fuego.» (*N. de la T.*)

los había metido en una vinagreta tibia de mantequilla, limón y sal. Luego había espolvoreado nueces por encima y escamas de queso parmesano. Los comensales profirieron en exclamaciones de admiración por la ensalada, saboreando los sabores. Phyllis y Justine se rieron juntas de los esfuerzos que hacían para arañar hasta el último resto del plato. La mirada de Zoë se posó en Alex, como si saboreara su evidente placer por la comida.

Solo James parecía insensible. Dejó el tenedor en el plato cuando solo se había comido la mitad de la ensalada, contrariado. Se llevó la copa de vino tinto a los labios y tomó un gran sorbo.

—¿No vas a terminártela? —le preguntó Phyllis, incrédula.

—Me da igual —dijo.

—Entonces te ayudaré. —Phillis se inclinó hacia el plato de James y se puso a pinchar con el tenedor los brotes que había dejado, entusiasmada.

Zoë, que acababa de empezar a comerse su ensalada, miró a su padre inquieta.

—¿Te traigo otra cosa, papá? ¿Un plato de brotes tiernos de ensalada?

Él sacudió la cabeza, con pinta de pasajero de avión en el aeropuerto esperando su tarjeta de embarque.

La exaltada interpretación de Billie Holiday de *I'm Gonna Lock My Heart And Throw Away The Key* alegraba la mesa. Justine y Zoë no tardaron en traer cuencos individuales de mejillones humeantes aromatizados con vino blanco, azafrán, mantequilla y perejil. Los comensales cogían las oscuras conchas con los dedos y usaban un tenedor pequeñito para pinchar su delicioso contenido. En la mesa había cuencos vacíos donde dejar las conchas vacías.

—¡Dios mío, Zoë! —exclamó Justine en cuanto hubo

probado el primer mejillón—. Esta salsa... Sería capaz de bebérmela.

Un humor relajado y jovial se esparció por la habitación, acompañado por el cliqueteo de las conchas. Era un plato que requería actividad, implicación, conversación. El caldo era obscenamente bueno, un elixir sabroso que dejaba una sensación exquisita y como de trufa en la boca. Alex estuvo a punto de pedir una cuchara, porque había decidido que nada en el mundo le impediría devolver el cuenco hasta que no se hubiera tomado hasta la última gota. Sin embargo, estaban pasando panecillos caseros, crujientes por fuera y suaves y esponjosos por dentro. Los comensales cortaban el pan con los dedos y usaban los trozos para embeber el caldo.

La conversación derivó hacia el viaje de media jornada para ver las ballenas que Phyllis y James habían organizado para la mañana siguiente y hablaron también de una granja de alpacas que Phyllis quería visitar.

—¿Has tratado alguna vez una alpaca? —le preguntó Zoë a Phyllis.

—No, casi todos mis pacientes son perros, gatos o caballos. —Sonrió recordando algo y añadió—: Una vez diagnostiqué sinusitis a un conejillo de Indias.

—¿Cuál es el caso más raro que has visto? —le preguntó Justine.

Phyllis sonrió.

—Este es uno peliagudo. He visto un montón de rarezas, pero hace poco un hombre y una mujer me trajeron a su perro, que tenía problemas estomacales. Los rayos X revelaron una misteriosa obstrucción, que retiré con una cámara endoscópica. Resultaron ser unas bragas de encaje rojo, que metí en una bolsa de plástico y entregué a la mujer.

—¡Qué situación tan embarazosa! —exclamó Emma.

—Eso no fue todo —dijo Phyllis—. La mujer echó un vistazo a las bragas, le pegó con el bolso al hombre y se marchó hecha una furia del despacho... porque la prenda no era suya. El hombre tuvo que pagar la factura por un perro que acababa de poner en evidencia su engaño.

Celebraron la anécdota con una sonora carcajada.

Llenaron de nuevo las copas y trajeron cuencos para lavarse las manos llenos de agua y pétalos de rosa. Se lavaron los dedos y se secaron con servilletas limpias. A continuación se sirvió un sorbete de limón para limpiar el paladar en limones helados convertidos en copitas. El sorbete estaba espolvoreado de menta y cáscara de limón.

Cuando Zoë y Justine se fueron a la cocina a buscar el siguiente plato, Phyllis exclamó:

—En mi vida había comido unos platos así. Es toda una experiencia.

James puso mala cara. Inexplicablemente, se había ido poniendo más serio y triste a cada minuto que pasaba.

—No seas exagerada.

—¡Por Dios, James! —dijo Emma—. Tiene razón. Es toda una experiencia.

Él refunfuñó algo entre dientes y se sirvió más vino.

Zoë y Justine volvieron con platos de codornices al horno con la piel crujiente, adobadas con sal y miel. Las aves llevaban una guarnición de *quenelles*, unas croquetitas de delicada masa con rebozuelo y bulbo de jacinto.

Alex ya había comido codorniz otras veces, pero no como aquella, realzada con un penetrante y profundo sabor. La conversación languideció. Caras enrojecidas, párpados pesados por la saciedad. Sirvieron café y trufas de chocolate caseras, seguidas de *pots de crème* y helado de vainilla con miel. La exquisita emulsión se fundía en la boca y bajaba por la garganta suavemente, inundando de éxtasis las papilas gustativas.

James Hoffman fue el único que permaneció en silencio mientras los demás exclamaban su aprobación. Alex no alcanzaba a comprender qué le pasaba a aquel hombre. Tenía que estar enfermo, no había otra razón posible para que hubiera comido tan poco.

—¿Estás bien? Apenas has tocado la comida —le preguntó Phyllis, preocupada, habiendo llegado por lo visto a la misma conclusión.

Él no la miró, concentrado en las natillas que tenía delante, con las mejillas enrojecidas.

—Mi cena estaba incomible. Todo estaba amargo. —Se levantó y plantó la servilleta en la mesa, mirando furioso las caras de asombro de todos. Luego se quedó mirando la cara pálida de Zoë—. Si le has puesto algo a mi comida —dijo—, entonces te has salido con la tuya.

—James —protestó Phyllis, palideciendo—. He comido de tu plato y la comida era exactamente igual que la mía. Seguramente tienes mal sabor de boca esta noche.

Él sacudió la cabeza y se marchó en tromba. Phyllis corrió tras él y se detuvo en el umbral para darse la vuelta.

—Has sido magnífico. Lo mejor que he comido en la vida —le dijo con sinceridad a Zoë.

Zoë logró esbozar una sonrisa.

—Gracias.

Justine hizo un gesto de incredulidad cuando Phyllis se hubo marchado.

—Zoë, tu padre está loco. La cena ha sido increíble.

—Zoë ya lo sabe —dijo Emma, mirando a su nieta, que le devolvió la mirada con resignación.

—Lo he hecho lo mejor posible —dijo simplemente—, pero eso nunca es bastante para él. —Se levantó de la mesa y les hizo un gesto para que siguieran sentados—. Enseguida vuelvo. Voy a preparar más café. —Salió de la biblioteca.

Viendo que Justine iba a levantarse, Alex le dijo en voz baja:

—Déjame a mí.

Ella torció el gesto pero siguió sentada mientras él iba a buscar a Zoë.

Alex no estaba demasiado seguro de lo que le diría a Zoë. Llevaba dos horas observándola servir plato tras plato de magnífica comida a su padre, que no valoraba ninguno. Comprendía la situación demasiado bien. Por experiencia, sabía que el amor paterno es un ideal, no una garantía. Algunos padres no tienen nada que ofrecer a sus hijos y algunos, como James Hoffman, culpaban y castigaban a los suyos por cosas con las que nada tenían que ver.

Zoë estaba ocupada midiendo la dosis de café y echándola en el filtro de la cafetera. Cuando oyó pasos se volvió. Parecía expectante, curiosamente atenta, como si esperara algo de él.

—No me sorprende —dijo—. Sé lo que puedo esperar de mi padre.

—Entonces ¿por qué le has preparado esta cena?

—No era para él.

Él puso unos ojos como platos.

—Si no hubieras aceptado venir esta noche —prosiguió ella—, hubiéramos ido a un restaurante. Quería cocinar para ti. He ideado cada plato pensando lo que podría gustarte.

La frustración y el desconcierto lo invadieron. Tenía la sensación de estar siendo manipulado de un modo muy sutil, como si le estuvieran envolviendo en una red de seda. Una mujer no hacía una cosa así simplemente por amabilidad o por generosidad. Tenía que haber algo, algún motivo oculto que solo descubriría cuando fuera demasiado tarde.

—¿Por qué has hecho esto por mí? —le preguntó con brusquedad.

—Si fuera cantante de ópera, te habría cantado una aria. Si fuera pintora, habría pintado tu retrato. Pero lo que se me da bien es cocinar.

Seguía teniendo en la boca el sabor de las natillas: trébol y flores silvestres y néctar ámbar. Aquel sabor florecía en su lengua y le llenaba la garganta de dulzura y lo llenaba hasta el punto que habría jurado que el aroma de la miel le salía por los poros. Sin pretenderlo, se le acercó en dos zancadas y la cogió por los brazos. Notar su cuerpo, voluptuoso y sedoso, lo enardeció. Sintió un torbellino, una mezcla volátil de emociones. Habría bastado una chispa para destruirlo. Estaba tan excitado, tan hambriento de ella... tan cansado de esforzarse por mantenerse alejado.

—Zoë —le dijo—, esto tiene que acabarse. No quiero que hagas nada por mí. No quiero que busques modos de complacerme. Ya estoy perdido. Nunca, durante el resto de mi vida, podré mirar a una mujer sin querer que seas tú. Formas parte de mi ser. Ni siquiera puedo soñar sin que estés en mi cabeza. Pero no puedo estar contigo. Hago daño a la gente. Eso es lo que se me da bien a mí.

Cambió de cara.

—¡Oh! —exclamó consternada—. Alex, no.

—Te haré daño —insistió él implacable—. Te convertiré en alguien a quien los dos odiaremos. —La verdad surgió de lo más hondo de su alma: «No eres nada. No mereces nada. No tienes nada que ofrecer a nadie excepto dolor.» Saber eso, creerlo, era la única manera de que el mundo tuviera sentido.

Zoë le sostuvo la mirada y Alex vio la rabia en su rostro. Aquello lo alivió. Significaba que le pegaría. Significaba que ella estaría a salvo.

Le acercó la mano a la mejilla, pero con suavidad. Posó con cariño los dedos en su barbilla, acariciándole el labio inferior con el pulgar como para borrar sus palabras cortantes como una hoja de afeitar. Él se quedó confuso al darse cuenta de que la rabia no iba dirigida contra él.

—No —le susurró—. Lo tergiversas todo. Es a ti a quien han herido. No intentas protegerme a mí, intentas protegerte a ti.

Alex le apartó la mano de un manotazo.

—Da lo mismo a quién demonios intento proteger. La cuestión es que algunas cosas están demasiado estropeadas para repararlas.

—La gente no.

—Sobre todo la gente.

Pasaron los segundos. El silencio se podía cortar.

—Es mejor que uno de los dos resulte herido que ni siquiera intentarlo —dijo con cuidado—. Quieres intentar algo que no sea imposible.

Ella negó con la cabeza.

—Algo prometedor.

En aquel momento Alex la odió por lo que intentaba conseguir, por hacer que quisiera creerla.

—No seas estúpida. ¿No entiendes lo que te hará mantener una relación conmigo?

—Ya tenemos una relación —repuso ella exasperada—. Hace tiempo que la tenemos.

Alex la agarró, queriendo infundirle un poco de sentido común. Pero en lugar de eso la acercó a su corazón palpitante, obligándola a ponerse de puntillas. No la besó, solo la sostuvo, manteniendo la cabeza baja, de manera que notaba el aliento de ella en la cara.

—Te deseo —le susurró Zoë—, y tú me deseas. Así que llévame a casa y haz algo. Esta noche.

El ruido de la puerta de la cocina le hizo dar un respingo, pero no la soltó.

—¡Uy! —oyó que murmuraba Justine—. Perdón.

Zoë volvió la cara hacia su prima.

—Justine —le dijo, con notable tranquilidad—, no tienes que llevarnos en coche a Emma y a mí hasta casa. Alex lo hará.

—¿De veras? —preguntó Justine recelosa.

Zoë tenía sus ojos azules de mirada cálida fijos en los suyos, desafiándolo, suplicándole.

Muy bien, pues. Había llegado por fin al punto en que ya nada le importaba. Estaba enfermo de tanto luchar, de necesitar y no tener. Le importaba un bledo todo menos conseguir lo que deseaba.

Alex asintió, contra todo lo que su instinto le decía.

20

Emma iba adormilada y satisfecha en el camino de vuelta a Dream Lake, por no mencionar lo aliviada que estaba de que Zoë no estuviera disgustada por el comportamiento de su padre.

—¡Claro que no lo estoy! —le había dicho Zoë con una leve carcajada—. Sé cómo es. Estoy contenta de que haya traído a Phyllis, sin embargo, porque me gusta.

—A mí también —había dicho Emma y, tras una breve reflexión, había añadido—: Algo de bueno tendrá cuando es capaz de atraer a una mujer como ella.

—A lo mejor cuando nosotras no estamos es diferente —dijo Zoë—. Quizá cuando está en Arizona es más positivo.

—Espero —dijo Emma sin demasiado convencimiento.

Alex guardaba silencio, ocupado con una feroz lucha interior. Sabía que le convenía dejar a Zoë y a Emma en la casa del lago y marcharse enseguida. Pensaba incluso que tenía posibilidad de hacerlo. Setenta a treinta a favor de irse.

Tal vez sesenta-cuarenta.

Alex deseaba tanto a Zoë que no quedaba espacio para nada más. Se derretía por dentro, pero, en los últimos minutos, su corazón se había aquietado y se había vuelto frío como el hielo. La diferencia de temperatura, la tensión entre el fuego y el hielo, amenazaba con quebrarle el pecho.

El fantasma, que iba en el asiento trasero, junto a Emma, no decía nada. No cabía duda de que había percibido la agitación de Alex. Había comprendido que algo no iba bien.

—Alex entrará a tomar un café —le dijo Zoë a Emma cuando se apearon del coche.

—¡Oh, qué amable! —Emma se colgó del brazo de su nieta mientras iban hacia la puerta de la casa.

—¿A ti te apetece un poco también, Upsie?

—¿A estas horas? No, no. Ha sido un día maravilloso, pero estoy cansada. —Echó un vistazo por encima del hombro—. Gracias por traernos en coche, Alex.

—Encantado.

Entraron.

—No tardo nada. Hay limonada en la nevera —le susurró Zoë a Alex.

Entró en la habitación de Emma y cerró la puerta.

Limonada. Alex sospechaba que sabría como el agua de un florero. Pero le ardía el cuerpo y tenía la piel y la boca resecas. Fue a la nevera, sacó la jarra de limonada y se sirvió un vaso.

Era ácida, suave y estaba maravillosamente fría. Tomó un buen trago, sentado en uno de los taburetes de la isla de la cocina. No se veía al fantasma por ninguna parte.

Sentía un batiburrillo inextricable de emociones y se esforzó por separarlas en elementos identificables: deseo, lo primero y más importante; enojo; quizás una pizca de miedo, pero tan mezclado con el enojo que no estaba seguro; pero lo peor de todo era esa terrible ternura punzante que en la vida había sentido por nadie.

Las mujeres con las que había estado en el pasado, incluida Darcy, tenían experiencia, estaban seguras de sí mismas, eran unas veteranas. Con Zoë iba a ser diferente. Los términos familiares para referirse al sexo, como «hacer un polvo», «un clavo» o «follar» no eran aplicables. Ella esperaría que fuera tierno, caballeroso. ¡Dios! Tenía que encontrar la manera de fingir eso.

La puerta del dormitorio se abrió y se cerró con suavidad. Zoë se había quitado los zapatos de tacón. Se le acercó con aquel condenado vestido negro, cuya tela fruncida se le pegaba a cada curva generosa. Alex siguió sentado en el taburete. Una sensación de tensión lo invadió, el deseo amenazaba con aniquilarlo... y a ella con él.

—Ya se ha dormido —susurró Zoë, poniéndose frente a él. Su sonrisa era temblorosa. Alex se acercó para tocarle la garganta, pálida como la luz de la luna. Bajó los dedos con suavidad hacia su clavícula. La ligera caricia la hizo estremecer.

Tiró de ella, acercándola, poniéndosela entre los muslos separados y le bajó una manga del vestido unos centímetros. Apoyó los labios en su cuello y le besó la piel suave; bajó hasta el músculo firme de su hombro y se lo mordisqueó cariñosamente. Ella gimió. Alex notó cómo se encendía y el rubor le cubría la piel. Por un momento tuvo bastante con tenerla sujeta de aquel modo, saboreando la silueta femenina atrapada entre sus muslos y el velo del pelo de ella contra su cara y su cuello.

—Sabes que esto es un error —dijo ásperamente, alzando la cabeza.

—No me importa.

Él hundió la mano en su pelo y la besó, abriéndole la

boca con la suya, buscando agresivamente su lengua y acariciándola luego más suave y profundamente. Ella se envaró apoyada en él, ahogando un gemido, tanteándole los hombros.

Alex jamás había experimentado una necesidad tan intensa, tanto que en diez vidas no habría podido satisfacerla. Quería extenderla como un festín, besarla y saborear cada parte de su cuerpo. Encontró la cremallera oculta de la espalda del vestido, que bajó con un siseo metálico. Metió la mano por la abertura y la abrió sobre la calidez satinada de sus riñones. El placer de tocarla lo saturó. Le pasó los labios por el cuello y susurró su nombre, frotando las sílabas contra su piel con los labios y la lengua...

Oyó detrás de él un maullido discordante que lo sobresaltó. Cuando se volvió, vio al gran gato mirándolo fijamente con ojos torvos.

Zoë se apartó de Alex con los ojos muy abiertos. Vio al gato y se rio entre dientes.

—Lo siento. Pobre *Byron* —se inclinó sobre el persa.

—¿Pobre *Byron*? —preguntó Alex, incrédulo.

—Es inseguro —le explicó ella—. Creo que necesita consuelo.

Alex miró al gato achicando los ojos.

—A mí me parece que lo que necesita es que lo echen de una patada. —Se distrajo al ver que Zoë se sostenía la parte delantera del vestido con una mano.

—Vamos a la habitación —le dijo ella—. Dentro de nada se habrá calmado.

Alex siguió a Zoë, se dio la vuelta y le cerró la puerta en las narices al gato. Tras un breve silencio, oyeron un maullido ahogado acompañado de ruido de arañazos.

Zoë miró a Alex, disculpándose.

—Se estará callado si dejamos la puerta abierta.

Que un gato lo mirara mientras hacía el amor... de eso nada.

—Zoë, ¿sabes lo que significa ser un «plasta»?

—No.

—Pues tu gato lo es.

—Le daré un poco de hierba gatera —dijo Zoë en un arrebato de inspiración. Abrió la puerta y se paró en el umbral para decirle—: No cambies de opinión mientras no esté.

—No cambiaré de opinión —repuso Alex misteriosamente—. Ya he perdido la cabeza.

Zoë echó una cucharada llena de hierba gatera seca en una bolsa de papel de tienda de comestibles y la dejó tumbada en el suelo de la cocina. *Byron* ronroneó y se arqueó bajo su mano, complacido de tener toda su atención.

—Sé un buen chico y quédate aquí, ¿vale? —le susurró ella.

El gato olisqueó la bolsa y se metió dentro. El papel crujió y se combó mientras *Byron* giraba lentamente en su interior.

Zoë volvió al dormitorio y cerró la puerta.

Alex se había quitado los zapatos y estaba sentado al borde de la cama, cubierta con un edredón floreado. Parecía grandote y un tanto peligroso entre las paredes de la habitación. El resplandor de la lámpara jugaba con la dura perfección de sus rasgos, con el brillo negro de su pelo.

—Tendremos que ser creativos —le dijo—. Como no lo había previsto, no tengo ninguna clase de protección.

—Yo compré por si acaso —admitió ella.

Alex levantó una ceja.

—Estabas bastante segura de que acabaría en tu casa.

—Segura no estaba —repuso ella—. Solo era optimista.

—Tráemelos. —Su voz aterciopelada le erizó el vello de la nuca de excitación.

Fue al aseo y cerró la puerta. Después de desvestirse y ponerse una bata rosa pálido, cogió la caja de condones y volvió a la cama.

Alex repasó con la mirada la bata, despacio, en descenso hacia sus tobillos desnudos y sus pies descalzos y luego en ascenso hacia su cara ruborosa. Le cogió la caja, la abrió, sacó un sobre y lo dejó en la mesita de noche. Para sorpresa de Zoë, Alex sacó otro sobre y lo dejó junto al primero. Parpadeó y notó que se ponía muy colorada. Él, con una mirada incisiva, dejó un tercer sobre en la mesita.

Zoë no pudo contener una risita ahogada.

—Ahora eres tú quien está siendo optimista —comentó.

—No —repuso Alex, comedido—. Estoy seguro.

Ella pensó riéndose por dentro que había situaciones en las que un poco de arrogancia masculina no era mala cosa necesariamente.

Alex dejó la caja, se desabrochó la camisa gris y la dejó caer al suelo. La camiseta interior, con el cuello en uve, era de un blanco puro en contraste con la piel morena. Con indecisión, Zoë echó mano al dobladillo de la camiseta, cuyo algodón conservaba la calidez y el aroma limpio del cuerpo de Alex. Se la levantó y él la ayudó. Libre de la camiseta, su torso quedó al descubierto, elegante y fuerte. Por un brevísimo instante, se preguntó si sería lo bastante cariñoso, lo bastante cuidadoso. Hacía mucho que no tenía relaciones íntimas con nadie.

Alex prestó atención a su expresión de aturdimiento.

—¿Estás preocupada? —le preguntó, poniéndole las manos en los brazos y acariciándoselos por encima de la bata.

—No, yo... —Le sonrió insegura—. Solo te recuerdo que no soy muy experta.

—Lo tengo en cuenta. —La acercó hacia sí y hundió la cara en su pelo, de modo que ella notó el calor de su aliento en el cuero cabelludo.

Sí. Bien que lo sabía ella. Ser consciente de la experiencia de él le encogió el estómago.

Alex la llevó a la cama y se tendió a su lado. La tocó con una mano callosa: elegancia y rudeza acunando su mejilla. La besó despacio, insaciablemente; sabía a azúcar con un toque de acidez de la limonada. Zoë se abrió anhelante al sabor y se volvió para apretujarse contra él, temblando de excitación al notar la forma masculina pegada a ella. Le pasó las manos por el vello del pecho, por la dureza de los hombros, por la barba crecida.

Él hocicó debajo de su barbilla, se abrió camino hasta detrás de la oreja y le lamió el lóbulo. Estremeciéndose, Zoë se volvió para encontrar sus labios. Nuevamente más de aquellos besos que hacían que le diera vueltas la cabeza, un poco más profundos, un poco más rudos.

Tenía calor con la bata rosa. Se retorció para librarse de la tela que la agobiaba. Estaba sofocada, ardía. Torpe por el deseo, manoseó para desatarse el cinturón de tela. El nudo se le resistía, cada vez más apretado, hasta que se puso a darle tirones, frustrada.

Alex levantó la cabeza y vio lo que quería hacer.

—Yo lo hago —le dijo, echando mano del cinturón—. Túmbate.

Zoë se tendió de espaldas, jadeando. El calor se le había acumulado en la boca, en la raíz del pelo, entre los dedos de las manos y de los pies... por todas partes. Apretó los muslos luchando contra la caliente humedad. Nunca había deseado nada tanto como tenerlo dentro. Estaba ansiosa y excitada, perdida en un sueño que podía acabar demasiado pronto.

—Alex —le dijo, desesperada—, no te molestes en alargar los prolegómenos.

—¿Qué? —le preguntó él, ocupado con el cinturón de la bata.

A Zoë se le escapó un gemido de alivio cuando el cinturón se aflojó.

—Con los juegos preliminares. Ahora mismo no me hacen falta porque estoy a punto.

Alex dejó las manos quietas. Miró su cara enrojecida con chispitas en los ojos, divertido.

—Zoë. ¿Entro yo alguna vez en la cocina para decirte cómo debes hacer un *soufflé*?

—No.

—Así es, porque tú eres experta en eso. Yo lo soy en esto.

—Si yo fuera un *soufflé* —dijo ella, retorciéndose para sacar los brazos de la bata—, ya estaría demasiado hecho.

—Confía en mí, no lo estás... ¡Oh, Dios mío! —La bata, al abrirse, había revelado la abundancia de sus curvas. Mirándola, Alex sacudió despacio la cabeza—. Esto es peligroso. Así es como muere la gente.

Con una sonrisa tímida, Zoë se libró de la bata y los pechos se balancearon con el movimiento.

Alex dijo algo ininteligible y se puso colorado.

—Tómame —lo instó ella, abrazándole el cuello—. No quiero esperar.

—Zoë... —Respiraba esforzadamente—. Con un cuerpo como el tuyo, saltarse los prolegómenos no es una opción. De hecho... todo el tiempo que pasas fuera de la cama es tiempo perdido.

—¿Estás diciendo que solo valgo para el sexo?

—No, vales para muchas otras cosas —dijo él, sin apartar los ojos de sus pechos—. Pero ahora mismo no puedo pensar en ninguna.

Ahogó la risa de ella con un beso. Luego fue bajando por su cuello, su aliento caliente contra la piel. Le acunó un pecho y se lo levantó para chuparle el pezón erecto, trazando círculos con la lengua alrededor. Ella cerró los ojos para evitar la suave luz de la lámpara, con los sentidos zumbando de placer mientras él tiraba con suavidad del pezón.

El mundo no existía, nada existía excepto ellos dos. Le tocó la entrepierna, húmeda y sensible, y ella levantó las caderas instintivamente. Con el pulgar separó la carne vulnerable y la frotó ligeramente. La hendidura estaba resbaladiza de humedad. Estaba tan cerca, tan desesperada por alcanzar el orgasmo que se mantenía justo fuera de su alcance, que los ojos se le llenaron de lágrimas de frustración.

En un torbellino de luz y sombras, le susurró que confiara en él, que lo dejara ocuparse de ella. Introdujo un dedo en su vagina, buscando en su interior y trazando un dibujo, culebreando con el nudillo. Zoë bajó una mano temblorosa hacia su muñeca para notar los movimientos de los huesos y los tendones. La habitación estaba en silencio mientras los dos se concentraban en aquellos secretos movimientos. Una nueva tensión empezó en lo más profundo del cuerpo de Zoë y se expandió en ágiles pulsos. Alex estaba encima de ella, con expresión concentrada, moviendo los dedos con hábil lentitud.

—¿Qué haces? —le preguntó con los labios secos.

Él bajó las pestañas sobre el mar de fuego azul de sus pupilas y se acercó a su oreja para murmurarle:

—Escribo mi nombre.

—¿Qué? —Estaba desorientada.

—Mi nombre —le susurró—. Dentro de ti.

Las enloquecedoras caricias de las yemas de los dedos y los nudillos nunca cesaban. La sensación disminuía y luego volvía a incrementarse mientras ejercía presión con la palma de su mano sobre la suya rítmicamente. Ella echaba atrás la cabeza, apoyándose en el brazo de Alex, sintiendo los besos de su boca en el cuello.

—Eso son más de... cuatro letras... —logró decir débilmente.

—Alexander —le explicó él—. Y esto... —Un pequeño toque erótico—. Esto es mi segundo nombre.

—¿Cuál es?

Notó cómo sonreía contra su piel.

—Adivina.

—No puedo. ¡Oh, por favor...!

—Te lo diré siempre y cuando no llegues antes de que termine.

Era imposible refrenar el placer. Era imposible ignorar las sensaciones que la arrasaban con tanta intensidad y tan velozmente. Zoë se tensaba agarrada a sus hombros. Comenzaron las sacudidas y el placer la invadió en oleadas, cada una más alta que la anterior, hasta que creyó que se desmayaría. Él la sostuvo contra sí, sorbiendo sus gemidos, prolongando la sensación.

El alivio fue tan tremendo que Zoë tardó varios minutos en poder moverse, con las piernas y los brazos estremecidos como por una corriente eléctrica. Alex empezó a besarla de la cabeza a los pies. Cuando ascendía de nuevo, le abrió las piernas, acariciándoselas morosamente, lamiéndole la cara interior del muslo hasta que ella se sobresaltó.

—No tienes por qué hacer esto —le dijo, doblando las piernas—. Ya he... No, de veras, Alex...

Él la miró desde la parte inferior de su vientre, que subía y bajaba agitado por la respiración.

—Es lo que se me da bien —le recordó.

—Sí, pero... —tartamudeó mientras él la agarraba por detrás de las rodillas y se las separaba—. Puedes echar a perder un *soufflé* si lo bates demasiado.

Su risita vibró contra su parte más sensible y las piernas se le sacudieron.

—No te he batido demasiado... todavía —le susurró, y hundió la cara entre sus muslos, raspando ligeramente con la barba un tanto crecida su delicada piel. Ella luchó por respirar, con el corazón desbocado.

—¿Apago la luz? —le rogó, ruborizada de pies a cabeza.

Alex sacudió muy ligeramente la cabeza y hundió más la lengua en ella, que se dejó caer sobre la cama con un gritito, sorprendida por la caricia caliente y resbaladiza.

—Ssss —susurró Alex sin apartarse, y el calor de su aliento la encendió aún más. Otra caricia... un giro burlón, un lametazo...

Zoë agarró el edredón de flores a ambos lados, sus pensamientos se disolvieron en la conciencia física ardiente de lo que le estaba haciendo. Jugaba con ella deliberadamente, atento a cada gemido, a cada movimiento.

—¿Más? —Por fin levantó la cabeza y le dijo en un susurro. Esperó la respuesta.

—Sí. —Todo lo que él quisiera, todo.

Alex se levantó y ella oyó cómo sus vaqueros caían al suelo y cómo rasgaba hábilmente uno de los sobres de la mesilla de noche. Volvió a su lado y se puso encima de ella, con el vello del pecho rozándole la piel. Zoë respiró más deprisa cuando notó la presión íntima y él la penetró más, con movimientos cuidadosos, sin dificultad. Gimió, respondiendo a la presión rítmica.

—¿Te hago daño? —le oyó preguntar.

Sacudió la cabeza sin abrir los ojos. La sensación era avasalladora pero dulce, la llenaba lentamente permitiéndole acogerlo progresivamente y, mientras tanto, le cubría de besos la boca y el cuello, susurrándole lo dulce que era, lo hermosa, que nada le había sabido tan bien, que nada volvería a saberle tan bien.

Aquella lenta pero inexorable posesión era como un sueño. Los dos intentaban persuadir a su cuerpo para que ella tomara tanto de él como fuera posible. Alex quedó completamente pegado a ella, que tenía la espalda plana en la cama, el cuerpo bajo el peso de él, lleno de él. Volvió la cabeza hacia su bíceps descomunal, notó en los labios su piel salada y deliciosa.

Alex empezó a moverse rítmicamente con una lasciva fricción que empujaba, frotaba y acariciaba al mismo tiempo. El placer era estremecedor. Zoë se envaró y abrió las piernas, arrastrada a un orgasmo enceguecedor. Los empujones se sucedieron, más centrados y profundos, hasta que Alex se sacudió y la sostuvo como si el mundo estuviera a punto de acabarse.

—Dímelo —le dijo ella al cabo de un buen rato, en la oscuridad, con una voz más profunda de lo habitual, líquida, como si hubiera alcanzado el punto de fusión.

Alex movía la mano ociosamente por su cuerpo ahíto.

—¿Decirte qué?

—Tu segundo nombre.

Él sacudió la cabeza.

Ella jugó cariñosamente con el vello de su pecho.

—Dame una pista.

Él le cogió la mano y se la llevó a la boca para besarle los dedos.

—Es el de un presidente de Estados Unidos.

Ella le acarició el borde firme del labio superior.

—¿Antiguo o de ahora?

—Antiguo.

—Lincoln.

Él negó con la cabeza.

—Jefferson. Washington —aventuró ella—. ¡Venga, dame otra pista!

Él sonrió contra su palma.

—Nació en Ohio.

—Millard Fillmore.

Aquello le arrancó una carcajada.

—Millard Fillmore no nació en Ohio.

—Otra pista.

—Fue un general de la guerra civil.

—¿Ulysses S. Grant? ¿Tu segundo nombre es Ulysses? —Se hizo un ovillo pegada a su hombro—. Me gusta.

—A mí no. En el patio del colegio me peleé mil veces porque alguien me había llamado por mi segundo nombre.

—¿Por qué te lo pusieron tus padres?

—Mi madre era de Point Pleasant, Ohio, lugar de nacimiento de Grant. Aseguraba que éramos parientes lejanos y, ya que era alcohólico, me siento tentado a creerla.

Zoë le besó el hombro.

—¿Cuál es tu segundo nombre? —le preguntó Alex.

—No tengo. Siempre he querido tener uno. No me gusta tener solo dos iniciales para el monograma. Cuando me casé con Chris por fin tuve tres, pero tras el divorcio he vuelto a ser Zoë Hoffman.

—Podrías haber conservado el nombre de casada.

—Sí, pero nunca me sentó bien. —Sonrió y bostezó—. Creo que en el fondo uno lo sabe.

—¿Sabe qué?

A Zoë se le cerraban los ojos, invadida por un abrumador cansancio.

—Quién eres —respondió soñolienta—. En quién tienes que convertirte.

El fantasma estaba acostado al lado de Emma, cuyo rostro y cabello iluminaba un rayo de luz plateada que se colaba por la ventana semicerrada. Escuchaba su suave respiración, los ocasionales cambios mientras soñaba. Tendido a su lado, tan cerca que ambos podrían haberse tocado de haber tenido él un cuerpo físico, recordó la sensación de ser joven, la emoción de estar vivo y enamorado, la promesa de que todo estaba todavía por llegar. La absoluta ignorancia de la evanescencia de la vida.

Un recuerdo lo asaltó: el recuerdo de Emma, frágil y consternada, con los ojos hinchados por el llanto.

—¿Estás segura? —le había preguntado haciendo un esfuerzo.

—He ido al médico. —Se había puesto una mano en el vientre, no como una madre protectora y expectante sino cerrada en un puño.

Él se sintió enfermo, furioso, anonadado. Estaba terriblemente asustado.

—¿Qué quieres? —le había preguntado—. ¿Qué puedo hacer?

—Nada. No lo sé. —Emma se había echado a llorar, con los sollozos dolorosos de alguien que ya lleva mucho tiempo haciéndolo—. No lo sé —había repetido desesperada.

Él la había abrazado, sosteniéndola firmemente y le había besado las ardientes mejillas.

—Haré lo correcto. Nos casaremos.

—No. Me odiarás.

—Jamás. No es culpa tuya.

Silencio.

—Quiero casarme contigo.

—Mientes —le había dicho ella, pero sus sollozos se habían calmado.

Sí, mentía. La idea del matrimonio, de tener un bebé, era como morir interiormente. El matrimonio sería una cárcel, pero amaba a Emma demasiado para herirla con la verdad y conocía perfectamente los riesgos de tener una aventura con ella. Una buena chica, de buena familia, afrontando la ruina porque lo amaba. Aunque aquello lo matara, no la defraudaría.

—Quiero —repitió.

—Se... se lo diré a mis padres.

—No, yo se lo diré. Yo me ocuparé de todo. Tú tranquilízate. No te conviene estar disgustada.

Emma temblaba de alivio, agarrada a él, estrujándolo para estar más cerca.

—Tom. Te quiero. Seré una buena esposa. No te arrepentirás, te lo juro.

El recuerdo se desvaneció y al fantasma le quedó una sensación de vergüenza y terror. ¡Por Dios bendito! ¿Qué demonios le pasaba de joven? ¿Por qué había tenido tanto miedo de lo que más quería? Había sido un idiota. Si hubiera tenido que volver a hacerlo, todo habría sido distinto. ¿Qué había sido del bebé? ¿Por qué le había mentido Emma a Alex al decirle que ella y Tom nunca habían hablado de casarse? ¿Cuándo se había celebrado la boda?

Miró la cara inmóvil de Emma.

—Lo siento tanto... —le susurró—. Nunca quise hacerte daño. Eres todo lo que siempre he deseado. Todo cuanto he amado. Ayúdame a encontrar el modo de volver contigo.

21

Dado que una relación con un Nolan tenía fecha de caducidad, Alex no se sorprendió cuando Sam y Lucy rompieron a mediados de agosto, aunque le supo mal. Durante los dos últimos meses Sam había sido más feliz de lo que Alex lo había visto nunca. Era evidente que Lucy significaba mucho para él, pero a ella le habían ofrecido una beca de arte que la obligaba a mudarse a Nueva York y permanecer allí un año. Iba a aceptarla y Sam, siendo como era él, no iba a interponerse ni a pedirle que se quedara por el bien de una relación que no iba a ninguna parte.

Como Alex había estado trabajando en la escalera del primer piso de Rainshadow Road, resultó que estaba allí el día que Lucy fue a romper con Sam. Mientras él aporreaba los escalones, el fantasma fue a ver qué pasaba y, al cabo de diez minutos, le pasó el parte.

—Lucy acaba de romper con Sam.

Alex dejó de dar martillazos.

—¿Ahora mismo?

—Sí. Así de simple. Le ha dicho que tenía que irse a vivir a Nueva York y que no intentara detenerla. Me parece que ha sido un golpe duro. ¿Por qué no bajas a hablar con él?

Alex resopló.

—¿De qué?

—Pregúntale si está bien. Dile que hay más peces en el mar.

—No necesita que se lo diga.

—Es tu hermano. Demuéstrale un poco de compasión y, de paso, puedes decirle que tendrás que venir a vivir con él.

Alex puso mala cara. Darcy le había mandado hacía poco un correo electrónico diciéndole que había pedido al tribunal de familia un orden para sacarlo de «su» casa.

Irse a vivir con Sam le saldría más barato que alquilar un apartamento y, en lugar de pagarle alquiler, podría seguir con la restauración de la casa de Rainshadow Road. Sabía Dios por qué Alex tenía tantas ganas de trabajar allí. Ni siquiera era de su propiedad. Sin embargo, no podía negar lo unido que estaba a la casa.

Llevaba tres semanas acostándose con Zoë... y habían sido las mejores de su vida, pero también las peores. Racionaba el tiempo que pasaba con ella cuando en realidad lo que deseaba era verla cada minuto del día. Inventaba excusas para llamarla, solo para oírla hablarle de una recta nueva o explicar las diferencias entre la vainilla de Tahití, la mexicana o la de Madagascar. Sonreía en cualquier momento, pensando en algo que había dicho o hecho, algo tan impropio de él que comprendió que tenía un problema serio.

Deseó poder culpar a Zoë por habérselo ganado, pero ella sabía cuándo tirar y cuándo soltar cuerda. Manejaba a Alex más hábilmente que nadie, y a pesar de que él sabía que lo estaba manejando, no se oponía. Como la noche que le había dicho que no podía quedarse. Entonces había preparado un asado que había llenado toda la casa de una suculenta fragancia. Por supuesto, eso lo había retenido lo bastante para quedarse a cenar y, luego, se había acostado con ella. Porque un asado, como bien sabía ella, era un afrodisíaco para cualquier hombre del noroeste del Pacífico.

Intentó limitar la cantidad de noches que pasaba con ella, pero no era fácil. La deseaba permanentemente, en todos los sentidos. El sexo era sorprendente, pero más asombroso era incluso lo mucho que deseaba a Zoë por otras razones. Las cosas que antes lo irritaban, como su entusiasmo, su obstinado optimismo, se habían convertido en lo que más le gustaba de ella. Constantemente le mandaba pensamientos alegres como globos de fiesta.

Sobre lo único que Zoë no podía hacerse ilusiones era sobre el estado de Emma, que iba empeorando. La enfermera la había sometido hacía poco a unos tests: repetición de palabras, dibujar esferas de reloj o juegos sencillos de contar monedas. Los resultados habían sido significativamente peores que los obtenidos en las mismas pruebas un mes antes. Lo más inquietante era que Emma había perdido el apetito y ya no sabía lo que era una comida equilibrada. De no haber estado Jeannie y Zoë para recordárselo, se habría pasado días sin comer o comido nachos con mostaza para desayunar.

Zoë estaba preocupada porque se daba cuenta de que su abuela, que solía ir siempre tan bien arreglada, ya no se preocupaba de si iba peinada o se había limado las uñas. Justine la visitaba al menos dos veces por semana para llevarla a la peluquería o al cine. Alex la mantenía ocupada cada tanto después de cenar mientras Zoë ordenaba la cocina o se daba un baño. Jugaba a cartas con ella, sonriendo porque charlaba por los codos. Incluso ponía música y bailaban los dos, y Emma criticaba su modo de bailar el foxtrot.

—Giras el pie demasiado tarde —se había quejado—. Vas a pisarme. ¿Dónde has aprendido a bailar?

—Asistí a varias clases en Seattle —le había contestado Alex mientras cruzaban la habitación al ritmo de *As Time Goes By*.

—Tendrían que devolverte el dinero.

—Hacían milagros. Antes de las clases, bailaba igual que si lavara el coche.

—¿Cuánto tiempo tomaste clases?

—Era un curso de emergencia de un fin de semana. Mi prometida quería que fuera capaz de bailar el día de la boda.

—¿Cuándo te casaste? —le había preguntado Emma con impertinencia—. Nadie me lo había dicho.

Alex ya le había hablado de su matrimonio con Darcy, pero la anciana lo había olvidado.

—Eso se acabó. Nos divorciamos.

—Bueno, se acabó rápido.

—No lo bastante.

—Deberías casarte con mi Zoë. Sabe cocinar.

—No volveré a casarme. Soy un marido pésimo.

—Practicando se consigue la perfección —le había dicho Emma.

Aquella noche, Alex se había quedado en la casa abrazando a Zoë mientras dormía y por fin había entendido lo que era aquella sensación que tenía, aquel dulce dolor que le atenazaba el pecho desde que la había visto por primera vez. Era felicidad. Aquello le hizo sentir tremendamente incómodo. Había oído hablar de algunas sustancias adictivas que basta con probar una sola vez para que te enganchen. Esa era la naturaleza de su atracción por Zoë: inmediata, tremenda, sin esperanza de remisión.

Tres días después de la ruptura de Sam y Lucy, Alex se pasó por Rainshadow Road para recoger unas herramientas que había dejado allí. Una furgoneta de reparto lo siguió por el camino y aparcó delante de la casa. Dos hombres descargaron un gran cajón chato.

—Alguien tiene que firmar la entrega —le dijo uno a Alex mientras subían los escalones de la entrada cargados con el cajón—. Tiene un seguro de narices.

—¿Qué es?

—Una ventana de cristal emplomado.

—De Lucy, supuso Alex. Sam le había contado que Lucy había hecho una ventana para la fachada. La que Tom Findlay había instalado hacía tanto tiempo se había roto y la habían quitado para sustituirla por una de cristal liso. Sam le había dicho algo de que a Lucy se le había ocurrido el diseño durante su estancia en Rainshadow Road, una imagen que había visto en sueños.

—Yo firmaré —dijo—. Mi hermano está en el viñedo.

Los repartidores dejaron la enorme ventana en el suelo y la desembalaron a medias para asegurarse de que no había sufrido daños durante el traslado.

—Parece que está bien —dijo uno—, pero si encuentra algún desperfecto cuando nos hayamos ido, alguna fisura o algo, llame al número que hay al pie del recibo.

—Gracias.

—Buena suerte —le dijo el tipo con afabilidad—. Instalarla no va a ser fácil.

—Eso parece —repuso Alex con una sonrisa triste, firmando la entrega.

El fantasma se quedó al lado de la ventana, mirándola paralizado.

—Alex —le dijo con una voz peculiar—. Echa un vistazo.

Alex esperó a que se fueran los de la furgoneta y fue a echar un vistazo a la ventana. La imagen era la de un árbol invernal con las ramas desnudas, un cielo gris y lavanda y una luna blanca. Los colores era sutiles y los estratos de cristal producían un efecto de volumen incandescente. Alex no entendía demasiado de arte, pero la maestría de aquella ventana era evidente.

Se fijó entonces en el fantasma, que estaba muy callado y quieto. En el vestíbulo de la casa hacía frío a pesar del calor veraniego. Era la pena, tan intensa que a Alex le escocían la garganta y los ojos.

—¿Te acuerdas de ella? —le preguntó al fantasma—. Es como la que tú instalaste para el padre de Emma.

El fantasma estaba demasiado conmocionado para hablar. Asintió una sola vez con la cabeza. Más pena en el aire, hasta que cada aliento fue un azote gélido. Se estaba acordando de algo... y no era bueno.

Alex retrocedió un paso, pero no tenía dónde ir.

—Ya basta —le dijo con brusquedad.

El fantasma señaló hacia el segundo piso, mirando a Alex suplicante.

Alex lo entendió inmediatamente.

—Está bien. La instalaré hoy, pero fuera dramatismos.

Sam entró en la casa. Para indignación de Alex, a su perdidamente enamorado hermano le interesó casi más la ventana que si Lucy había mandado una nota con ella, cosa que no había hecho. Sacó el teléfono para llamar a Gavin e Isaac. Que dejaran de trabajar el garaje de Zoë una sola tarde y lo ayudaran.

—Voy a llamar a dos de mis chicos para que me ayuden a instalarla —le dijo Alex—. Hoy mismo, si es posible.

—No sé —dijo Sam, abatido.

—¿Qué no sabes?

—No sé si quiero instalarla.

Alex notó una nueva oleada de desesperación que emanaba del fantasma.

—No me vengas con esas —le dijo exasperado. Esta ventana tiene que estar en esta casa. Esta casa la necesita. Hace mucho que tenía una idéntica.

Sam parecía desconcertado.

¿Cómo lo sabes?

—Lo que quiero decir es que es perfecta para este edificio. —Alex caminaba marcando el número telefónico—. Yo me ocupo de todo.

Justo después del almuerzo, Gavin e Isaac se reunieron con Alex en la casa del viñedo e instalaron la ventana emplomada. La cosa fue rápida gracias a que Lucy había tomado las medidas con precisión y fabricado una ventana que encajaba a la perfección en el marco ya instalado. Pusieron silicona en los bordes y la empotraron en su sitio sirviéndose de cartulinas dobladas en acordeón para proteger el cristal. Al cabo de veinticuatro horas de secado, podrían añadir un tapajuntas de madera.

El fantasma los miraba atentamente, sin chistes, preguntas ni comentarios, solo con una silenciosa melancolía. Se había negado a explicar nada sobre la ventana o sobre los recuerdos que había traído a su memoria.

—¿No te parece que merezco tener unas cuantas respuestas? —le preguntó Alex esa noche, más tarde—. Al menos podrías darme una pista acerca de lo que está pasando con esta condenada ventana. ¿Por qué quieres que la instale? ¿Por qué te pone de un humor de perros?

—¡No me da la gana hablar de eso! —repuso furibundo el fantasma.

A la mañana siguiente, Alex se pasó por Rainshadow Road para echarle un vistazo a la silicona antes de irse a casa de Zoë. Fue en el BMW, diciéndose que podía disfrutar de él un par de días más antes de revendérselo al concesionario. Cuando había comprado el sedán, tanto él como Darcy querían un vehículo de gama alta para sus viajes de fin de semana a Seattle. Encajaba con su modo de vida, o al menos con el estilo de vida al que aspiraban. Ahora no entendía por qué le había parecido algo tan importante.

Por el camino se cruzó con Sam, que había ido a dar un paseo por el viñedo. Redujo la velocidad y bajó la ventanilla.

—¿Quieres que te lleve?

Sam sacudió la cabeza y le hizo un gesto para que prosiguiera. Tenía una expresión distraída, como si estuviera escuchando una música que nadie más oía aunque no llevara auriculares.

—Está raro —le dijo Alex al fantasma, conduciendo hacia su destino.

—Todo es raro —repuso el fantasma, mirando por la ventanilla.

Tenía razón. Un extraño resplandor teñía el paisaje. Los colores del viñedo y el jardín eran más vivos, cada flor y cada hoja alimentaba el aire con su luminosidad. Incluso el cielo era diferente, plateado a ras del agua de False Bay y progresivamente más azul hasta casi ser doloroso para la vista.

Alex salió del coche e inspiró profundamente el perfume de las flores que traía la brisa. El fantasma miraba la ventana del segundo piso. No parecía la misma. El color del cristal había cambiado, pero tenía que ser un efecto lumínico o del ángulo desde donde la estaban mirando.

Alex entró corriendo en la casa y subió la escalera hasta el descansillo. Algo le había pasado a la ventana, no cabía duda: el árbol invernal estaba cubierto de hojas verdes en abundancia, hojas hechas con perlas de cristal. La luna había desaparecido y el cielo de cristal había adquirido tintes rosa, naranja y lavanda que se fundían en un azul diurno.

—Han cambiado la ventana —dijo Alex desconcertado—. ¿Qué ha pasado con la otra?

—Es la misma ventana —repuso el fantasma.

—Imposible. Los colores no son los mismos. Ya no hay luna. Las ramas tienen hojas.

—Ese es el aspecto que tenía cuando la instalé hace tantos años. Hasta el último detalle. Pero un día... —Se interrumpió cuando oyeron entrar a Sam.

Sam subió la escalera y se quedó de pie junto a su hermano, mirando fijamente la ventana, embelesado y preocupado.

—¿Qué has hecho con ella? —le preguntó Alex.

—Nada.

—¿Cómo ha...?

—No lo sé.

Desconcertado, Alex miró alternativamente a Sam y al fantasma, perdidos ambos en sus propios pensamientos. Parecían saber mejor que él lo que estaba pasando.

—¿Qué significa esto? —preguntó.

Sam se fue sin decir ni pío, bajando los escalones de dos en dos, dirigiéndose hacia su furgoneta a grandes zancadas. El motor del vehículo rugió cuando aceleró por el camino.

La confusión de Alex dio paso a la irritación.

—¿Por qué se va así?

—Va a buscar a Lucy —dijo el fantasma con seguridad, tranquilamente.

—¿Para enterarse de lo que ha pasado con la ventana?

El fantasma lo miró burlón y se puso a dar vueltas por el descansillo.

—A Sam no le importa lo que le haya pasado a la ventana, lo importante es por qué le ha pasado eso. —Como Alex seguía callado, sin entender nada, añadió—: La ventana ha cambiado a causa de Sam y Lucy, por lo que sienten cada uno por el otro.

Aquello no tenía sentido.

—¿Estás diciendo que es una especie de ventana mágica? —le preguntó Alex con un resoplido de incredulidad.

—Claro que no —dijo el fantasma con acritud—. ¿Cómo es posible eso si no encaja con tu existencialismo? Probablemente es otra ilusión psicótica. Solo que Sam parece compartirla. —Se acercó a la pared y se sentó en el suelo, con las piernas dobladas, abrazándose una rodilla. Parecía cansado y estaba lívido. Sin embargo, no podía estar cansado porque era un espíritu y estaba por encima de las cadenas de la debilidad física—. En cuanto vi la ventana ayer en el cajón recordé lo que nos había sucedido a Emma y a mí. Recordé lo que hice.

Alex apoyó los brazos en la barandilla y contempló la ventana. Las hojas verdes estaban repartidas de un modo que creaba la ilusión de movimiento, como si una suave brisa soplara entre las ramas.

—Yo era un par de años mayor que Emma —dijo el fantasma. Las emociones se esparcieron por el aire como incienso—. La evitaba todo lo posible. Estaba fuera de mi alcance. Si creces en la isla, sabes con qué personas puedes relacionarte, con qué chicas podías tener roce y con cuáles no.

—¿Roce?

El fantasma sonrió débilmente.

—Llamábamos «tener roce» a besarnos. Emma estaba

fuera de mi alcance —prosiguió—. Inteligente, con clase, de familia rica... Podía ser cabezota a veces, pero tenía la misma tendencia a la bondad que Zoë. Nunca hería a nadie si podía evitarlo.

»Cuando el señor Stewart me contrató para que instalara la cristalera, su mujer les dijo a sus tres hijas que no se me acercaran. Que no se relacionaran con el obrero. Emma no le hizo ningún caso, claro. Se sentaba y me miraba trabajar, haciéndome preguntas. Le interesaba todo. Me enamoré de ella tan profundamente y tan rápido... Era como si ya la amara antes de conocerla.

»Estuvimos viéndonos en secreto todo el verano y parte del otoño. Pasábamos casi todo el tiempo en Dream Lake. A veces íbamos en bote a una de las islas y allí pasábamos el día. No hablábamos mucho del futuro. En Europa la guerra continuaba y todo el mundo sabía que era solo cuestión de tiempo que entráramos en ella. Emma sabía que yo planeaba alistarme. Con un entrenamiento básico, el Ejército del Aire podía convertir a un civil sin experiencia en un piloto cualificado en un par de meses. —Hizo una pausa—. A principios de noviembre de 1941, antes de lo de Pearl Harbor, Emma me dijo que estaba embarazada. La noticia me sentó como un tiro, pero le dije que nos casaríamos. Hablé con su padre para pedirle su mano. Aunque no estuvo lo que se dice encantado con la situación, quiso que la boda se celebrara lo antes posible, para evitar el escándalo. Se portó bastante bien dado el caso. La madre, sin embargo, creí que me mataría. Opinaba que Emma se rebajaba casándose conmigo, y tenía razón. Pero había un bebé en camino, así que no teníamos elección. Fijamos la boda para el día de Nochebuena.

—A ti no te hacía feliz —dijo Alex.

—¡Qué va! Estaba aterrorizado. Una esposa, un hijo...

nada de ello tenía nada que ver conmigo, pero sabía lo que era crecer sin un padre. No iba a permitir que eso le sucediera al bebé.

»Después del ataque a Pearl Harbor, todos los jóvenes conocidos fueron a la oficina de reclutamiento para alistarse. Emma y yo acordamos que no me alistaría hasta después de la boda. Unos días antes de Navidad, la madre de Emma me llamó para decirme que fuera a su casa. Había sucedido algo. Supe que no se trataba de nada bueno por su voz. Llegué justo cuando el médico se iba. Hablé con él en el porche unos minutos y subí a ver a Emma, que estaba acostada.

—Había perdido al bebé —dijo Alex en voz baja.

El fantasma asintió.

—Había empezado a sangrar por la mañana, al principio solo un poco, pero cada vez más a medida que pasaban las horas, hasta que había sufrido un aborto. ¡Parecía tan pequeña en aquella cama! Se echó a llorar en cuanto me vio. La estuve abrazando un buen rato. Cuando se tranquilizó, se quitó el anillo de prometida y me lo devolvió. Dijo que sabía que no quería casarme con ella y que, ahora que ya no había ningún bebé, no había tampoco motivo para que lo hiciera. Yo le dije que no tenía que tomar ninguna decisión de inmediato pero, por una centésima de segundo, sentí alivio, y ella lo notó. Así que me preguntó si creía que estaría preparado para casarme algún día. Si debía esperarme. Le dije que no, que no esperara. Le dije que si sobrevivía a la guerra y regresaba, no podría contar conmigo. Le dije que su amor no duraría, que sentiría lo mismo por algún otro alguna vez. Lo creía incluso. Ella no discutió conmigo. Sabía que le estaba haciendo daño, pero creía que así le ahorraba mucho más dolor en el futuro. Me dije que lo hacía por su propio bien.

—Estabas siendo cruel por bondad —dijo Alex, asintiendo.

El fantasma apenas pareció oírlo. Tras un silencio meditabundo, dijo:

—Esa fue la última vez que la vi. Cuando salí de aquella habitación y me dirigí a la escalera, pasé bajo esa ventana. El cristal había cambiado. Las hojas habían desaparecido, el cielo se había puesto oscuro y brillaba en él una luna invernal. Un milagro en toda regla, pero no me permití pensar en lo que significaba.

Alex no entendía que el fantasma estuviera tan avergonzado y se sintiera tan culpable de lo que le había confesado. Se había comportado honorablemente cuando se había ofrecido a casarse con Emma dadas las circunstancias. No había tenido nada de malo que rompieran el compromiso después del aborto: Emma no se había quedado sola ni en la indigencia. Además, Tom iba a alistarse de todas formas.

—Hiciste lo correcto —le dijo—. Fuiste honesto con ella.

El fantasma lo miró con rabia, incrédulo.

—Eso no fue honestidad, fue cobardía. Tendría que haberme casado con ella. Tendría que haberme asegurado de que, pasara lo que pasase, supiera siempre que significaba más para mí que nada en el mundo.

—No pretendo ser insensible —empezó a decir Alex y puso mala cara cuando el fantasma soltó una carcajada amarga—, pero seguramente habrías muerto en la guerra de todos modos. Así que no habríais pasado mucho más tiempo juntos.

—No lo entiendes, ¿verdad? —le preguntó el fantasma, incrédulo—. Yo la amaba. La amaba y le fallé. Nos fallé a ambos. Era demasiado cobarde. Algunos hombres se pasan la vida soñando con que los amen así. Yo lo eché por la borda y todas mis posibilidades de corregirlo se estrellaron contra el suelo conmigo y mi avión.

—A lo mejor fuiste afortunado. ¿Lo has pensado? Si hubieras sobrevivido y regresado con Emma, podrías haber acabado abocado a un matrimonio espantoso. Podríais haber acabado odiándoos mutuamente. Tal vez fue mejor que las cosas salieran como salieron.

—¿Afortunado? —Lo miró horrorizado, furioso, indignado. Se levantó y deambuló por el descansillo. Un par de veces se detuvo para mirar a Alex como si fuera una curiosidad un tanto repelente. Al final se paró delante de la ventana—. Supongo que tienes razón —dijo—. Es mejor morir siendo joven y evitar las miserables complicaciones de amar a los demás. La vida no tiene sentido. Es preferible acabar con ella.

—Exactamente —dijo Alex, ofendido por el sermón. Al fin y al cabo, estaba dispuesto tomar sus decisiones y a pagar por ellas, exactamente como había hecho el fantasma. Estaba en su derecho.

Mirando fijamente la ventana de exuberantes colores, el fantasma le dijo con malevolencia:

—Tal vez tengas la fortuna que tuve yo.

22

«Tal vez tengas la fortuna que tuve yo.»

Aunque Alex no quería admitirlo, aquellas palabras lo habían fastidiado más de lo que el fantasma creía. Sabía que había sido un imbécil diciéndole al fantasma que tal vez había sido mejor que muriera joven. Decir algo así era un error en todos los sentidos, aunque lo creyeras.

La cuestión era que Alex ya no estaba completamente seguro de lo que creía.

La introspección nunca había sido su fuerte. Había crecido convencido de que, si no esperas nada y nada obtienes, no puedes sentirte decepcionado. Si no permites que nadie te quiera, nadie te romperá el corazón, y si buscas lo peor de la gente, siempre lo encuentras. Se había mantenido a salvo gracias a tales convicciones.

Sin embargo, no podía evitar recordar una línea de la carta que Emma había escrito hacía tantos años... algo sobre sus oraciones atrapadas como codornices bajo la nieve. Aquellas aves que dormían acurrucadas en el suelo agradecían la capa de nieve que las cubría y las aislaba. Algunas veces, no obstante, la nieve se congelaba y las atrapaba en

306

una concha dura de la que no podían escapar. Sin comida, se ahogaban y se morían de hambre y de frío. Sin que nadie las viera, sin que nadie las oyera.

Había veces en que le parecía que Zoë atravesaba capas de protección. Le había dado algunos de los pocos momentos de felicidad que había conocido en su vida, pero nunca sería capaz de vivir aquella sensación plenamente porque estaba irremediablemente convencido de que no podía durar... y eso implicaba que Zoë era para él un peligro. Era una debilidad que no podía permitirse.

Alex no era como sus hermanos. Los dos eran más despreocupados, se sentían más cómodos dando y recibiendo afecto. Por lo que recordaba de su hermana Vickie, ella también era así. Sin embargo, ninguno de los tres vivía todavía en casa cuando sus padres se habían hundido en lo peor de su alcoholismo. Ninguno de ellos había sido descuidado durante días o semanas seguidas en una casa silenciosa. A ninguno le habían dado alcohol para que se estuviera callado los fines de semana.

A pesar de sus propios problemas, Alex no lamentaba que Sam fuera otra vez feliz. Su hermano había vuelto con Lucy. Le había dicho que la relación era seria y que se casarían algún día. Su plan era que Lucy aceptara la beca de arte de un año en Nueva York. Ella y Sam mantendrían una relación a distancia hasta que regresara a Friday Harbor.

—Así que sería conveniente que te mudaras a Rainshadow Road —le dijo Sam—. Voy a ir a Nueva York al menos una vez al mes para ver a Lucy y, mientras, tú puedes ocuparte de todo por mí.

—Cualquier cosa con tal de librarme de ti —repuso Alex, incapaz de disimular una sonrisa viendo lo exultante que estaba Sam—. ¡Caray! Estás un poco demasiado contento. ¿Puedes relajarte un poquito? Solo lo bastante para que pueda seguir en la misma habitación que tú...

—Lo intentaré. —Sam se sirvió un poco de vino y miró de soslayo a su hermano—. ¿Quieres una copa?

Alex negó con la cabeza.

—Ya no bebo.

Sam lo miró pasmado.

—¡Qué bien! —Iba a dejar su copa, pero Alex le hizo señas para que se la tomara.

—Adelante, yo estoy bien.

Sam tomó un sorbo de vino.

—¿Qué te indujo a dejarlo?

—Me estaba acercando peligrosamente a un punto sin retorno.

Sam pareció entender a qué se refería.

—Me alegro —le dijo sinceramente—. Tienes mejor aspecto. Más saludable. —Hizo una pausa deliberada—: Parece que salir con Zoë Hoffman tiene sus beneficios.

Alex frunció el ceño.

—¿Quién te lo ha dicho?

Sam sonrió.

—Esto es Friday Harbor, Alex. Una comunidad unida en la que todos vivimos para enterarnos de los sórdidos detalles íntimos de la vida de los demás. Me sería más sencillo decirte quién no me lo ha dicho. Te han visto con Zoë en infinidad de ocasiones. Le has reformado la casa. Tu furgoneta ha estado toda la noche aparcada en su camino de entrada. Espero que no creyeras que todo eso era un secreto.

—No, pero no imaginaba que todos estuvieran tan interesados en mi vida privada.

—¡Claro que lo están! No es divertido chismorrear de cosas que no son privadas. Así que tú y Zoë...

—No hablo de ello —le advirtió Alex—. No me preguntes cómo va la relación ni qué intenciones tengo.

—Todo eso me da igual. Lo único que quiero saber es cómo es en la cama.

—Una pasada —dijo Alex—. Orgasmos a un nivel celular.

—¡Caramba! —comentó Sam, impresionado.

—Lo más asombroso es que suele haber una anciana en la casa y un gato maullando al otro lado de la puerta.

Sam rio bajito.

—Bueno, tienes la oportunidad de pasar un tiempo a solas con Zoë la semana que viene. Pasaré en Nueva York unos cuantos días para ayudar a Lucy a instalarse en su apartamento. Así que si ya te has traído tus cosas para entonces...

—Tardaré medio día como mucho —le dijo Alex.

Oyó el aviso de que le había llegado un mensaje de texto y se sacó el móvil del bolsillo trasero. Era de su agente inmobiliario, que recientemente le había tanteado acerca de una posible oferta para la parcela de Dream Lake. A pesar de que le había dicho que no estaba interesado en venderla, porque quería explotar la tierra por su cuenta, el agente había insistido en que era una oferta que merecía la pena tener en cuenta. El comprador, Jason Black, era un creador de videojuegos de Inari Enterprises. Buscaba un lugar donde construir una especie de retiro para una comunidad de aprendizaje. Sería un gran proyecto, con varios edificios y servicios. Quien lo construyera ganaría mucho dinero.

—Y esto es lo interesante —le había dicho el agente a Alex—. Black quiere que se construya todo con el certificado de sostenibilidad, según los últimos requisitos medioambientales y de ahorro energético. Cuando le dije a su agente que tienes la acreditación y experiencia en la construcción de casas ecológicas... bueno, ahora tiene interés en hablar contigo. Es una suerte que puedas vender la propiedad con la condición de que será tuyo el contrato de construcción.

—Me gusta trabajar por mi cuenta —le había dicho Alex—. No quiero vender, y la idea de tener que tratar con un obseso de los videojuegos... ¿cómo sé que no fanfarronea?

—Reúnete con él —le había rogado el agente inmobiliario—. No estamos hablando solo de dinero, Alex. Estamos hablando de pasta gansa.

Mirando a su hermano, a Alex se le ocurrió que Sam podía conocer la empresa de videojuegos.

—Oye, ¿tú sabes algo de Inari Enterprises?

—¿Inari? Acaban de sacar Skyrebels.

—¿Eso qué es?

—¿Dónde has estado metido? Skyrebels es la cuarta entrega de Dragon Spell Chronicles.

—¿Cómo he podido perdérmelo? —exclamó Alex.

—Skyrebels es el juego de más éxito —prosiguió Sam con entusiasmo. Se han vendido unos cinco millones de copias durante la primera semana desde que salió a la venta. Es un juego de rol de formato abierto que ofrece un modo de juego no lineal, y posee una increíble resolución gráfica, con autosombreado y...

—En inglés, Sam.

—Basta con que te diga que es el entretenimiento más grande, mejor y más chulo que se haya visto y que la única razón por la que no juego las veinticuatro horas del día es porque de vez en cuando necesito hacer una pausa para comer o para follar.

—Entonces habrás oído hablar de Jason Black.

—Es uno de los creadores de juegos más importantes de todos los tiempos. Bastante misterioso. Normalmente un tipo de su posición habla un montón de los eventos de la industria de los videojuegos y de las galas de premios, pero él no se hace notar. Tiene un par de hombres que hablan y aparecen en los medios en su nombre. ¿Por qué me lo preguntas?

Alex se encogió de hombros.

—He oído que podría querer comprar una propiedad en la isla —dijo sin concretar más.

—Jason Black podría comprarse la isla entera —le aseguró Sam—. Si tienes ocasión de hacer algo en asociación con él o con Inari, atrápala y corre.

—¿Es un juego como Angry Birds? —le preguntó Zoë al cabo de unos días, cuando Alex le habló de Skyrebels.

—No. Se trata de todo un mundo, como una película. Puedes explorar distintas ciudades, librar batallas, cazar dragones. Hay un número potencialmente ilimitado de entornos. Por lo visto puedes apartarte de la búsqueda principal para leer libros de una librería virtual o cocinar platos virtuales.

—¿Cuál es la búsqueda principal?

—¡Que me aspen si lo sé!

Zoë sonrió mientras vertía el chocolate blanco derretido de una sartén pequeña en un cuenco. Ella y Alex estaban solos en la casa de Rainshadow Road. Sam se había marchado a Nueva York para ver a Lucy y Justine se había ofrecido a quedarse con Emma en la casa de Dream Lake.

—No lo hago por Alex, lo hago por ti —le había dicho a Zoë—. De vez en cuando deberías pasar una noche sin tener que ocuparte de Emma.

—¿Por qué quiere alguien pasar tanto tiempo en un mundo virtual en lugar de en el mundo real? —le preguntó a Alex dejando la sartén vacía—. Te puedes tomar la molestia de preparar una comida virtual pero seguirás sin tener nada real que llevarte a la boca.

—Los jugadores no quieren una cena de verdad —le dijo él—. Les gustan las cosas que se pueden comer con una sola mano: patatas fritas, ganchitos... —Rio al ver la cara que ponía ella y observó, intrigado, cómo usaba una espátula para mezclar el chocolate en un cuenco de nata batida.

—¿Por qué la mezclas así?

—Si lo mezclas de la manera habitual no queda esponjoso. —Metió la espátula verticalmente en el cuenco de nata y chocolate blanco y ejecutó un movimiento envolvente por el fondo y un lado del recipiente. Cada vez que terminaba aquella maniobra le daba al cuenco un cuarto de vuelta—. ¿Lo ves? De esta manera la mezcla se mantiene ligera. Toma, prueba.

—No quiero estropearlo —protestó Alex cuando le dio la espátula.

—No lo harás. —Le sujetó la mano con la suya y le enseñó a describir el movimiento. Él permaneció detrás de ella, rodeándola con los brazos, mientras Zoë guiaba su mano hábilmente—. Abajo, por debajo, arriba, por encima. Abajo, por debajo, arriba, por encima... sí, eso es.

—Empiezo a excitarme —le dijo él, y Zoë soltó una carcajada.

—No es que te cueste demasiado.

Le devolvió la espátula y hundió la nariz en sus rizos mientras ella dejaba a punto la emulsión.

—¿Para qué hacemos esto?

—Para una tartaleta de chocolate blanco y fresas. —Hundió un dedo en la crema y se dio la vuelta en sus brazos—. Prueba.

Él probó la crema de su dedo.

—¡Dios, qué bueno está! Dame más.

—Esto y basta —dijo ella con severidad, hundiendo una vez más el dedo en el cuenco—. Lo necesitamos para la tartaleta.

Le succionó el dedo.

—Mmmm. —Bajó la cabeza y compartió el bocado con ella. Tenía la lengua dulce como el chocolate blanco.

Zoë se relajó y abrió los labios. El beso se prolongó, se volvió profundo y perezoso, mientras las manos de Alex se deslizaban por sus brazos y sus hombros. Cogió el dobladillo de su camiseta y empezó a subírsela. Ella lo detuvo con un gritito de protesta.

—Alex, no. Estamos en la cocina.

Le besó el cuello.

—No hay nadie.

—Las ventanas...

—No hay nadie en kilómetros a la redonda. —Le quitó la camiseta y atrapó su boca con una sensual glotonería que le erizó la pelusilla de la nuca y los brazos. Cuando notó que le bajaba los tirantes del sujetador se tensó inquieta, pero se lo permitió. Sus dedos, tan seguros, le desabrocharon los corchetes de la espalda. Uno, dos, tres... Las tirillas y el encaje elástico cayeron.

Le cubrió los pechos con las manos, ejerciendo una cálida y estimulante presión, acariciándola suavemente con las palmas. Luego le pellizcó los pezones hasta que se le endurecieron. Ella se apoyó contra el borde de la encimera, haciendo un esfuerzo por hablar, entre jadeos.

—Por favor... arriba... —quería la oscura privacidad envolvente de un dormitorio, la blandura de una cama.

—Aquí —insistió en voz baja Alex, que se quitó la camiseta y la tiró al suelo. Todo él era agresividad y fuerza física masculina. Tenía los ojos encendidos y de un azul demoníaco cuando metió la mano en el cuenco de nata y cogió un poco con dos dedos. Zoë parpadeó al darse cuenta de lo que pretendía.

—Ni se te ocurra —resolló, riéndose bajito, intentando zafarse—. A ti te falla algo.

Sin embargo, él la había agarrado con la mano libre por la parte delantera de los pantalones cortos y la retuvo para untarle los pezones con la mezcla de nata y chocolate blanco.

Zoë cerró los ojos, temblorosa, cuando él empezó a lamer y a chupar. Subió la cabeza y la besó de nuevo; su boca era deliciosa y voraz. Con las manos dentro de sus pantalones cortos, apoyó las manos calientes contra su piel fría. La joven no podía pensar, apenas era capaz de respirar. «Permíteselo», le decía el cuerpo, y el placer se desplegaba lascivo. Que le quitara los pantalones cortos y las bragas, que le besara la vulnerable curva del vientre y le tocara la entrepierna. Que se arrodillara delante de ella y siguiera con la boca el sabor de su excitación.

Le temblaron las piernas y se apoyó en el granito frío para sostenerse. Tenía la piel de todo el cuerpo de gallina. Alex alcanzó de nuevo el cuenco de nata y Zoë notó una dulce frescura entre los muslos. Él se las separó con la boca y se puso a lamerla. Hacia abajo, de un lado a otro, arriba y vuelta a empezar, a un ritmo persistente, sin piedad. No le daba tiempo para pensar y le prodigaba una sensación tan intensa que se le aceleraba el corazón. Se dio cuenta de que estaba emitiendo sonidos como una durmiente afligida, moviendo los labios en círculos apretados contra la boca de él. Se humedeció y él lamió más profundamente, más enérgicamente, causándole una conmoción. Gritó cuanto la rodeaba convertido en un borrón brillante, pero él persistió, acariciándola mientras la liberación la recorría, hasta que protestó, agotada.

Alex se incorporó y se desabrochó la cremallera de los vaqueros. La abrazó y la situó contra la su erección. Ella le abrazó el cuello y apoyó la cabeza en su hombro. No hacía falta usar condón porque había empezado a tomar la píldora. Él se puso en posición y le arrancó un gemido cuando empujó con una fuerza que casi la levantó del suelo y lo rodeó con todo el cuerpo, acogiendo la dura invasión hasta que él volvió a empujar. Zoë se sentía ingrávida, anclada únicamente por la fuerza de él en su interior. Estremecimientos del placer se transmitían de su carne a la de Alex, que se los devolvía. El aire silbó entre los dientes del hombre, aferrado a ella, cuando sus embestidas se sucedieron. Se mantuvieron pegados y temblorosos, intercambiando suaves besos que enseguida se volvieron glotones... la clase de besos que uno comparte con alguien que posiblemente no estará siempre a tu lado pero lo está ahora.

Subieron al piso de arriba, a la cama de Alex. Las frescas sábanas eran blancas y las ventanas estaban abiertas a la brisa salada de False Bay. Mientras él la besaba y la acariciaba, la luna de septiembre derramó su luz fría en la habitación. Ella notó el tirón de aquella luna, la marea de emoción y energía que crecía mientras Alex le hacía el amor como si fuera su dueño. Como si quisiera que su presencia penetrara profundamente en la memoria de Zoë y no se borrara jamás.

Lo sentí tan fuerte sobre ella, llenándola con duras arremetidas mientras la luz de la luna los envolvía. Le puso una mano en las nalgas y la levantó, llevándola a acompañar sus movimientos. El ansia alcanzó un punto agónico y

Zoë gimió justo antes de que él se corriera, pero él se contuvo, bajando el ritmo, impidiéndole llegar. Le abrazó las caderas, burlándose mientras ella se retorcía, jadeando palabras de súplica, diciéndole que le deseaba, que le necesitaba, que haría cualquier cosa por él. No fue suficiente. La llevó hasta el borde del orgasmo y le impidió llegar hasta que los dos estuvieron cubiertos de sudor y temblorosos de deseo y él susurró su nombre con cada embestida mientras la sometía a un ritmo lento e inmisericorde. A Zoë se le llenaron los ojos de lágrimas de placer y él se las besó, jadeando contra su mejilla.

Entonces la joven comprendió lo que Alex quería, lo que intentaba sacarle aunque no fuera de manera consciente. En cuanto se lo dijera, lo perdería. Sin embargo, ella había sabido desde el principio que a eso se encaminaban. Callar la verdad no cambiaría lo inevitable.

Volvió la cara.

—Te quiero —le dijo al oído.

Notó la sacudida que lo recorrió, como si le hubiera herido. Alex redobló las embestidas, perdido el control.

—Te quiero —repitió ella, y él le tapó la boca con los labios.

Zoë notó que se quebraba, el éxtasis derramándose y esparciéndose. Liberó la boca y repitió aquellas palabras como si fueran un conjuro, una fórmula para romper un hechizo, y él enterró la cara en su cuello y encontró su propio alivio.

23

Por la mañana se trataron con la ligereza de dos personas que intentan fingir desesperadamente que nada ha cambiado cuando en realidad todo es diferente. A Zoë le resultaba insoportable simular que estaba contenta y alegre viendo el modo en que Alex se alejaba de ella. Mantuvieron una conversación impersonal mientras él la llevaba en coche a su casa. Era absolutamente espantoso, pensaba ella, deprimida y desafiante. Sabía con todo su ser que Alex la amaba pero nunca lo admitiría, que quería que lo amara pero nunca permitiría que lo hiciera.

El coche de la enfermera estaba en el camino de entrada. Justine ya había vuelto de la posada.

Zoë se detuvo en la puerta, se volvio y miró a Alex.

—Anoche me divertí —dijo alegremente—. Gracias.

Él se adelantó y le plantó un ligero beso seco en los labios, sin mirarla directamente a los ojos.

—Fue divertido —convino.

—¿Nos veremos después? —le preguntó Zoë—. ¿Esta noche, tal vez?

Alex negó con un gesto.

—Estaré ocupado los dos próximos días con eso de Inari, pero te llamaré.

—No... no lo...

Alex la miró inquisitivamente.

Zoë no quería continuar fingiendo. La idea de esperar y hacerse preguntas mientras su relación se escurría como la arena de un reloj era demasiado deprimente. Tenía que ser honesta con él.

—Lo que te dije anoche... Si te asusté, lo siento, pero no puedo volverme atrás ni quiero hacerlo.

—Yo no...

—Por favor, déjame terminar —le pidió con una sonrisa temblorosa—. Si en este momento quieres romper, bien. —Le tocó la tensa mejilla—. Ahora bien... si quieres que sigamos, no podemos fingir que lo de anoche no pasó. Tienes que sentirte bien con el hecho de que te quiera, porque si no es así, no deberíamos volver a vernos más.

Alex estuvo callado un rato, inexpresivo.

—Tal vez debamos tomarnos un descanso.

—De acuerdo —susurró ella, con el alma en los pies.

Se había acabado. Estaba allí mismo, con ella, pero la distancia entre los dos era infinita.

—Solo de unos días —añadió Alex.

—Claro. —Tenía ganas de rogarle: «No me dejes. Deja que te ame. Te necesito.» Sin embargo consiguió tragarse las palabras antes de pronunciarlas.

—Pero si necesitas algo, llámame —le dijo Alex.

Jamás. No le haría aquello a él ni se lo haría a sí misma.

—Sí. —Se dio la vuelta y rebusco la llave en el bolso. De algún modo consiguió abrir la puerta—. Adiós —dijo sin volverse. Le ardían los ojos. Entró y cerró la puerta.

El fantasma no dijo nada hasta que hubieron vuelto a Rainshadow Road. Alex se sentía enfermo y agotado. No había pegado ojo en toda la noche. Se la había pasado mirando a Zoë mientras ella fingía dormir. Anhelaba subirse a la furgoneta y volver con ella pero, al mismo tiempo, si le decía aquellas tres palabras... no lo... Habían sido el motivo de la ruptura. Sabía que estaba jodido, nunca lo había dudado siquiera, pero sobre aquello no podía bromear ni podía tomárselo a risa ni ignorarlo. Era doloroso.

Fue a la cocina y vio el sitio donde Zoë se había apoyado mientras la desnudaba. Recordó el intenso placer de la noche anterior, la absoluta felicidad y la ternura de un acto físico que solo podía ser descrito como «hacer el amor». Nunca había experimentado nada semejante y esperaba no volver a experimentarlo.

Posó los ojos en una botella de vino semivacía, tapada con un corcho. El vino de Sam. A pesar de lo temprano que era, Alex deseaba una copa más que nunca. Siempre que algo iba mal, algo en sus entrañas pedía a gritos alcohol. Se preguntó si eso dejaría de ser así alguna vez. Tragó el exceso de saliva y fue al fregadero para echarse agua en la cara.

Detrás de él, el fantasma habló:

—Así que es esto, supongo.

—No te escucho —dijo Alex con la voz ronca, pero el otro siguió sin inmutarse.

—Zoë ha cometido el imperdonable crimen de decir que te ama, aunque no tengo ni la más remota idea de por qué, así que la abandonas. ¿Sabes lo más graciosos? He oído a Darcy decirte docenas de veces lo mucho que te odiaba y parece que no te basta. ¿Por qué te resulta más fácil tolerar a una mujer que te odia que a una que te ama?

Alex se dio la vuelta, secándose el agua de la cara con una

mano, y apartándose los mechones mojados de la frente.

—Eso no dura.

—Eso solía pensar yo —dijo el fantasma. El silencio de Alex era pétreo—. Nunca he entendido por qué estoy encadenado a ti. Probablemente nunca lo entienda. Nada de esto tiene sentido. Tendría que estar unido a Emma, no a ti. ¿Qué va a ser de ella cuando muera y yo no esté? —Parecía enfermo y derrotado.

—No pasará nada. Va a morirse estés o no tú aquí. Su existencia se acabará cuando deba acabarse y la tuya terminará cuando deba terminar y si Dios quiere. Yo me quedaré solo.

—Tú no crees en Dios. No crees en nada. Me preguntaste si podía encontrar un modo de desaparecer y te dije que tenía miedo de intentarlo y no ser capaz de hablar contigo nunca más. Ya me da igual. Bien podría ser invisible. —Vio que Alex volvía a mirar la botella de vino y torció la boca, sarcástico—. Adelante, tómate una copa. ¿Qué más da? Te la serviría yo si pudiera.

Desapareció en un abrir y cerrar de ojos.

La cocina estaba en silencio.

—¿Tom? —llamó Alex, aturdido por la completa ausencia de movimiento y de ruido.

No hubo respuesta.

—¡Ya era hora! —gritó Alex. Se acercó a la botella de vino y la agarró. Al notar el peso del líquido que contenía, el modo en que chocaba contra el vidrio, como tinta, el ansia lo desgarró. Sacó el corcho con los dientes y se dispuso a tomar un trago. Con el rabillo del ojo, sin embargo, vio que una sombra se deslizaba por el suelo.

Con un movimiento brusco, arrojó la botella contra la forma oscura y el cristal se hizo añicos. El vino salpicó los muebles. El aroma intenso del cabernet llenó la cocina.

Alex se sentó y apoyó la espalda en el armario, agarrándose la cabeza con las manos, mientras el líquido rojo formaba un charco en el suelo que iba extendiéndose.

—¿Qué clase de maldición? —le preguntó Justine, ojeando un viejo libro ajado en la cocina mientras Zoë preparaba el desayuno—. Veamos... ¿impotencia? ¿Verrugas, furúnculos? Un trastorno digestivo, halitosis, alopecia... Me parece que no le quitaremos el deseo sexual pero lo haremos tan horroroso que nadie le querrá.

Zoë cabeceó, divertida, usando una pala para helado para llenar de masa unas bandejas de magdalenas. Esa mañana le había confesado a Justine que ella y Alex habían roto hacía unos días y su prima se había puesto hecha una furia. Parecía convencida de que podía exigir alguna clase de venganza sobrenatural en nombre de Zoë.

—Justine... ¿Qué estás mirando?

—Un libro que me dio mi madre. Aquí hay un montón de buenas ideas. Mmmm... a lo mejor alguna plaga... de ranas o algo así...

—Justine... No quiero echar una maldición a nadie.

—Claro que no, eres demasiado buena. Yo, sin embargo, no tengo ese inconveniente.

Zoë dejó la pala y se acercó a la mesa a la que estaba sentada su prima. Echó un vistazo al sucio libro de aspecto vetusto. Estaba lleno de extraños símbolos e ilustraciones un tanto alarmantes. Algo gelatinoso goteó del borde.

—¡Dios santo, Justine! Lávate las manos después de haber tocado esta porquería... Todas las páginas están mugrientas.

—No, no todas. Solo las del tercer capítulo. Siempre rezuma un poco.

Haciendo una mueca, Zoë llevó espray multiusos y papel de cocina a la mesa.

—Vuelve a envolverlo —le ordenó a Justine, indicando con un gesto el trozo de tela en el que había estado envuelto.

—Espera, deja que encuentre un hechizo rapidito...

—¡Ya! —dijo Zoë, categórica.

Poniendo mala cara, Justine envolvió el libro en la tela y se lo puso en el regazo mientras la otra limpiaba la mesa.

—No sé si lo dices en serio o si estás bromeando —le dijo Zoë—, pero no hacen falta hechizos ni maldiciones. Si un hombre no quiere estar conmigo, tiene derecho a tomar esa decisión.

—Estoy de acuerdo. Tiene derecho a tomar esa decisión... y yo lo tengo a hacerle sufrir por haberla tomado.

—No le lances ningún hechizo a Alex. No se lo lanzaste a Duane, ¿a que no?

—Si alguna vez lo ves sin patillas, sabrás por qué.

—Bien, quiero que dejes en paz a Alex.

Justine estaba cabizbaja.

—Zoë, tú eres la única verdadera familia que he tenido. Tengo un padre ausente y mi madre es una de esas mujeres que no deberían haber tenido hijos. Pero tuve la suerte de tenerte. Eres la única buena persona que he conocido. Me conoces lo bastante para herirme más de lo que podría hacer nadie, pero nunca lo harías. Una hermana no te querría tanto como yo.

—Yo también te quiero —dijo Zoë, sentándose a su lado, sonriendo pero con lágrimas en los ojos.

—Desearía que hubiera un hechizo para encontrar a un hombre que te tratara como te mereces, pero los hechizos no funcionan así. Sabía que Alex era peligroso para ti, y lo peor que hay en el mundo es ver a alguien por quien te preocupas ir de cabeza hacia un peligro y no ser capaz de detener a esa persona. Así que no creo que una maldición, una pequeñita, esté completamente injustificada.

Zoë se apoyó en ella y permanecieron las dos sentadas en silencio.

—Alex ya está suficientemente maldito, Justine —dijo por fin—. No puedes hacerle nada peor de lo que ya tiene encima. —Se levantó y volvió a la encimera para terminar de llenar los moldes.

—¿Quieres una bolsa de plástico para guardar ese libro repugnante?

Justine se llevó el libro al pecho, protectora.

—No. Tiene que respirar.

Mientras Zoë metía la bandeja en el horno, sonó el móvil. El corazón le dio un brinco, como cada vez que había sonado durante los últimos días. Sabía que no era Alex quien llamaba, pero no podía evitar desear que lo fuera.

—¿Puedes contestar por mí? —le preguntó a Justine—. Está en mi bolso, en el respaldo de la silla.

—Claro.

—Antes límpiate las manos.

Justine le hizo una mueca, se puso espray multiusos en las manos y se las secó con un trozo de papel de cocina. Luego sacó el teléfono del bolso de su prima.

—Es el número de tu casa —le dijo—. ¡Hola! Soy Justine. Zoë está en plena faena. ¿Le doy el mensaje? —Un momento de silencio—. Estará ahí enseguida. —Otra pausa—. Lo sé, pero querrá ir. De acuerdo Jeannie.

—¿Qué pasa? —preguntó Zoë, metiendo otra bandeja en el horno.

—Nada serio. Jeannie dice que Emma tiene la tensión un poco alta y parece confusa. Confunde las palabras más de lo normal. Jennie le está dando su medicina y dice que no hace falta que vayas, pero ya has oído lo que le he dicho.

—Gracias, Justine. —Tenía el ceño fruncido. Se quitó el delantal y lo dejó en la encimera—. Saca esas magdalenas dentro de exactamente quince minutos, ¿vale?

—Sí. Llámame cuando puedas. Házmelo saber si al final tienes que llevarla al hospital.

Zoë tardó solo quince minutos en llegar a casa. Esa mañana no había visto a Emma, porque cuando Jeannie había llegado la anciana todavía dormía. Había sido la última de una serie de noches malas. Al anochecer Emma estaba cada vez peor: confusa e irritable. No dormía bien. Jeannie había hecho varias sugerencias útiles, como animar a la anciana a echar cabezaditas durante el día y a escuchar música suave justo antes de acostarse.

—Los pacientes con demencia tienden a agobiarse al anochecer —le había explicado la enfermera—. Les cuesta hacer incluso las cosas más simples.

Aunque le habían advertido lo que podía esperar, para Zoë era enervante ver que su abuela se comportaba de un modo completamente impropio de ella. Una vez que no encontraba un par de zapatillas bordadas la había avergonzado acusando a Jeannie de habérselas robado. Por suerte, la enfermera había sido amable, no había perdido la calma y no se había ofendido en absoluto.

—Hará y dirá muchas cosa que no quiere decir —le había dicho—. Forma parte de la enfermedad.

Entró en la casa y vio que su abuela estaba sentada en el sofá, con cara de cansada. Jeannie estaba a su lado, intentando desenredarle el pelo, pero Emma le apartaba la mano con irritación.

—Upsie—le dijo Zoë sonriente, acercándosele—. ¿Cómo te encuentras?

—Llegas tarde. La comida no me ha gustado. Jeannie me

ha preparado una hamburguesa y estaba demasiado cruda por dentro para que no me la comiera si no quería. Pero no me ha gustado mi comida y tú preparas la comida cuando no está cruda pero yo no quiero comer.

Zoë hizo un esfuerzo para que no se le notara el pánico que la había invadido. Aquel batiburrillo verbal era inusual en Emma.

Jeannie se levantó y le dio el cepillo, murmurando:

—La tensión. Estará mejor cuando la medicación surta efecto.

—No me ha gustado la comida —insistió Emma.

—Todavía no es hora de comer —le dijo Zoë, sentándose a su lado—, pero, cuando lo sea, te prepararé lo que quieras. Deja que te cepille el pelo, Upsie.

—Quiero a Tom —dijo la anciana, muy seria—. Dile a Alex que lo traiga.

—Vale. —Aunque Zoë quería preguntarle quién era Tom, pensó que era mejor seguirle la corriente hasta que la presión le bajara. Le pasó el cepillo por el pelo con cariño, parando para deshacerle un enredo. Emma se quedó callada un rato, como si le gustara notar las manos de su nieta en el pelo. Aquella tarea contribuyó a que las dos se relajaran.

Emma había hecho incontables veces lo mismo por Zoë cuando esta era una niña. Siempre acababa diciéndole que era hermosa, por dentro y por fuera, y aquellas palabras habían arraigado en ella. Todo el mundo debería tener a alguien que lo ame incondicionalmente... y para Zoë esa persona había sido siempre Emma.

Cuando terminó de peinarla, dejó el cepillo y le sonrió a su abuela.

—Eres hermosa —le dijo—. Por dentro y por fuera.

Emma la abrazó. Compartieron las dos, así abrazadas,

un momento de pura felicidad, sin pensar en el pasado ni en el futuro, centradas en lo que tenían en aquel preciso instante, juntas.

Emma estuvo descansando toda la tarde mientras Jeannie vigilaba su tensión. Al final, satisfecha porque la hipertensión había cedido, la enfermera dio por terminada su jornada.

—Intenta que beba agua siempre que sea posible —le recomendó a Zoë—. Se olvida de beber y no queremos que se nos deshidrate.

Zoë asintió.

—Gracias, Jeannie. No sabes lo mucho que valoro todo lo que haces por Emma... y por mí. Estaríamos perdidas sin ti.

La enfermera le sonrió.

—Estoy encantada de ayudar. Por cierto, pude que después de cenar quieras darle a Emma uno de los sedantes que le han recetado. Hoy ha descansado mucho y, aunque me parece que le hacía falta, esta noche será difícil que duerma sin un poco de ayuda.

—Se lo daré. Gracias.

Como había descubierto que su abuela no se alteraba si por la noche la televisión estaba apagada, Zoë puso un poco de música suave. Las notas de *We'll Meet Again* flotaron en el ambiente. Emma escuchaba la canción, como hipnotizada.

—¿Cuándo vendrá Alex? —le preguntó.

Aquella pregunta le encogió el corazón a Zoë. Cuando más echaba de menos a Alex era por la noche. Echaba de menos la conversación relajada mientras la ayudaba a recoger los platos, el modo en que le acariciaba la espalda. Una noche había descubierto que el punto rojo de luz de su medidor láser danzando por el suelo enloquecía a *Byron*. Se había dedicado a hacer correr en círculos al gato por la habitación, intentado atrapar el punto y luego lo apagaba para que *Byron* creyera que lo tenía sujeto debajo de la pata. Observando sus travesuras, Emma se había reído tanto que casi se había caído del sofá. Otra noche, después de darse cuenta de que Emma tenía dificultades para recordar dónde estaba guardada cada cosa en las alacenas, Alex había rotulado cada puerta con una nota adhesiva: una para los platos, otra para los vasos, otra para los cubiertos y así todas. Las notas seguían allí, y a Zoë le dolía el corazón cada vez que las veía.

—No sé cuando vendrá —le dijo a Emma. «Ni si volverá alguna vez.»

—Tom está con él. Quiero que venga Tom. ¿Puedes llamar a Alex?

—¿Quién es Tom?

—Un granuja. —Emma le sonrió ligeramente—. Un rompecorazones.

Un antiguo novio. Zoë le devolvió la sonrisa.

—¿Estabas enamorada de él? —le preguntó dulcemente.

—Sí. Sí. Llama a Alex y pídele que traiga a Tom.

—Dentro de un ratito, cuando me haya bañado —dijo Zoë, con la esperanza de que Emma se olvidara de aquello cuando el sedante le hiciera efecto. Miró a su abuela sonriendo con socarronería, preguntándose qué conexión había establecido entre su antiguo novio y Alex—. ¿Te recuerda Alex a Tom?

—¡Oh, sí! Alto como él y moreno. Y Tom era carpintero. Construyó cosas hermosas.

No había modo de saber si Tom había sido alguien real, se dijo Zoë, o era un producto de la imaginación de Emma.

—Estoy cansada —murmuró su abuela, dándole vueltas a un botón de su pijama floreado—. Quiero verle, Lorraine. He esperado tanto tiempo...

Lorraine había sido una de las hermanas de Emma. Tragando saliva con dificultad, Zoë se inclinó hacia ella y la besó.

—Voy a darme un baño —le susurró—. Descansa y escucha la música.

Emma asintió, mirando hacia las ventanas. El cielo se oscurecía. El sol se estaba poniendo.

Zoë llenó la bañera y se metió en el agua caliente con un suspiro. Le habría gustado quedarse en remojo un rato, pero solo se permitió diez minutos de baño, reacia a dejar a Emma sin vigilancia por más tiempo. Mientras la bañera se vaciaba, se secó y se puso un camisón y una bata.

—Mucho mejor —dijo sonriendo mientras entraba en el dormitorio principal.

Nadie le respondió. La cama estaba vacía.

—¿Upsie? —Zoë buscó en la silenciosa cocina y corrió hacia su dormitorio. Emma no aparecía por ninguna parte.

El pulso se le aceleró. Hasta entonces, Emma todavía no había empezado a deambular sin rumbo, uno de los rasgos de un estado más avanzado de la demencia. Sin embargo, ese día había tenido un bajón seguro. Además, había insistido mucho en ver a aquel misterioso Tom y en que Alex se lo trajera... Alex corrió hacia la puerta de entrada y vio que estaba abierta. Salió precipitadamente, con la respiración agitada.

—Upsie, ¿dónde estás?

Alex acababa de terminar un paseo por su parcela de Dream Lake con un agente inmobiliario y un abogado que trabajaban para Inari Enterprises. Habían quedado para cenar en el pueblo y luego se habían llegado a la propiedad. Habían dado una vuelta por una pista hasta la orilla del lago, aparentemente para hacerse una idea de lo que era el terreno, pero sobre todo para hacerse una idea de qué clase de tipo era Alex. La reunión había ido bien en opinión de este último.

Se hacía de noche cuando se subió a la furgoneta. En cuanto le dio al contacto, su teléfono vibro y miró la pantalla. Ver el número de Zoë le causó un tumulto de impaciencia. Estaba hambriento del sonido de su voz. Contestó sin pensárselo.

—Hola —dijo—. He estado...

—Alex. —Zoë parecía desesperada, temblorosa—. Lo siento. Yo... por favor, ayúdame. Necesito ayuda.

—¿Qué pasa? —le preguntó de inmediato.

—Emma ha desaparecido. Acabo de darme un baño y... No puede haberse ido hace más de quince minutos, pero deambula por ahí y la he estado llamando. —Sollozaba y hablaba al mismo tiempo—. Yo estoy fuera ahora. He buscado alrededor de la casa, no me contesta y está oscuro...

—Zoë, estoy cerca. Voy enseguida. —No oyó más que el sonido entrecortado de su llanto. Estaba tremendamente contento de que hubiera acudido a él en busca de ayuda—. Cariño... ¿me oyes?

—S... sí.

—No te asustes. La encontraremos.

—No quiero llamar a la policía. Me parece que se esconderá de ella. —Más llanto—. Se ha tomado un sedante y esta noche ha estado hablando de ti y de un tal Tom. Quería que te pidiera que se lo trajeras. Creo que ha salido a buscarte.

—Vale. Estoy a menos de un minuto de tu casa.

—Lo siento —dijo ella con la voz entrecortada—. Perdona que te haya molestado, pero...

—Te dije que me llamaras si necesitabas algo, y lo decía en serio.

Lo decía más en serio incluso de lo que creía. Hasta en aquellas circunstancias, hablar con Zoë era un alivio inconmensurable. Era como si fuera capaz de respirar de nuevo. Se dio cuenta de que esta vez no sería capaz de separarse de Zoë. Algo en él había cambiado o... no, algo no había cambiado. Esa era la cuestión. Sus sentimientos por Zoë no habían cambiado ni cambiarían jamás. Formaba parte de él. Aquella revelación lo dejó asombrado, pero no era momento de pensar en ello.

Iba conduciendo y escrutando la carretera flanqueada del bosque en busca de algún rastro de Emma. No podía haber ido lejos en tan poco tiempo, sobre todo sedada. Lo único que lo tenía preocupado era que el lago estuviera tan cerca.

—Zoë —le dijo—. ¿Has ido ya a la orilla del lago?

—Ahora voy hacia allí. —Parecía más calmada, aunque seguía resollando.

—Bien. Estoy aparcando en el camino. Voy a echar un vistazo por el bosque del otro lado de la carretera y volveré a la casa. ¿Qué lleva?

—Un pijama de colores suaves.

—Pronto la encontraremos, cariño. Te lo prometo.

—Gracias. —Alex oyó un suspiro tembloroso—. Nunca me habías llamado así.

Ató cabos antes de que él pudiera responderle.

Alex saltó de la furgoneta y a punto estuvo de gritar cuando se encontró cara a cara con el fantasma.

—¡Dios!

Tom le lanzó una mirada burlona.

—No. Soy yo.

—A buena hora apareces.

—Esto no tiene nada que ver contigo. Solo quiero ayudaros a encontrar a Emma. Llámala.

—¡Emma! —gritó Alex—. ¡Emma! ¿Estás por aquí? —Calló al oír a lo lejos el sonido de una voz de mujer, pero de inmediato la reconoció: era Zoë. Se adentró en el bosque para seguir buscando, llamando cada tanto a Emma.

Tom se alejó de Alex cuanto pudo, deambulando entre los árboles.

—No puede haber ido mucho más lejos —dijo—. No creo que haya cruzado la carretera... volvamos a la casa.

Caía la noche, opaca y plomiza sobre el lago.

—Emma —la llamó Alex—. Soy Alex. Estoy aquí con Tom. Sal para que pueda verte.

Los faros de un coche aparecieron tras una curva pronunciada de la carretera. Se acercaba rápido, demasiado rápido por aquella carretera tan estrecha, así que Alex se apartó hacia la cuneta para dejarlo pasar.

—¡Alex! —oyó que decía Tom con voz chillona, aterrado. Al mismo tiempo vio la menuda silueta de Emma caminando a trompicones por el centro de la carretera. Vacilaba, con los ojos muy abiertos y la piel brillante a la cruda luz de los faros. El coche ya doblaba la curva. Cuando el conductor la viera sería demasiado tarde.

Zoë, que acababa de volver del lago, se acercaba por el lado contrario de la carretera. El horror se dibujó en su cara cuando vio a Emma de pie en la trayectoria del vehículo que se aproximaba.

Alex corrió hacia Emma. Una descarga de adrenalina dio alas a sus pies. La alcanzó, le dio un empujón y notó un golpe tremendo que lo tiró al suelo. Todo le daba vueltas, el mundo giraba a toda velocidad, su carne convertida en fuego. Sin embargo, el dolor que presentía quedó en nada. No estaba herido. Había sido el viento lo que lo había derribado.

Tardó unos segundos en recobrarse. Se sentó, aturdido, miró a su alrededor y vio con alivio que había conseguido empujar a Emma fuera de la carretera. La anciana había ido dando traspiés hasta Zoë, que la había agarrado. Las dos habían caído al suelo, pero Zoë ya estaba ayudando a su abuela a levantarse.

Todo estaba bien. Todos estaban bien.

Iba a decir que había faltado poco cuando Zoë lo miró y soltó un grito angustiado. Se echó a llorar y corrió hacia él, con las mejillas arrasadas de lágrimas.

—Alex, no... no... —sollozaba.

—No pasa nada —le dijo él, asombrado de que estuviera tan preocupada por él. Lo invadió una oleada de ternura. Se puso de pie y caminó hacia ella—. El coche solo me ha dado de refilón. Tengo unos cuantos golpes, pero nada más. Estoy bien. Te quiero. —No podía creer lo que acababa de decir... por primera vez en su vida, ni que hubiera sido tan condenadamente fácil—. Te quiero.

—Alex —dijo ella, con la voz entrecortada por la emoción—. ¡Oh, Dios mío! ¡Por favor, no...! —Pasó corriendo junto a él.

No, no junto a él. A través de él.

Asustado, se volvió y vio que Zoë se tiraba al suelo y se acurrucaba encima de una forma tendida en la carretera. Temblaba sacudida por los sollozos y entonaba suavemente unas cuantas palabras.

—¿Ese... soy yo? —preguntó perplejo, retrocediendo. Se miró los brazos y las piernas. No tenía. No tenía cuerpo. Era invisible. Miró las dos siluetas de la carretera... el cuerpo sobre el que Zoë estaba agachada—. Soy yo —dijo, pasando en un abrir y cerrar de ojos de la alegría a la desesperación.

Quería llorar, sentía la agonía de la pena, pero sus ojos permanecían secos.

—Nunca se acostumbra uno a sentir una profunda pena sin llorar lágrimas —oyó que decía una voz a su lado—. ¿Quién hubiese pensado que una de las cosas que más se echan de menos es llorar?

—Tom. —Alex se volvió, agarrándose los antebrazos con desespero. Le chocó ser capaz de notar la textura y la fuerza de una forma humana—. ¿Qué hago ahora? —preguntó.

—Nada. —Tom lo miró con lúgubre compasión—. No puedes hacer nada más que observar.

Alex se volvió a mirar a Zoë sin poder evitarlo.

—La amo. Tengo que estar con ella.

—No puedes.

—¡Maldita sea! ¡No he podido siquiera despedirme de ella!

—No eres de los que toman sus precauciones, ¿verdad? —comentó Tom.

—Hay cosas que debes saber. Mi vida no puede haberse terminado. No he pasado el tiempo suficiente con ella.

Tom parecía exasperado.

—¿Qué crees que estado intentando decirte, cabeza de chorlito?

—Si existe un Dios, me gustaría decirle que...

—¡Cállate! Acabo de oír algo.

Lo único que Alex oía era que Zoë se había callado.

Tom miró como un loco hacia el cielo, distanciándose un par de pasos.

—¿Qué haces? —le preguntó Alex.

—Alguien intenta decirme algo. Oigo una voz. Un par de voces.

—¿Qué dicen?

—Si cerraras la boca el tiempo suficiente para que lo oyera, entonces... —Prestó atención al cielo de nuevo—. Vale. Ya lo tengo. Sí. Está bien. —Al cabo de un momento miró a Alex—. Me permiten ayudarte.

—¿Quiénes?

—No estoy seguro, pero han dicho que solo tenemos unos quince segundos antes de que sea demasiado tarde.

—¿Demasiado tarde para qué?

—Cállate. Acaban de decirme cómo arreglar eso e intento recordarlo todo.

—¿Arreglar qué? ¿Arreglarme a mí?

—No me distraigas. Cierra el pico y ponte junto al cuerpo.

El cuerpo. Su cuerpo. Alex deseaba tanto estar vivo, volver a estar dentro de aquella concha basada en el carbono aunque fuera un momento... Solo lo suficiente para decirle a Zoë lo que significaba para él. De pie junto al cuerpo tirado de bruces, vio su propio rostro. Zoë le acariciaba la mandíbula inmóvil, con los dedos temblorosos sobre sus labios abiertos. Los sonidos que emitía eran como la tela de un alma al ser rasgada. Jamás hubiera soñado que alguien sintiera tanta pena por él.

Los preciosos segundos transcurrían.

—Tom —le dijo desesperado, sin poder apartar la mirada de Zoë—, no pasa nada.

—Yo me ocuparé de mi parte. —El fantasma estaba a su lado—. Tú ocúpate de la tuya.

—¿En qué consiste?

—Céntrate en Zoë. Dile lo que le dirías si pudieras pasar un par de minutos más con ella. Haz como si pudiera oírte.

Alex se arrodilló junto a ella, deseando poderle acariciar el pelo y secarle las lágrimas, pero no podía acunarla en sus brazos. No podía sentirla ni olerla ni besarla. Lo único que podía hacer era amarla.

—¡Lo siento tanto! —dijo—. No quiero dejarte. Te quiero, Zoë. Eras el único milagro en el que he creído. Vales por todos los demás. Ojalá pudieras oírme. Ojalá lo supieras. —Se sentía mareado, notaba que se fragmentaba, que los enlaces de materia espiritual se disolvían. Los restos de consciencia se deslizaron entre los márgenes borrosos entre esta vida y la otra. Sus últimos segundos se le agotaban. Ya no podía hablar, solo le quedaban los pensamientos, como una hilera de piezas de dominó cayendo. «Da igual en qué me convierta... te amaré. Ninguna fuerza del cielo ni del infierno me detendrá y maldito sea quien lo intente. Te querré eternamente.»

Todo se oscureció. Las estrellas se extinguieron y el cielo se desplomó y el mundo se cerró sobre sí mismo.

—Blasfemando hasta el final —oyó Alex que alguien decía con acritud—. No es que me sorprenda.

Alex reconoció la voz de Tom. Tuvo la sensación de estar recubierto de plomo, porque le pesaban demasiado las extremidades para poder moverlas. Y entonces la idea lo alcanzó como un mazazo: tenía cuerpo. Tenía forma física.

—No ha sido fácil volver a meterte ahí —le dijo Tom—. Ha sido como intentar volver a meter el dentífrico en el tubo.

Experimentando un torrente frenético de sensaciones, Alex percibió que estaba tendido en el asfalto, con el cuello doblado por el modo en que Zoë le sostenía la cabeza contra el pecho. Tenía los pulmones a punto de reventar.

—Intenta respirar —le sugirió Tom.

Alex tragó una bocanada de aire fresco y maravilloso, abrió los ojos y empezó a moverse.

Zoë soltó un grito de espanto.

—¡Alex! —Le pasó las manos temblorosas por el cuerpo—. Pero si estabas... tenías el pecho completamente... no había modo de que pudieras haber... —Abrumada por la emoción, se cubrió la mano con una mano y lo miró con asombro.

Con esfuerzo, Alex se incorporó hasta sentarse. Agarró a Zoë por la muñeca, tiró de ella y le plantó un beso en los labios. Notó en la boca el sabor salado de sus lágrimas.

—Te quiero —le dijo con la voz ronca.

Respirando entre sollozos, Zoë lo miró con los ojos llenos de lágrimas.

Tom.

—Ayuda a Emma —le urgió Tom—. Tiene que entrar en la casa.

La anciana estaba arrodillada cerca, mirándolos soñolienta. La brisa le echaba mechones de pelo plateado sobre la cara.

Alex se puso de pie con dificultad y levantó a Zoë.

—A lo mejor no deberías intentar caminar —protestó Zoë.

—Estoy bien.

—Alex... estabas herido. Lo he visto.

—Sé el aspecto que seguramente tenía —le dijo él con dulzura—, pero todo está bien. Te lo prometo.

La conductora del coche, una consternada mujer de mediana edad, farfullaba algo sobre el seguro y números de teléfono y llamar a los paramédicos.

—Si te ocupas de ella, yo me llevaré dentro a Emma —le dijo Alex a Zoë y, sin esperar a que le respondiera, cogió en brazos a la anciana y se la llevó a la casa. Pesaba asombrosamente poco.

—Gracias por salvarme —le dijo.

—No ha sido nada.

—He visto cómo te ha golpeado el coche.

—Solo ha sido un golpecito.

—El parachoques delantero ha quedado abollado y el faro se ha roto —insistió ella.

—Ya no se fabrican coches como los de antes.

Emma soltó una risita.

Alex la entró en la casa y la llevó directamente al dormitorio. Después de dejarla en la cama, le quitó las zapatillas y la tapó hasta la barbilla.

—Estaba buscando a Tom —le dijo Emma, dándole una palmadita en la mejilla.

Alex se inclinó para besarle la frente.

—Está aquí —murmuró.

—Ya lo sé.

Zoë entró en la habitación y se puso a mimar a su abuela, haciéndole preguntas con preocupación y persuadiéndola para que tomara un sorbo de agua. Mientras se marchaba, Alex oyó que Emma decía, con cierta irritación.

—Déjame dormir, Zoë. Yo también te quiero. Déjame descansar —oyó Alex que le decía Emma con cierta irritación.

Cuando por fin Zoë apagó la luz y salió de la habitación, Tom fue a tumbarse en silencio junto a Emma.

—Te deseaba —le susurró ella al cabo de un momento—. No pude encontrarte.

—Nunca volveré a dejarte —le dijo Tom. No sabía si podía oírlo, pero notó que se relajaba e iba hundiéndose en el sueño.

Un susurro quejumbroso:

—No recuerdo nada.

—No tienes por qué —repuso Tom, sonriéndole en la oscuridad—. Esta noche he encontrado todos tus recuerdos y los mantendré a buen recaudo para ti... están esperando dentro de mí como un latido del corazón y te los entregaré cuando llegue el momento.

—Pronto —susurró ella, volviéndose hacia él con un suspiro de alivio.

—Sí, cariño... muy pronto.

Zoë le indicó por gestos a Alex que la siguiera y lo llevó hacia su habitación, con un nudo en la garganta y los ojos llenos de lágrimas.

Él la miraba tremendamente preocupado.

—¿Qué pasa?

—Estaba tan asustada... —dijo con voz llorosa, secándose las lágrimas con la manga de la bata.

—Lo sé. Siento haber empujado de esa forma a Emma, pero parece que ahora está bien...

—Me refiero a por ti. —Fue al aseo, cogió un pañuelo de papel y se sonó ruidosamente. Le temblaba la barbilla cuando continuó—: He visto cómo te atropellaba ese coche...

—De refilón.

—Te ha dado de lleno. —Se le escapó un hipido—. Y estabas tirado en el suelo, destrozado. He creído que estabas... —Calló y tragó con dificultad porque el llanto la acosaba. Nunca se sobrepondría de haberlo visto inconsciente en la carretera. El miedo seguía atenazándola. Le tocó el hombro con una mano temblorosa, solo para asegurarse de que realmente estaba allí, de que estaba vivo.

Alex le cogió las manos y se las llevó al pecho para que notara el fuerte latido de su corazón.

—Zoë, tengo muchas cosas que contarte. Tardaré toda la noche en hacerlo. Un año. No... la vida entera.

—Tarda todo lo que quieras. —Se sorbió los mocos—. No voy a irme a ninguna parte.

Alex la abrazó fuerte, dándole consuelo. Fue un abrazo intenso, vital.

Se quedó callado un buen rato, porque comprendía que a Zoë le hacía falta notar su presencia, y allí se quedó ella, con la cabeza contra su pecho, aspirando el aroma de polvo, alquitrán y aire nocturno. Luego él le apartó el pelo de la cara y la besó suavemente en la mejilla.

—Cuando me dijiste que me amabas —le dijo bajito—, me asusté, porque sabía que cuando una mujer como tú dice eso, quiere decirlo... todo. Matrimonio, una casa con columpio en el porche, niños...

—Sí.

Le pasó la mano por el pelo y le sostuvo la cabeza hacia atrás para mirarla a los ojos con intensidad. No quería que dudara de lo que iba a decirle.

—Yo quiero lo mismo.

Hasta aquel momento Zoë había estado temblando de nervios y de miedo, pero se puso a temblar de un modo distinto al entender a qué se refería él.

La besó en la boca. Fue un beso prolongado que duró hasta que se le aflojaron las rodillas.

—Vamos a hacer las cosas a tu ritmo —le dijo—. Tan rápido o tan despacio como quieras.

—No quiero esperar —le dijo ella, aferrándose a su espalda, cálida y fuerte—. No quiero volver a pasar una noche sin ti. Quiero que te vengas a vivir conmigo ahora mismo y que nos comprometamos y que fijemos la fecha de la boda y... —Calló y lo miró avergonzada—. ¿Estoy yendo demasiado rápido?

Alex rio bajito.

—Puedo seguirte el ritmo —le aseguró. Y se la llevó a la cama.

Alex se despertó bañado por la luz matutina. Se quedó tendido sin moverse, disfrutando de la sensación de despertarse en la cama de Zoë, con la cabeza semienterrada en las almohadas que olían a lavanda. Pasó un brazo por encima de las sábanas blancas, buscándola, pero no encontró más que un espacio vacío.

—Zoë está en la cocina —oyó que le decía Tom.

Abrió los ojos y tardó en reaccionar. Tom no estaba solo. Había una joven delgada a su lado. Ambos iban de la mano. Ella llevaba el pelo rubio ondulado y con la raya a un lado. Tenía una cara un poco angulosa pero bonita, de mirada inteligente.

Alex se sentó despacio, cubriéndose hasta la cintura con la sábana.

—Buenos días —dijo, aturdido.

La joven le sonrió con su habitual picardía. Era más que desconcertante ver la sonrisa de Emma en aquella versión tan joven de sí misma.

—Buenos días, Alex.

Él los miró a ambos. La felicidad iluminaba el aire, la emoción convertida en luz. Tom, en lugar de su sombría soledad, tenía chispitas en los ojos llenos de vitalidad.

—¿Todo está bien, entonces? —Alex los miraba inquisitivamente.

—Magnífico —dijo Emma—. Todo es como debe ser.

Tom la miró antes de dirigirse a Alex.

—Venimos a despedirnos. Debemos irnos a un lugar.

—¿En serio? —Le chocaba el hecho de que el fantasma

lo dejara en paz por fin. Ambos serían libres. Lo que Alex no esperaba era que la perspectiva lo entristeciera—. Nunca me he alegrado tanto de librarme de alguien —pudo decir.

Tom sonrió.

—Yo también te echaré de menos.

Alex necesitaba decir algunas cosas... «Nunca te olvidaré ni olvidaré tu detestable manera de cantar y de hacer comentarios de listillo, ni cómo me has salvado la vida. Te has convertido en el amigo que nunca supe que me hacía falta y me hiciste comprender que lo peor no es morir, sino hacerlo sin haber amado a nadie.» Sin embargo, parecía que no iban a tener tiempo ni ocasión para hablar. Además, por la manera en que Tom lo miraba, vio que sabía todo aquello y mucho más.

—¿Volveremos a vernos? —le preguntó.

—Sí —dijo Tom—, pero no de momento. Zoë y tú tenéis una larga vida por delante. Tenéis que formar una familia... Tendréis dos hijos y tres hijas, y uno de ellos llegará a ser...

Emma lo interrumpió.

—Alex, haz como si no hubieras oído ni una palabra de todo esto. —Se volvió hacia Tom y chasqueó la lengua, reprendiéndolo—. Siempre metiendo la pata. Sabes que no deberías haberle dicho nada.

—Tu trabajo es tenerme a raya —repuso Tom.

—No estoy segura de que nadie sea capaz. Eres un caso perdido.

Tom bajó la frente hacia la de ella.

—Tú sí —murmuró.

Se quedaron callados un momento. El placer que sentían de estar juntos casi podía tocarse.

—Vámonos —le susurró Tom—. Tenemos que recuperar el tiempo perdido.

—Sesenta y siete años más o menos —dijo Emma.

Tom le sonrió, mirándola a los ojos.

—Entonces será mejor que empecemos. —Le pasó un brazo por los hombros y la llevó hacia la puerta. Ambos se detuvieron en el umbral y se volvieron para mirar a Alex.

Los vio borrosos por las lágrimas y tuvo que aclararse la garganta para poder hablar.

—Gracias por todo.

El otro hombre le sonrió comprensivo.

—Los dos estábamos equivocados, Alex. El amor es duradero. De hecho, es la única cosa duradera que existe.

—Cuida de Zoë —le pidió Emma con dulzura.

—La haré feliz —le dijo Alex con la voz áspera—. Lo juro.

—Sé que la harás feliz. —Le sostuvo la mirada con afecto—. Practica el foxtrot —le dijo finalmente, y le guiñó un ojo.

Al instante siguiente se habían ido.

Alex se enfundó los vaqueros y fue descalzo a la cocina. La cafetera estaba al fuego pero no se veía a Zoë por ninguna parte.

La puerta de la habitación de Emma estaba abierta de par en par y Alex comprendió que había ido a ver cómo estaba su abuela. Encontró a Zoë sentada al borde de la cama, con la cabeza inclinada. Aunque no le veía la cara, se dio cuenta de que las lágrimas le caían en el regazo.

—Alex... La abuela... —Tenía la voz estrangulada.

—Lo sé, cariño. —Ella se echó en sus brazos y él murmuró contra su pelo que la quería, que siempre estaría a su lado. Zoë enterró la cara en su pecho, sollozando, hasta que por fin dejó de llorar.

Al cabo de un rato, Alex sacó a Zoë de la habitación y cerró la puerta.

—Ahora es feliz —le dijo, sin dejar de abrazarla—. Quería que te lo dijera.

—¿Estás seguro? —le preguntó ella, desconcertada.

—Segurísimo —repuso él, categórico—. Está con Tom.

Zoë caviló un momento sobre aquello.

—No sé nada de Tom. —Se secó una lágrima que le quedaba en la mejilla—. No sé si me gusta la idea de que se haya ido con un desconocido para mí.

Alex le sonrió.

—Puedo contarte un par de cosas sobre él...

Epílogo

Una semana después del funeral de Emma, Zoë volvió al trabajo en la posada. Era una bonita mañana soleada de septiembre. En los mercadillos habían empezado a vender hermosas variedades de manzanas, además de calabacines, berenjenas, zanahorias e hinojo. Las manadas de orcas se desplazaban más allá de la isla y los salmones habían terminado sus correrías y remontaban los ríos para desovar. Los patos y los colimbos iban de isla en isla para darse un banquete de vida marina y las águilas americanas se afanaban añadiendo palitos a sus enormes nidos.

Mientras Zoë preparaba el desayuno se preguntaba por qué estaba todo tan silencioso en la posada. Justine había estado entrando y saliendo de la cocina sin decirle apenas una palabra y, aunque Alex le había prometido pasarse para desayunar después de hacer un par de encargos, seguía sin aparecer. Los huéspedes estaban extrañamente callados y no se oía el habitual ruido de conversaciones ni el tintineo de las tazas.

Antes de que pudiera asomarse fuera de la cocina para determinar qué demonios estaba pasando, apareció Justine.

—¿Está listo el desayuno? —le preguntó sin más preámbulos.

—Estará listo dentro de quince minutos. —Zoë la miró extrañada—. ¿Qué pasa? ¿Por qué está todo el mundo tan callado?

—Eso da igual. Hay alguien en la puerta que pregunta por ti.

—¿Quién?

—No puedo decírtelo. Quítate el delantal y ven conmigo.

—¿No es más fácil que venga aquí?

Justine negó con la cabeza y tiró de Zoë para que la siguiera. Recorrieron el pasillo y entraron en el comedor, que se hallaba completamente vacío.

—¿Dónde están los huéspedes? —preguntó Zoë, desconcertada—. ¿Qué has hecho con ellos?

Justine no tuvo que responderle porque vio a una multitud en el vestíbulo. Todos le sonreían. Zoë se puso colorada al darse cuenta de que se habían congregado para darle una sorpresa.

—No es mi cumpleaños —protestó, y todos rieron. Se apartaron y se abrió la puerta de la calle. Con cautela, Zoë salió al porche.

Puso unos ojos como platos cuando una banda de cinco músicos empezó a tocar.

Alex apareció con un ramito de flores en la mano y le sonrió.

—Lo he preparado para que podamos bailar.

—Ya lo veo. —Cogió el ramo, aspiró la fragancia de las flores y los miró con los ojos relucientes—. ¿Por algún motivo en particular?

—Quiero practicar el foxtrot.

—Vale. —Riendo, dejó el ramo en la barandilla del porche y dejó que la guiara en el baile. Otras parejas se unieron a ellos, jóvenes o mayores, y la gente que pasaba se paró a escuchar. Unos niños se pusieron a brincar y girar al ritmo de la música—. ¿A qué viene esta mañana tan particular? —le preguntó—. ¿Y por qué en el porche de la posada?

—Me apetece hacer una declaración pública.

—¡Oh, no!

—¡Oh, sí! —La estrechó contra él y le susurró—: Tengo un regalo para ti.

—¿Dónde está?

—Lo llevo en el bolsillo de atrás.

Zoë levantó las cejas.

—Espero que no sea un broche porque puedes pincharte.

Alex sonrió.

—No es un broche, pero antes de dártelo tengo que saber algo. Si me arrodillo delante de toda esta gente y te hago una pregunta que puedes responder con un sí o con un no... ¿qué me dirás?

La mirada de Zoë se fijó en la calidez de sus ojos azules, unos ojos en los que una mujer habría podido quedarse prendida la vida entera. Dejó de bailar y se puso de puntillas para besarlo.

—Prueba y verás —le susurró, con la boca pegada a sus labios.

Y eso hizo Alex.